Beautiful Broken

Dein Licht in meiner Dunkelheit

Rose Bloom

Bitte beachtet: Erfundene Figuren müssen sich nicht um Verhütung oder Krankheiten kümmern! Das sieht in der Realität allerdings anders aus, deshalb seht dieses Buch in diesem Thema nicht zu eng

1. Auflage, 2024

Rose Bloom
c/o Sabrina Cremer
Körfken 80
44227 Dortmund
info@rose-bloom.de
www.rose-bloom.de
Lektorat: Natalie Röllig, Lektorat Bücherseele
Coverdesign: Einzigartig Buchdesign, Sandra Maier, www.einzigartig-Buchdesign.de

Bestellung und Vertrieb:
Nova MD GmbH, Vachendorf

Trigger

Manche Geschichten sind hart. Manche Geschichten sind echt. In manchen Geschichten kann man Dinge nicht beschönigen. In manchen Geschichten müssen Themen einfach benannt werden.

Die Bücher der Second-Chance-Reihe sind solche Geschichten. Denn ich möchte nicht nur dein Herz berühren, sondern auch ein Stück deiner Seele.

Aber damit du gewarnt bist, gibt es hier eine Triggerwarnung. Nicht jedes Thema wird ausführlich behandelt, manchmal sind es auch nur Erinnerungen der Protagonisten. Aber wenn dich diese Themen belasten oder du nicht damit umgehen kannst, möchte ich, dass du vorher weißt, worauf du dich einlässt. Schreibe mir gerne jederzeit direkt, wenn du dir unsicher bist, und ich helfe dir gerne, die für dich passende Geschichte der Reihe zu finden: info@rose-bloom.de.

Wenn für dich potenziell triggernde Inhalte in Ordnung sind und du dich nicht spoilern lassen möchtest, überspringe jetzt diese Zusammenfassung.

Drogenmissbrauch, Krankheit, schwere Kindheit, Adoption, explizite sexuelle Inhalte.

With my Light, I fight the Darkness

Für alle, die in der Dunkelheit nach ihrem Licht suchen. Ihr werdet es finden.

1

Vergangenheit - Cassie

»Findest du das wirklich ne gute Idee?« Nervös spähte ich an meiner besten Freundin vorbei und sah aus dem Seitenfenster. Kleine Schneeflocken tanzten im Licht der Straßenlaternen und der bloße Anblick ließ mich trotz voll aufgedrehter Heizung frösteln. Clary löste die Finger vom Lenkrad. Während mein Herz raste, wirkte sie völlig von dem überzeugt, was wir nun vorhatten.

»Ich hab doch nicht das Auto meines Dads geklaut, damit wir jetzt den Schwanz einziehen.« Das Klicken des Gurtes erklang im Innenraum des Volvos, als sich Clary abschnallte. Es war kalt. Selbst tagsüber hatte es Minusgrade im zweistelligen Bereich gegeben, jetzt am Abend war es sogar noch kälter. Nicht ungewöhnlich für den Osten von Pennsylvania um diese Jahreszeit, aber nicht gerade förderlich, um das aufgeregte Zittern meines Körpers unter Kontrolle zu bekommen. »Komm schon. Du hast gesagt, dass wir das Zeug hier kriegen, oder?«, fragte Clary und drehte sich zu mir.

»Ja, hab ich. Aber …« Mein Blick wanderte erneut über den Vorgarten des Einfamilienhauses, in dem sich zahlreiche Leute trotz des frostigen Wetters tummelten. Die meisten hatten rote Becher mit sicherlich irgendeiner Art Alkohol in der Hand, manche sogar trotz des Wetters nur ein T-Shirt an. Drinnen schien es extrem heiß zu sein, oder der Alkohol wärmte wirklich von innen. Ich hatte keine Ahnung. Bis jetzt hatte ich mit siebzehn noch keinen Vollrausch erlebt, höchstens mal heimlich am Sektglas meiner Mutter genippt, als diese bei ihrem letzten Geburtstag den Raum verlassen hatte. Ich fühlte mich plötzlich wie das furchtbar unerfahrene Highschool-Mädchen, das ich wahrscheinlich für die Leute hier auch war. Das gefundene Fressen. »Ich habs mir anders überlegt. Ich will diese Dinger doch nicht, lass uns wieder nach Hause fahren und die Sache vergessen. Bis jetzt hat noch keiner rausbekommen, dass wir hier sind und …«

Der Ledersitz knarzte, als Clary ihr Gewicht verlagerte und mich mit ihren braunen Augen vorwurfsvoll ansah. »Vergiss es. Wir machen jetzt keinen Rückzieher. Marc hat gesagt, nur so schafft er es, genug für die Prüfungen zu lernen und trotzdem noch alles neben der Schule hinzukriegen. Erinner dich. Klavier, Ballett, Spanisch … Was haben unsere Eltern uns noch alles aufgebrummt?« Ich zuckte stumm mit den Schultern. Sie hatte ja recht und ich keine Ahnung, ob das hier wirklich die Lösung sein sollte. »Cassie«, flehte sie etwas weicher. »Wir gehen jetzt da rein, holen uns ein paar von den Dingern von diesem Trip und fahren wieder nach Hause. Du wirst sehen, morgen lachen wir über diese Geschichte und dass wir wie feige Hühner zwanzig Minuten hier rumsaßen.«

»Trip ... was ist das eigentlich für ein bescheuerter Name?«, fragte ich ausweichend.

Clary grinste. »Er verschafft dir den Trip deines Lebens, sagen alle.«

»Er ist bei uns auf der Schule, hätten wir ihn nicht dort danach fragen können? Wieso in diese Gegend fahren?« Meine Eltern hatten mich vor diesem Teil der Stadt gewarnt, und mir war nicht wohl bei dem Gedanken, nun mitten hineinzuspazieren.

Clary tippte sich mit dem Finger gegen die Stirn. »In der Schule? Mit Drogen dealen? So krank ist selbst dieser Typ nicht, glaub mir. Außerdem willst du dich doch nicht von der alten Miss Patty auf dem Schulhof erwischen lassen? Was würde dein Dad dann sagen? Komm!« Meine beste Freundin stieg aus dem Auto, während ich noch zögernd darin saß. Sie klopfte gegen die Scheibe, und ich hörte dumpf ihre Stimme. »Los jetzt!«

Ich stieß den Atem aus. Na gut. Eigentlich ging es mir nicht um die Leute, die auf dieser Party waren, und ich hatte auch keine Angst, in dieser Gegend ausgeraubt zu werden, wie es alle sagten. Ich hatte Sorge, danach erwischt zu werden, denn mein Vater war nicht gerade für seinen lockeren Erziehungsstil bekannt. Noch nie hatte ich mir etwas zuschulden kommen lassen, aber ich war mir sicher, wenn mein Dad das herausfände, könnte ich mich auf einiges gefasst machen. Wahrscheinlich würde er mich auf direktem Weg ins Internat schicken, so wie er es früher oft angedroht hatte. Meine absolute Horrorvorstellung. Weit weg von meiner Mom, weit weg von meinen Freunden. Also blieb mir gar nichts anderes übrig, als jetzt da rein zu gehen und tun, was wir vorhatten, um seinen Ansprüchen weiter gerecht zu werden. Denn wenn nicht, schickte er mich bestimmt ebenso fort. Zwickmühle würde ich behaupten, aus der ich nur rauskam, wenn ich aktiv etwas dagegen unternahm.

Ich seufzte schwer, zog den Kragen meiner blauen Daunenjacke nach oben und stieg aus. Kalter Wind peitschte mir ins Gesicht. Wenigstens schneite es nur leicht, denn ich mochte Schnee nicht besonders, seit ich mit fünf Jahren von Clarys bescheuertem Bruder Spencer kopfüber hineingetaucht worden war und fast erstickt wäre.

Ich ging zu meiner besten Freundin, und wir liefen gemeinsam durch den Vorgarten auf das Haus zu. Die Musik dröhnte durch die Nacht, genauso wie das Gegröle einiger Leute, das durch die geöffneten Fenster des alten Gebäudes drang, das so wirkte, als würde es einzig hier stehen, um als Partyvilla zu dienen. Hier wohnte doch nicht wirklich jemand? Aber die Anwensenden schienen Spaß zu haben. Spaß. Wusste ich überhaupt, was das war? Neben meinen ganzen außerschulischen

Verpflichtungen und den anstehenden Prüfungen hatte ich im Moment nicht sehr viel Zeit dafür.

Wir stiegen die Stufen der Veranda zum Eingang nach oben.

»Hey, ihr Süßen, Bock auf eine Runde tanzen?« Eine Gruppe Jungs stand vor der Tür. Ein Braunhaariger griff sich anzüglich in den Schritt und ließ sein Becken kreisen. Großartig. Jungs in unserem Alter waren wohl in jedem Teil der Stadt nervig und pubertär.

»Danke für das Angebot, aber wir lehnen ab«, sagte ich. Sie lachten, und ich warf Clary einen genervten Blick zu. Irgendwoher sammelte ich überraschenderweise meinen gesamten Mut zusammen. »Wir suchen einen Trip. Ist er hier?«

»Wer will das wissen?«, fragte ein Schwarzhaariger, der bisher recht ruhig gewesen war und mit dem Rücken an der Wand neben der Tür lehnte.

»Mein Name ist Cassandra«, erwiderte ich. »Aber er wird mich nicht kennen.«

»Wieso suchst du ihn dann?«, fasste er misstrauisch nach, als wäre ich von der Polizei und undercover. Hatte er vergessen, dass man dort keine siebzehnjährigen Mädchen einstellte? Nervös trat ich von einem Bein auf das andere.

»Unser Freund Marc hat gesagt, er hätte etwas, das uns helfen könnte. Bei den Prüfungen und so«, rettete mich Clary aus der Situation. »Ihr wisst schon …« Sie machte eine Handbewegung, als würde sie eine Pille in ihren Mund werfen. Ich sah mich um, ob es irgendjemand gesehen hatte, doch niemand schien sich hier für uns zu interessieren. Außer der Typ, der uns noch einige Sekunden lang musterte. Dann nickte er und deutete hinter sich zur Tür. »Er ist da drin.«

Wow. So schlau waren wir auch ohne ihn. Doch ich sparte mir einen Kommentar und war froh, dass uns niemand auf direktem Weg zurück nach Hause schickte oder sogar verpfiff. »Danke«, sagte ich. Er nickte knapp, und die anderen sahen uns mit ihrem hämischen Grinsen nach, als wir an ihnen vorbeigingen und das Innere des Hauses betraten. Die Luft war extrem stickig, und ich musste mich erst sammeln, um mich in dem Chaos hier zurechtzufinden. Wahnsinn, wie viele Menschen passten in so ein Haus? Die harte Housemusik war so laut, dass mir die Ohren wehtaten. Mindestens neunzig Prozent der Anwesenden waren total blau, der Rest auf dem Weg dahin. Mädchen tanzten leicht bekleidet mit tätowierten oder volltrunkenen Typen. Die meisten davon waren sicherlich nicht auf unserer Schule. Wenn sie überhaupt noch zu irgendeine Highschool in der Nähe gingen. Das Alter der Leute war schwer einzuschätzen, aber älter als Anfang zwanzig war wohl keiner von ihnen.

»Komm, lass uns eine Runde drehen!«, schrie Clary, nahm mich an der Hand, und wir drückten uns durch die Menge. Je weiter wir in das Haus drangen, umso heißer wurde es. Schweiß sammelte sich auf meiner Stirn, weil ich immer noch meine dicke Winterjacke trug, doch sie auszuziehen, fühlte sich so an, als wollte ich bleiben. Und das war wirklich das Letzte, das ich vorhatte.

Wir drehten eine Runde durch das Wohnzimmer und schauten uns um. Ich war diesem Trip schon in der Schule über den Weg gelaufen und wusste, wie er aussah. Aber würde ich mich auch trauen, ihn anzusprechen? Bisher hatte ich ihn niemals mit jemandem reden sehen. Wenn er anwesend war, was nicht so oft vorkam, war er mit selbstbewussten, starken Schritten durch die Flure gelaufen, als wäre er unsterblich. Als könnte ihm niemand nur eine Kleinigkeit anhaben, bereit, jeden umzulegen, der ihn auch nur mies von der Seite anquatschte. Nein. Ich würde mich ganz sicher nicht trauen, wenn ich vor ihm stand.

Doch Clary hatte definitiv eine Mission. Sie zog mich weiter, und ich war froh, dass uns die Menschen hier nicht beachteten. Als würden wir dazugehören und wären jedes Wochenende auf so einer Party. Ein Typ drückte uns sogar zwei große rote Plastikbecher in die Hand, grunzte einmal laut und verschwand wieder. Ich roch daran und verzog die Nase. Wow, war das stark. Clary allerdings schien Gefallen an dem Ganzen zu finden. Auch für sie war es die erste Party dieser Art. Sie grinste mich an, zuckte mit den Schultern und kippte den Inhalt hinunter. Hustend hielt sie sich die Hand vor den Mund.

»WOW!«, schrie sie und riss die Augen auf. »Trink!« Sie nickte zu meinem Becher, den ich immer noch verkrampft mit den Fingern umklammerte. Das Ding an der Sache war nicht, dass ich es nicht probieren wollte, ich würde es sogar extrem gerne trinken, aber nein … mir hallte wieder und wieder die Stimme meines Dads durch den Kopf. Ich sah förmlich sein strenges Gesicht und wie er die buschigen schwarzen Augenbrauen mahnend hochzog, während er mächtig und einschüchternd vor mir stand. Mein Vater strahlte schon immer eine natürliche Strenge aus, die es mir verbot, mich zu widersetzen.

»Cassandra, gute Noten sind wichtig! Du möchtest doch nicht auf der Straße enden, oder? Du willst doch irgendwann das Familiengeschäft übernehmen, das dein Großvater und ich mit harter Arbeit aufgebaut haben! Die Note Zwei ist inakzeptabel! Du musst mehr lernen und dich fokussieren! Partys und Jungs sind tabu, diese lenken dich nur von deinem dir vorbestimmten Weg ab!«

Scheiß drauf. Auf die Gefahr hin, einen dummen Fehler zu begehen, weil ich überhaupt nicht wusste, was in dem Becher war, schüttete ich mir den Inhalt in den Rachen.

»Woohoo! Genau so, Baby!«, schrie Clary und streckte die Arme in die Luft, als hätte ich etwas besonders Tolles vollbracht, während ich den Würgereiz unterdrückte. Schon irgendwie erbärmlich, dass wir etwas taten, was ganz normale Jugendliche jedes Wochenende machten, und uns dabei fühlten, als führten wir eine Rebellion an. Ich stellte den Becher zur Seite. Noch einen würde ich nicht davon trinken, denn der Inhalt war definitiv widerlich gewesen. Trotzdem breitete sich in meinem Magen ein warmes Gefühl aus, genauso wie ein wenig des Mutes, den ich die ganze Zeit gebraucht hatte.

»Los, lass uns diesen Trip suchen«, sagte ich fest. Ich öffnete zumindest meine Jacke, weil ich das Gefühl hatte, in der Hitze einzugehen. Wir drückte uns weiter an zahlreichen Menschen vorbei, bis wir in der Küche ankamen. Drei Mädchen standen am Waschbecken und füllten sich Bier in ihre Becher. Sie sahen ganz okay aus, deswegen ging ich direkt auf sie zu.

»Hi, wir suchen Trip. Wisst ihr, wo er steckt?«

Das Mädchen mit dem Nasenring fächelte sich Luft zu. Auch ich fühlte bereits einen Schweißfilm an meinem Rücken. »Süße, jedes weibliche Wesen in diesem Raum sucht Trip.«

»Also ist er hier?«, fragte ich hoffnungsvoll.

»Was willst du von ihm? Hat er dir dein kleines Herz gebrochen oder du das Gefühl, du wärst verliebt?« Sie lachte und ich wollte gerade etwas erwidern, da schnaubte die Blonde der drei genervt.

»Lass sie, nur weil es bei dir so war«, sagte sie und das Mädchen mit dem Nasenring verdrehte die Augen. »Er ist immer hier, Süße«, sagte sie, deren Schlangentattoo vom Handrücken bis zu ihrem Hals über den gesamten Arm verlief. Auch wenn es für mich keine Option war, mir nur ein winziges Tattoo stechen zu lassen, war der Anblick beeindruckend. Das hatte sicher wehgetan. »Meistens steht er bei der Treppe nach oben in einer Ecke oder ist mit einem Mädchen in irgendeinem Schlafzimmer.«

Sie sagte das, als wäre es das Normalste der Welt. Clary und ich warfen uns einen Blick zu, bei dem ich nicht sicher war, ob ich den meiner besten Freundin richtig auffasste. Der Mut des Alkohols hatte mich wieder verlassen und am liebsten hätte ich die Aktion immer noch abgebrochen. Doch es war zu spät.

»Ach, da ist er ja!« Das Mädchen mit dem Nasenring deutete auf einen breiten Rücken, der sich gerade von uns weg und nach draußen bewegte. Er trug ein schlichtes schwarzes T-Shirt, aber etwas anderes hätte auch den zahlreichen Tätowierungen auf seiner Haut die Show gestohlen. Ich wusste, wie er aussah, trotzdem verschlug es mir den Atem. Die Blonde hatte recht. Trip sah gut aus. Und das war schon fast die Untertreibung des Jahrtausends. Er war diese Art Mann, vor dem Eltern ein Mädchen immer warnten, was nichts daran änderte, dass genau diese braven Mädchen bei ihm Schlange standen und um seine Aufmerksamkeit buhlten.

»Hey, Trip!« Das Nasenring-Mädchen rief ihn. Er stoppte und drehte sich langsam zu uns um. Meine Kehle wurde trocken, und mein Herz begann zu rasen. Ich fühlte mich wie ein Lamm, das die Aufmerksamkeit des Wolfes auf sich gezogen hatte. Wahrscheinlich würde ich kein einziges Wort in seiner Nähe rausbekommen. Clary ging es genauso, denn ich spürte ihre Anspannung neben mir. Er verzog keine Miene, leckte sich nur kurz über die volle Unterlippe, während er uns musterte.

»Die beiden suchen dich.« Sie kicherte, weil sie genau wusste, wie wenig wir hierher passten. Es hätte sogar ein Blinder gesehen, dass wir hier völlig fehl am Platz waren und Trip uns mit Haut und Haar verspeisen könnte. Trotzdem kam er zu uns. Seine dunkelbraunen Haare waren oben etwas länger als an den Seiten und akkurat gestylt. Sein Kinn überzog ein leichter Bartschatten, und die Tattoos zogen sich nicht nur über seine Oberarme, sie schauten sogar aus seinem Shirtkragen und liefen über seinen Hals bis nach hinten zu seinem Nacken. Wieso fragte ich mich gerade, ob sein gesamter Oberkörper tätowiert war? Ich würde es sowie niemals herausfinden und das war mehr als gut. Aber es waren seine Augen, die mich am meisten beeindruckten. Ein sattes Moosgrün. Strahlend. Und gleichzeitig düster. So tief, als würde ich direkt in seine Seele blicken. Ich musste jetzt etwas sagen, denn ich spürte, dass er bereits wieder das Interesse verlor und sich abwenden wollte.

»Bist du Trip?«, krächzte ich. Oh Mann. Total unnötig, das zu fragen. Sein Mundwinkel zuckte nach oben. Mit diesem halben Lächeln sah er noch umwerfender aus als ohnehin schon. Seine dunkle Aura zog mich augenblicklich noch tiefer in seinen Sog.

»Jap.«

Die knappe Antwort verunsicherte mich. »Unser Freund Marc hat gesagt, dass du …« *Pillen hast, die uns die ganze Nacht wach halten, sodass wir den idiotisch hohen Anforderungen unserer Eltern gerecht werden und für alle Prüfungen lernen können*, vervollständigte ich in meinem Geiste.

»Kommt mit«, sagte er wissend, ohne dass ich den Satz beenden musste, drehte sich um und lief Richtung Flur. Er war gut anderthalb Köpfe größer als ich, und dementsprechend lang waren seine Schritte. Fast verschwand er zwischen den Menschen, ehe wir ihm folgen konnten.

»Immer noch eine gute Idee?«, zischte ich Clary zu, die aber nur die Schultern hob, bevor wir versuchten, mit ihm Schritt zu halten. Er lief aus dem Haus, den Weg zur Straße nach unten und ein Stück über den Bordstein in die Dunkelheit aus dem Schatten der Straßenlaterne. Ich traute mich nicht, zu fragen, wohin er wollte, doch es fühlte sich an, als folgte ich bereitwillig meinem Untergang. Bei einem alten mattgrauen Honda blieb er stehen und setzte sich auf den Fahrersitz.

»Sollen wir einsteigen?«, flüsterte Clary.

»Sieht wohl so aus ...«

»Sitz du vorne!« Und damit war sie schon auf den Rücksitz gerutscht und hatte die Tür geschlossen. *Danke auch, beste Freundin.*

Ich ließ mich auf den Beifahrersitz sinken, aber zuerst musste ich mir mit den Füßen Platz schaffen. Im Fußraum lagen Dutzende leere Coladosen offen herum, neben Essenspackungen aus Fast-Food-Restaurants. Außerdem roch es undefinierbar süßlich nach dem grünen Lufterfrischer, der am Spiegel hing. Ich hatte zwar kein Auto, aber hätte ich eines gehabt und es würde so aussehen, bekäme ich monatelangen Hausarrest.

Trip kramte in der Mittelkonsole, bis er ein Zigarettenpäckchen hervorzog, sich eine Kippe rausnahm und sie anzündete. Der Rauch verteilte sich im Innenraum, bevor er sein Fenster öffnete und den Arm darauf ablegte. Die kalte Luft drang zu uns herein und vermischte sich mit dem süßlichen Geruch. Unsicher drehte ich den Kopf zu ihm und bemerkte, dass er mich ansah. Mein Herz raste weiterhin. Vielleicht in seiner direkten Nähe noch ein wenig schneller. Das Ende seiner Zigarette glühte im Dunkeln, als er am Filter zog. Sein Gesicht lag durch den Schein einer entfernten Straßenlaterne halb im Schatten.

Keiner sprach ein Wort, noch nicht mal Clary, die sonst stundenlang plappern konnte.

»Also was hat euer Freund Marc euch erzählt?«, fragte er. Seine Stimme war rau. Tief. Und überraschenderweise warm. Obwohl sein Äußeres etwas anderes ausstrahlte. Härte. Rohheit.

»Dass wir bei dir etwas kaufen können.«

»Definiere etwas.« Er zog ein weiteres Mal an der Kippe. Warum quälte er mich so? Musste ich es wirklich aussprechen.

Ich schloss die Augen. »Dass wir bei dir Drogen kaufen können«, sagte ich schnell und öffnete erst die Lider, als ich ein leises Lachen vernahm. Empört sah ich ihn an. Machte er sich über mich lustig? Natürlich. Hatte ich etwas anderes erwartet?

»Klar, was wollt ihr? Weed, Koks, Ecstasy, Meth ...«

»Nein! Nicht so was ... Pillen. Damit wir wach bleiben.«

»Ah, lässt Daddy etwas anderes als eine Eins nicht durchgehen?« Waren wir so durchschaubar? Natürlich waren wir das ... Ich nickte stumm, was brachte es, das abzustreiten.

»Nein.« Das hart ausgesprochene Wort klang in meinen Gedanken nach.

»Nein?«, fragte ich ungläubig, und auch Clary rutschte noch ein Stück weiter vor, sodass sie den Kopf zwischen den Lehnen durchstecken konnte.

»Was heißt ›Nein‹?«, stieß sie schrill hervor. »Wir haben Geld. Wir wollen etwas kaufen.«

»Ist mir schon klar, dass ihr Geld habt«, erwiderte er lässig und schnippte die Zigarette nach draußen. »Aber damit kann man eben nicht alles kaufen. Ich bin kein verfickter Tante-Emma-Laden.« Er ließ den Wagen an. »Wo wohnt ihr?«

»Wieso?«, fragte ich ängstlich, und die Nässe meiner Hände nahm bedrohliche Ausmaße an. Wie schnell konnte man wegen Flüssigkeitsverlust sterben? Hoffentlich schnell genug ...

»Damit ich euch nach Hause fahren kann. Ihr zwei solltet um diese Uhrzeit nicht hier draußen rumlungern und bei einem Typen wie mir Drogen kaufen wollen.«

Okay, wenn er das so sagte, hörte es sich tatsächlich ziemlich bekloppt an, aber was mich noch mehr wunderte war der Umstand, dass er sich solche Gedanken machte. Lag es nicht in der Natur eines Drogendealers, keine Fragen zu stellen und Geld machen zu wollen. Er legte die Hände auf das Lenkrad und mein Blick richtete sich für einen Moment darauf. Selbst seine Fingerknöchel waren tätowiert.

»Also … Adresse?«, fragte er ungehalten.

»Vergiss es! Wir haben ein eigenes Auto!«, stieß Clary empört hervor und stieg aus dem Wagen. Wütend knallte sie die Tür zu. So war sie immer, wenn sie etwas nicht bekam, was sie sich wünschte.

Trip lehnte sich ein Stückchen näher zu mir rüber und nahm sanft eine meiner schwarzen Haarsträhnen in die Hand. Er wickelte sie um seinen Zeigefinger, und ein Schauer fuhr mir über den Nacken. Meiner kolumbianischen Mum hatte ich meine dunklen Haare zu verdanken, meinem Dad die hellblauen Augen, in die Trip gerade so tief hineinsah, als würde er darin versinken wollen. Dabei schaute er sicherlich jedes Mädchen genau so an und gab ihm das Gefühl, hundert Prozent seiner Aufmerksamkeit zu haben.

»Fahr nach Hause und komm nie wieder hierher, Cassie.« Es klang fast wie eine Drohung, und mir entging nicht, dass er meinen Namen kannte. Eher gesagt mich bei einem Spitznamen ansprach, den sonst nur meine engsten Freunde benutzten. Mein Dad mochte es nicht, wenn mich jemand Cassie nannte.

»Wieso?«, hauchte ich mehr, als dass ich es sagte, rutschte selbst noch ein bisschen näher. Gott. Seine Gesichtszüge waren schön. Es gab wenige Männer, bei denen man das behaupten konnte, und schon gar keine, die ganzkörpertätowiert waren und die Ausstrahlung eines Verbrechers hatten. Aber Trip war es. Schön.

Er löste seine Hand von mir und lehnte sich zurück. Entkam der Nähe, die sich plötzlich zwischen uns aufgebaut hatte. »Nein sagen hilft manchmal, weißt du?«

»Es gibt aber Menschen, die kein Nein akzeptieren.« Ich öffnete die Tür und konnte nicht verbergen, wie enttäuscht ich war, dass unser Plan nicht aufgegangen war. Ich stieg aus. Noch bevor ich die Autotür zuschlagen konnte, hörte ich Trips Stimme. Und seine Worte gingen mir nicht wieder aus dem Kopf.

»Wir sehen uns, Cassie. Bald.«

Wir sehen uns, Cassie. Wenn ich nur gewusst hätte, was er wirklich damit meinte.

2

Gegenwart - Cassandra

Ich stieg aus der Dusche und trocknete mich ab. Dabei achtete ich stets darauf, ein frisches Handtuch zu benutzen. Danach kämmte ich meine nassen, langen Haare mit genau dreißig Zügen, säuberte die Haarbürste und legte sie zurück in die Schublade zu meinen restlichen Badeutensilien. Ich hasste es, wenn der Spiegel beschlagen war, also nahm ich ein neues Handtuch und wischte die Nässe weg. Besser.

Als ich von der Fußmatte heruntertrat, vergewisserte ich mich, dass meine Füße trocken waren, damit ich keine Fußabdrücke in meiner New Yorker Penthouse-Wohnung hinterließ. Sie war teuer gewesen, und ich wusste Dinge zu schätzen, die ich mir hart erarbeitet hatte, indem ich sie sauber hielt. Das hatte ganz sicher nichts mit einem Kontrollzwang zu tun. Auch wenn es Menschen gab, die etwas anderes behaupteten.

Nackt ging ich in mein Schlafzimmer, sammelte die Kleidung, die gestern Abend achtlos auf dem Boden gelandet war, auf und warf sie auf das Bett, um sie gleich zusammenzulegen. Unter dem neu geschaffenen Kleiderhaufen kam ein tiefes Brummen hervor, und er regte sich.

»Hi.« Die Stimme meiner gestrigen Eroberung war noch rau vom Schlaf. Die Party war heiß gewesen, genauso wie die Nacht.

»Ich muss arbeiten. Schließ bitte richtig die Tür, wenn du gehst.«

Rob setzte sich auf und lehnte sich gegen das schwarze Lederkopfteil meines Bettes. Die Decke rutschte nach unten über seinen trainierten Körper und gab den Blick auf gestählte Bauchmuskeln frei. Robert Whedon. Supererfolgreicher Star-Quarterback der New York Giants. Und mein One-Night-Stand der letzten Nacht.

Wenn ich schon nur eine Nacht mit einem Mann verbrachte, durfte es ruhig das Sahnetörtchen sein. »Wie wäre es mit einem gemeinsamen Frühstück?«, fragte er und grinste schelmisch. Er meinte kein Essen. Das war mir klar. Aber Sex am nächsten Morgen fiel unter die Rubrik *mehr als One-Night-Stand* und gab es nicht in meinem Repertoire. Ich hatte mehr mit meiner Zeit anzufangen, als einen aufdringlichen Liebhaber loszuwerden, der sich mehr vorstellen konnte als das, was es eben war. Reines, zeitlich begrenztes Vergnügen.

»An der nächsten Ecke ist ein Starbucks. Hol dir da ein Brötchen.« Ich zwinkerte ihm zu. »Oder was immer ihr Footballer esst.« Ich wandte mich ab und wollte gerade in meinem begehbaren Kleiderschrank verschwinden, da vernahm ich seine Stimme und hielt inne.

»Meinst du das ernst? Du schmeißt mich raus? Kriege ich nicht deine Nummer?« Er lachte kurz, als könnte er es nicht fassen. Normalerweise war ich gut darin, einzuschätzen, welcher Typ Mann auf eine Nacht und welcher auf eine Beziehung aus war. Den Beziehungstyp versuchte ich stets zu meiden. Diesmal hatte ich anscheinend danebengegriffen.

Langsam drehte ich mich um und sah, wie er meinen immer noch nackten Körper musterte. »Hör zu, Rob, ich hab doch gestern klar und deutlich gesagt, ich will nur was für eine Nacht.«

»Und was für eine.« Er grinste breit, als wäre er stolz darauf, mich dreimal zum Kommen gebracht zu haben. Okay, viermal. Er war wirklich gut gewesen. Doch Regel war Regel. Und ich weder auf eine feste Beziehung noch auf Drama aus. Mittlerweile war ich nicht mehr der Typ Frau Hochzeit, Haus, Kinder. Ich war jemand anderes als das naive Mädchen, das sich vorstellte, dass Liebe ausreichen würde. Ich war eine erwachsene Frau und hatte jeden Tag viel zu viel Stress, als dass ich mich abends noch um jemanden anderen als meine schmerzenden Füße kümmern konnte. Das klang vielleicht hart, aber es war das Einzige, das ich brauchte. Meinen Job, meine beste Freundin, und hin und wieder ein Glas Rotwein in einem Schaumbad.

»Ja, mir hat es auch sehr gut gefallen. In meinem Leben ist nur kein Platz für mehr. Verstehst du?«

Er nickte, dann stieg er aus meinem Bett. »Okay, und ich bin kein Typ fürs Betteln. Aber du verpasst definitiv etwas.« Ich hatte ganz vergessen, wie gut bestückt er war. Und er fand mich wohl immer noch heiß, denn sein großer Freund stand wie eine Eins. Was für eine Verschwendung.

»Wie gesagt, mach die Tür richtig zu. Schönen Tag!« Ich verschwand in dem begehbaren Kleiderschrank und hörte noch, wie er seine Sachen zusammensammelte und kurze Zeit später die Wohnung verließ. Ich atmete durch. Er war ein wirklich netter, charmanter Typ gewesen und fast hätte ich mir Gefühle gestattet. Fast. Aber auch diese hatten in meiner Welt nichts mehr zu suchen, denn diese machten alles komplizierter.

Ich zog mir halterlose schwarze Strümpfe, einen Bleistiftrock und eine himmelblaue Seidenbluse an, bevor ich im Bad meine Haare zu Wellen föhnte und mich dezent für den kommenden Arbeitstag schminkte.

In der Küche füllte ich wie jeden Morgen Müsli und frische Beeren in eine Schüssel, übergoss es mit exakt drei Cups Sojamilch und zog mir die aktuellste Zeitung heran. Mein Portier legte sie mir morgens auf den Fußabtreter. Auch das war mir wichtig.

Keine zwanzig Minuten später fuhr ich mit dem privaten Lift in die Tiefgarage und setzte mich in meinen grünen Jaguar. Mein Vater hatte ihn mir im letzten Jahr zum Geburtstag geschenkt. Ich hasste das Auto, aber würde es niemals verkaufen, denn ich hätte kein Argument gehabt, weshalb. Und mit meinem Vater zu diskutieren, machte keinen Sinn – man ging mit seiner eigenen Meinung in die Diskussion hinein und kam mit seiner wieder heraus. Mittlerweile hatte ich es aufgegeben, gegen ihn rebellieren zu wollen, es nützte ja doch nichts und auch wenn ich es mir selbst immer noch nicht eingestehen wollte, hatte er recht gehabt. Auch damals. Vor sieben Jahren.

Bei meiner Ankunft im Büro, das hoch oben in einem der New Yorker Wolkenkratzer lag, war meine Assistentin Kristy schon fleißig bei der Arbeit. Von Anfang unseres Geschäftsverhältnisses hatte ich nur einmal erklären müssen, dass ich ein Zuspätkommen nicht duldete. Ich selbst begann den Arbeitstag punktgenau um sieben Uhr und erwartete das auch von meinen Angestellten. Kristy trug ein graues Kostüm, und ihre blonden Haare waren wie jeden Tag hochgesteckt. Allerdings befand sich immer eine Strähne außerhalb ihres Knotens, die sie sich gedankenverloren um den Finger drehte, wenn sie mit einer Sache beschäftigt war. Ich mochte Kristy und wir hatten uns auf Anhieb verstanden. Sie war nicht nur intelligent und feinfühlig, wenn es die Situation erforderte, sondern auch eine Vertrauensperson, auf die man sich verlassen konnte. Meine Anerkennung für ihre Hingabe und ihren Fleiß drückte ich nicht zuletzt in dem großzügigen Weihnachtsscheck aus, eine Tradition, die ich von meinem Vater übernommen hatte. Er lehrte mich: Wer hart arbeitet, soll auch die Früchte seiner Arbeit in vollen Zügen genießen können. Ein Credo nach dem ich lebte.

»Guten Morgen, Miss Gonzalez«, begrüßte sie mich und drückte im gleichen Moment ihren Rücken durch.

»Guten Morgen, Kristy.« Meine zehn Zentimeter Louboutins verrieten auf dem dunkelgrauen Marmorboden jeden meiner Schritte, als ich an ihrem Schreibtisch vorbeiging. Kristy sprang auf und folgte mir, während ich mein Büro betrat. Es gab dort eine riesige Glasfront, die helles Licht in den Raum schickte und mir ein Gefühl von Freiheit vermittelte. Die Möbel bestanden aus glänzend weißen Lackoberflächen, zweimal in der Woche bekam ich von einem Lieferanten Blumen, die in einer breiten Vase am Ende des gläsernen Schreibtisches standen. Sie waren die einzige Farbe in meinem Büro. Ich mochte es aufgeräumt und clean. Genau wie mein Leben. Es gab keine Unebenheit, kein Teil, das aus der Reihe sprang oder nicht zum Rest passte. So fühlte ich mich sicher. So hatte ich die Kontrolle, die ich unbedingt brauchte.

Ich stellte meine Tasche auf der linken Seite des Schreibtisches ab und setzte mich an die rechte. Während mein PC startete, postierte sich Kristy vor mir und ratterte wie jeden Morgen meine tagesaktuellen Termine herunter. Währenddessen sortierte ich die Stifte auf der Tischplatte neu, die der Putzdienst durcheinandergebracht hatte, und legte sie akkurat horizontal nebeneinander. Es war eine unbewusste Geste, etwas, das ich mir antrainiert hatte.

Vor einem Jahr hatte ich in Princeton meinen Bachelor in Business abgeschlossen und war bei meinem Vater in der Firma eingestiegen. Gonzalez Capital Partners war eine Beteiligungsgesellschaft, wir kauften andere Unternehmen auf und verwalteten sie, bis sie so viel Gewinn abwarfen, dass wir sie höchst erträglich wieder veräußern konnten. Es war schon immer ein Familiengeschäft gewesen, und ich wusste, wie stolz ich ihn machen würde, wenn ich es irgendwann übernahm. Obwohl er das niemals zu mir sagen würde.

Ich hatte hart am College dafür gearbeitet, so zu sein, wie er es wollte, damit ich ihn nicht enttäuschte. Schon seit meiner Geburt war der Verlauf meiner Zukunft klar gewesen. Es hatte nur wenige Monate in meinem Leben gegeben, in denen dieser Plan fast zu Fall gebracht worden wäre. In einem Winter vor vielen Jahren. Als ich siebzehn, naiv und dumm gewesen war. Aber über diese Zeit hatte ich mir geschworen nie wieder nachzudenken. Vergangenheit war Vergangenheit, und sie war es nicht wert, darin festzuhängen. Auch das hatte ich am eigenen Leib schmerzhaft erfahren müssen.

»Das war es?«, fragte ich, als Kristy geendet hatte, und sie nickte. Das Tablet klemmte sie sich wieder unter den Arm. »Danke, die Unterlagen für die MECKS-Corb-Verhandlung können Sie mir heute Mittag per E-Mail schicken.«

»Sehr gerne, Miss Gonzalez.« Kristy verließ mein Büro, und ich nahm meine Arbeit auf, bis kurz vor der Mittagspause mein Handy klingelte. Nicht viele Menschen hatten meine private Nummer, deshalb wusste ich schon, bevor ich dranging, wer mich anrief.

»Hi Cassie, was hast du heute noch vor?«

Ich lächelte. Clary war die Einzige, die mich noch bei diesem Namen nannte, der trotz allem nicht nur schlechte Erinnerungen weckte.

»Wahrscheinlich sitze ich bis spät in der Nacht an einer Übernahme. Aber immer wenn du das fragst, hast du einen anderen Plan für mich.«

Ich mochte an meiner längsten und besten Freundin immer noch, dass sie so zielgerichtet und ehrgeizig war wie ich. Sie hatte genauso viel in New York erreicht, und ich war froh, dass wir nach unserem gemeinsamen Studium in Princeton hierhergezogen waren.

»Heute eröffnet eine megaheiße Bar in der Fifth Ave. *Starlight*. Es gibt schon eine in Philadelphia und sogar eine in Florida am Strand. Der absolute neue In-Place, es werden sogar einige Promis und Fotografen da sein. Dort gäbe es gute Publicity!«

Wir besuchten gerne Eröffnungen von Bars, Restaurants oder anderen Lokalitäten. Es war in Clarys Business gut, wenn sie dort gesehen und fotografiert wurde. Sie war Personal Trainerin und hatte einige Promis als Kunden. Je mehr solcher

Partys sie besuchte, umso größer waren ihre Chancen, neue anzuwerben und dass man über sie berichtete.

»Klar, treffen wir uns dort, dann mache ich noch einen Abstecher zu Hause und ziehe mich um.«

»Zweiundzwanzig Uhr? Vorher wird sowieso niemand, der einen Namen hat, da sein.«

»Einverstanden, ich bin pünktlich.« Dieser Zusatz war eigentlich überflüssig. Denn ich kam nie zu spät.

3

Gegenwart - Tanner

»Wo soll das hin, Boss?«, vernahm ich hinter mir Everetts Stimme. Ich stellte den Loungesessel ab und drehte mich zu ihm um.

»Nenn mich nicht immer Boss«, gab ich brummend zurück, konnte mir ein Grinsen dennoch nicht verkneifen.

»Aber du bist jetzt mein Boss, Boss«, sagte er und lächelnd verdrehte ich die Augen. »Ich kann dich auch Mister McAllister nennen, wenn dir das lieber ist.«

»Das wäre es definitiv.« Ich schob den Lesersessel an seinen Platz vor einen tiefen Tisch aus dunklem Holz. »Aber du bist immer noch mein kleiner Bruder, und das wäre irgendwie schräg.«

Everett erwiderte mein Grinsen. »Okay, Tan. Also wo soll das hin?« Er hob erneut das Leuchtschild mit der Aufschrift *Starlight* hoch.

»Über die Flaschen hinter der Bar?«

»War das eine Frage oder eine Antwort?«, wollte er neckend wissen.

»Antwort!«, stieß ich aus.

Everett schüttelte den blonden Kopf. »Mir immer noch ein Rätsel, wie du Chaot es so weit gebracht hast. Aber okay, dann über der Bar.«

Ich könnte ihm sagen, wie ich das geschafft hatte. Es war ein verdammt harter, steinig verschissener Weg gewesen mit viel Schmerz, Leid und vor allem Verlust. Aber es hatte sich gelohnt. Es ging mir wieder gut. Endlich. Nicht nur weil ich drei Bars in ganz Amerika mein Eigen nennen konnte, sondern auch so weit war, mein größtes Ziel zu erreichen. Das einzig Wichtige und der Grund, weshalb ich mich überhaupt ändern wollte und aus dem unsicheren, verlorenen Jungen ein Mann geworden war, der Verantwortung übernehmen konnte.

»Ach ...« Ev drehte sich noch mal um, bevor er bei der Bar angekommen war. »Können wir nachher noch mal die Speisekarte durchgehen?«

»Du weißt, dass alles gut ist, was du kochst.« Ich trat auf ihn zu, weil ich sowieso wieder in Richtung Lager musste, um weitere Sessel für den Loungebereich zu holen. Für die Eröffnung heute Abend musste noch einiges vorbereitet werden, und mein ganzes Team ackerte sich seit Wochen den Arsch dafür wund, wofür ich mehr als dankbar war.

»Aber reicht dir gut?«, fragte Everett und zog eine Augenbraue nach oben.

Er kannte mich einfach. Nein. Gut reichte nie aus. Ich wollte Perfektion. In jeder Hinsicht.

»Mach mir nachher drei deiner Hauptgerichte und ruf die Crew zusammen, dann besprechen wir es gemeinsam.«

»Danke. Auch für du weißt schon.«

Ich machte eine abweisende Handbewegung. »Hör auf damit.«

Wir waren beide nicht unbedingt Männer, die ihre Gefühle offen zur Schau trugen, aber für meine beiden kleinen Brüder würde ich durchs Feuer gehen. Ich hatte Everett nicht umsonst als Koch hier eingestellt. Es war für uns besser, wenn wir zusammen waren. Hoffentlich würde unser anderer Bruder Nash das auch noch verstehen.

Denn auch wenn wir nicht blutsverwandt waren, hatten wir mehr durchgemacht als manch andere leiblichen Geschwister. Wahrscheinlich schweißte uns das erst recht für ein Leben zusammen. Wir wussten wo wir herkamen und vor allem, wo wir niemals wieder sein wollten.

»Ich meine das ernst.«

Ich nickte knapp, und Everett verstand. Sicherlich war er genauso nervös wegen der Eröffnung heute Abend wie ich, denn diesmal war er der Küchenchef. Seine Lehre in den letzten Jahren hatte sich bezahlt gemacht, und er hatte es wirklich verdient. Auch er arbeitete hart für seinen Traum und stand nun kurz davor, ihn zu erreichen.

Nachdem ich mit zwei meiner Mitarbeiter die Sitzbereiche fertiggestellt hatte, setzte ich mich in mein kleines Büro und ackerte den Papierkram durch. Ich sollte mir endlich jemanden suchen, der das übernahm. Denn auch wenn ich Ahnung vom Geschäft hatte und schon immer gut mit Geld umgehen konnte, war die Administration des Ganzen ein Buch mit sieben Siegeln für mich. Es sah aus, als wäre ein Tornado über meinen Schreibtisch gefegt, und ich lehnte mich seufzend zurück. Meine Gedanken waren sowieso woanders oder eher gesagt bei jemand anderem.

Es würde nicht mehr lange dauern, bis ich sie wiedersehen könnte, denn dafür würde ich sorgen. Das war der Grund, weshalb ich diese Bar in New York aufgemacht hatte. Die Stadt war groß, aber das hielt mich nicht davon ab, sie zu finden. Und das würde ich.

Wenn ich etwas anfing, brachte ich es auch zu Ende. Auch wenn der Weg dahin länger gedauert hatte als geplant.

4

Gegenwart - Cassandra

Abends nahm ich statt meines eigenen Autos so gut wie immer ein Taxi. Zum einen, weil ich keine Lust hatte, ewig einen Parkplatz in der Stadt zu suchen, den es sowieso niemals gab. Zum anderen ließ ich mir gerne die Option offen, auch etwas trinken zu können, vor allem, wenn wir eine neue Bar besuchten. Außerdem wusste ich nie mit Sicherheit, wo der Abend endete, und ein Auto wäre da nur im Weg.

Ich hatte mich für einen kurzen Lederrock, Overkneestiefel und eine rote Seidenbluse entschieden, dazu trug ich meine Haare wie fast immer offen. Heute Abend herrschten angenehme Temperaturen, und ich verzichtete auf eine Jacke. Ich mochte die Wärme des Sommers, auch wenn es in New York eher stickig war. Allein der Asphalt strahlte eine Hitze aus, die man tagsüber kaum ertrug. Aber am Abend wurde es angenehmer. Wenn die Stadt in das warme Glühen der Lichter getaucht wurde und das lebhafte Treiben vor den Bars und

Cafés bis weit in die Nacht hinein andauerte, entstand das Gefühl, als befände man sich im Urlaub.

Der Taxifahrer hielt am Bordstein vor der Bar. Von außen sah sie ziemlich gut aus. Es wirkte modern und einladend. Vor der Tür war ein blauer Teppich ausgerollt, und ein gleichfarbiges Leuchtschild prangte über der Tür.

Starlight.

Guter Name für eine Bar. Durch die hohen Scheiben erkannte man gedimmtes Licht und gemütliche Sitzlounges, die so gut wie alle bereits belegt waren. Einige Fotografen schossen draußen Bilder von den Menschen, die ein und aus gingen.

Es war genau neun Uhr fünfzig, als ich aus dem Taxi stieg und auf Clary zuging, die noch abseits des Trubels stand. Ihr braunes Haar hatte sie sich hochgesteckt, und sie trug ein sehr eng anliegendes silbernes Kleid, das kurz über dem Knie endete. Durch den täglichen Sport, den sie wegen ihres Jobs machte, hatte sie eine durchtrainierte Figur, um die sie viele beneideten. Mein Hintern war immer etwas zu groß gewesen für meinen Geschmack, auch hier schlugen die kolumbianischen Wurzeln meiner Familie durch. Wenigstens war er mittlerweile dank des harten Trainings mit Clary fest und ich konnte behaupten, dass ich im großen Ganzen zufrieden mit mir selbst war.

»Hi Clary, du siehst heiß aus. Hast du heute noch was vor?«, begrüßte ich sie und sie kam mir entgegen. Sie erwiderte mein Lächeln und wurde sogar ein wenig rot. Ihre Hand wanderte zu ihrem Ohrläppchen, und sie rieb sich darüber, was sie immer noch tat, wenn sie nervös war.

»Hey, Cassie!«, gab sie zurück und wir umarmten uns kurz. »Ich muss dir was sagen ...«

»Was?«, fragte ich misstrauisch.

»Vielleicht kommt John später noch vorbei.«

Aha, daher ihr besonders aufreizendes Outfit heute. Ich musste grinsen. »John – der superheiße Schauspieler – Nolan? Der John? Ist er nicht einer deiner Kunden?«

Sie zuckte mit den Schultern. »Und wenn? Ich bin schließlich kein Arzt oder Lehrer oder so was, die nichts mit ihren Kunden anfangen dürfen. Er ist einfach so sexy, Cassie!«, schwärmte sie, und ich lachte.

Ich wäre die Letzte, die meiner Freundin irgendwelche moralischen Vorträge hielt. Sie hatte recht. Wir waren zwei selbstbewusste Frauen, die wussten, was sie wollten, und es sich schlicht und einfach nahmen. Punkt.

»Dann würde ich behaupten, hab Spaß«, erwiderte ich.

»Soll ich ihm sagen, dass er einen seiner Freunde mitbringen soll?«, fragte sie und hakte sich bei mir unter.

Mein Lächeln wurde breiter. Nur mit Clary hatte ich das Gefühl, für einen Moment durchatmen zu können. Als wären wir immer noch die Mädchen, die zur Highschool gingen, ihre ersten Erfahrungen mit Jungs machten und keine Ahnung hatten, was noch alles auf sie zukommen würde. Ich schob den kurzen melancholischen Anflug zur Seite, der heute Abend völlig fehl am Platz war.

»Wieso nicht«, gab ich locker zurück und Clary lachte.

»Das wollte ich hören! Komm, lass uns erstmal reingehen und einen Drink nehmen«, sagte sie und wir stolzierten über den blauen Teppich, lächelten einigen Fotografen zu, die Bilder von uns schossen. Sofort spürte ich die gewohnte Anspannung, die mein ehrliches Lächeln durch die professionelle Maske ersetzte. Ich war kein Promi, aber durch meinen Vater sehr wohl bekannt. Aus dem Grund war ich nicht nur wegen Clary stets darauf bedacht, der Presse nicht negativ aufzufallen. Mein Vater hätte es nicht gerne gesehen, wenn ich mich daneben benähme. Also verhinderte ich diesen unnötigen Stress und tat es nicht.

Wir steuerten die Bar an und hielten kurz inne, als wir den Innenraum betraten. Wow. Wir hatten schon viele Locations in New York gesehen, aber diese übertraf so einige. Auf der linken Seite befand sich eine moderne Theke mit eingelassenen Strahlern in goldenem Licht, die sich über die gesamte Wand erstreckte. Drei gut aussehende Barkeeper standen dahinter, alle trugen sie ausgezeichnet sitzende schwarze Hemden mit hochgekrempelten Ärmeln über trainierten Unterarmen. Die Decke war bestimmt zehn Meter hoch, und an ihr hingen Lampen in dem Industriechic, der im Moment extrem angesagt war. Auf der rechten Seite führte eine Treppe zu einer Galerie nach oben, die durch ein Metallgitter abgesichert war. Generell sprühte hier alles einen Charme aus, der eher an eine raue, männliche Werkstatt erinnerte und mich sofort anzog. Die Sessel bestanden aus derbem, dunkelbraunem Leder, die Tische aus massivem Holz. Der gesamte Raum war recht schummrig, aber durch die schwarzen Lampen genug beleuchtet. An der gegenüberliegenden Wand lagen die roten Backsteine des Gemäuers frei, die anderen waren in einem satten Anthrazit angestrichen.

»Guten Abend, willkommen im *Starlight.*« Eine hübsche Blondine kam auf uns zu. Auch sie trug eine schwarze Bluse. »Habt ihr reserviert?«, fragte sie locker.

»Ja, auf Miller«, antwortete Clary, und die Empfangsdame nickte, tippte etwas auf dem Tablet in ihrer Hand ein und deutete von sich aus nach links in den Raum. »Kommt bitte mit.«

Wir folgten ihr, und ich ließ meinen Blick durch die Anwesenden wandern, die sich aus allen möglichen Menschen zusammensetzten, unter anderem Schauspielern, bekannten Influencern und weiteren Promis. Sehen und gesehen werden war hier definitiv das Motto.

Wir liefen an einem Tisch mit vier Männern vorbei, wovon einer wirklich süß war. Er zwinkerte mir zu, und ich erwiderte seine Geste mit einem diskreten Lächeln. Ich war nicht ständig auf eine Bekanntschaft aus, aber wenn sich etwas ergab, war ich nicht abgeneigt.

»Hier, bitte.« Die Blondine deutete auf eine Sitzecke direkt am Fenster mit Blick nach draußen. Der Teppich füllte sich, das Klicken und Blitzen der Fotografen wurde mehr, die Atmosphäre hektischer, und ich wandte mich ab.

Wir bedankten uns bei ihr und nahmen Platz. Ich setzte mich mit dem Rücken zur Wand, sodass ich freien Blick auf den Raum hatte. Clary wusste, dass ich gerne die Kontrolle behielt und meine Umgebung sondierte.

»So, jetzt erzähl, was hast du vorgestern wegen eines Fernsehinterviews erwähnt?«, fragte ich.

»Wahnsinn, oder?« Clary strahlte. »Channel Eleven hat angefragt, ob ich Interesse hätte! Kennst du noch Wynona, diese texanische Countrysängerin?« Ich nickte. »Sie war so extrem nervig und wie oft hat sie mich sitzen lassen, weil sie unsere Trainingsstunden angeblich vergessen hatte? Es hat sich doch gelohnt, das mit ihr durchzuziehen! In irgendeinem Interview wurde sie für ihren neuen Look gelobt. Den Leuten ist aufgefallen, dass sie zehn Kilo abgenommen hat, und sie hat tatsächlich meinen Namen genannt!« Sie quiekte einmal freudig.

»Clary, ich freu mich so für dich!«

»Das gibt die nötige Publicity, die ich brauche! Ich sag Bescheid, wenn ich Chris Pratt oder Bradley Cooper trainiere!«

»Chris ist so heiß«, sagte ich mit gedämpfter Stimme, und Clary nickte zustimmend.

»Ist dir mal aufgefallen, dass die meisten heißen Schauspieler Chris heißen? Chris Evans. Chris Hemsworth.«

»Chris Pine.« Ich zog die Augenbrauen nach oben, und Clary lachte.

»Hi, was darfs sein?« Eine Kellnerin kam an unseren Tisch, in ihrer Hand ein kleines Tablet, mit dem sie Bestellungen notierte. Glücklicherweise tranken wir meistens das Gleiche und mussten nicht erst in die Karte schauen.

»Einen Singapore Sling, bitte wenig Ananassaft, und einen Black Russian, bitte mehr Russian als Black«, bestellte ich für uns. Sie lächelte und verschwand wieder.

Clary zog ihr Handy aus der winzigen glitzernden Handtasche und begann zu grinsen. Ich sah ihr sofort an, dass sie eine Nachricht ihrer neuen Eroberung bekommen hatte. »John?«, fragte ich, und sie nickte.

»Ist es okay für dich, wenn er früher herkommt? Ich dachte, er hätte erst ab Mitternacht Zeit, weil er noch Dreharbeiten hat, aber er hat jetzt schon Feierabend.«

»Natürlich.« Ich gönnte meiner Freundin den Spaß, vielleicht würde ich mich dann dem süßen Typen an einem der vorderen Tische widmen oder John brachte doch einen Freund mit. Ich hatte kein Problem damit, neue Menschen kennenzulernen, und es musste auch nicht zwangsläufig immer auf einen One-Night-Stand hinauslaufen. Nette Gespräche bei guten Drinks waren mir ebenso recht. Clary tippte etwas in ihr Handy, und ich sah währenddessen durch den Raum, schaute mir das Interieur und die Leute an.

Und dann hörte meine Welt auf sich zu drehen.

Mein Puls begann zu rasen. Mein Herz stolperte einige Male, um in doppelter Geschwindigkeit weiter zu schlagen. In meinem Hals setzte sich ein Kloß fest, und ein Gefühl drohte, an die Oberfläche durchzubrechen und mich niederzustrecken. Ein Gefühl, das ich jahrelang von mir ferngehalten hatte. Schmerz. Es war der pure Schmerz.

War er es wirklich? Natürlich. Ich würde ihn unter Tausenden mit verbundenen Augen erkennen. Er wirkte noch breiter als vor sieben Jahren, und seine Arme waren nun komplett tätowiert. Das schwarze, an den Ärmeln hochgekrempelte Hemd spannte über seinem kräftigen Rücken. Er trug das gleiche wie alle hier, mit der Ausnahme, dass es aussah, als wäre es ihm direkt auf den perfekten Körper geschneidert worden. Die beiden oberen Knöpfe waren geöffnet, und die dunklen Tattoos auf seiner Brust und dem Hals sprangen mir förmlich ins Auge. Er unterhielt sich mit einem Barkeeper und lachte, während er sich mit einem Arm auf der Theke abstützte. Sein Lachen. Großer Gott. Allein sein Anblick war noch genauso einnehmend wie damals. Genauso schön. Genauso furchtbar. Genauso beraubte es mich all meiner Sinne, bis ich nicht mehr wusste, wer ich war.

Kurz fühlte ich mich wie damals. Schüchtern. Unsicher. Ängstlich. Aufgeregt. Doch ich war nicht mehr das naive Mädchen von früher. Ich war eine Frau. Eine Frau, die sich geschworen hatte, sich nie wieder auf jemanden wie ihn einzulassen, denn mein Vater hatte recht gehabt. Mit allem. Vor allem mit ihm. Wenn man sich auf jemand wie ihn verließ, war man verlassen. Und sein Wiedersehen löste alle alten Erinnerungen aus ihrer harten Schale und flutete meinen Geist mit Flashbacks.

Ich bekam keine Luft mehr und ertrank in tausend Empfindungen. Gut. Schlecht. Heiß. Kalt. Tief. Tiefer.

5

Vergangenheit - Cassie

Schon von Weitem sah ich, wer da so lässig an meinem Spind lehnte. Einen Fuß stützte er an der Spindwand hinter sich ab, und mit einer Hand spielte er mit einem Zippo. *Klick*. Auf. *Klick*. Zu.

Er trug eine schwarze zerrissene Jeans und einen gleichfarbigen verwaschenen Hoodie. Ich hatte ihn schon oft in diesen Klamotten gesehen und auch wenn man ihnen ansah, dass sie nicht in diesem Used-Look gekauft worden waren, standen sie ihm ausgezeichnet und unterstrichen seine dunkle Ausstrahlung nur umso mehr.

Aber was sollte ich nun tun? Einfach an ihm vorbeigehen, weil er mich noch nicht gesehen hatte? Ihn ignorieren? Weil es definitiv besser gewesen wäre, nicht seine Aufmerksamkeit auf mich zu ziehen, oder war es nach unserer Begegnung auf der Party nun dafür bereits zu spät? Vielleicht ließ mich meine Banknachbarin Ashley mit in ihr Spanischbuch schauen? Ich brauchte meines nicht. Aber merkwürdigerweise war mein Fluchtplan noch nicht bei meinen Füßen angekommen, denn sie steuerten geradewegs auf ihn zu. Weil eines musste ich definitiv wissen: Wollte er verraten, was Clary und ich Samstagabend vorgehabt hatten? Dass wir bei ihm gewesen waren, um Drogen zu kaufen? Es nutzte nicht, ich musste mit ihm sprechen, musste herausfinden, ob er uns damit erpressen wollte.

Ich drückte mein Mathebuch enger an die Brust. Trotz der Angst brannte die Scham von seiner Abfuhr noch in mir. Clary und ich hatten weiterhin keine Ahnung, wie wir alles schaffen sollten, was unsere Eltern uns auftrugen. Vielleicht war Trip auch hier, um uns doch etwas zu verkaufen? Bestimmt machte er das nicht nur aus Spaß und ein sicherer Deal war besser als keiner. Oder?

Ich kam näher. Mein Gang wurde langsamer, der Schlag meines Herzens bedrohlich schneller. Lässig hob er den Blick und eine Augenbraue, als hätte er schon die ganze Zeit gewusst, dass ich auftauchen würde. »Hi.« Er sagte dieses eine Wort so entspannt, als würden wir uns bereits ewig kennen. Dabei wusste ich nichts mehr als die Fakten. Man nannte ihn Trip. Und er war ein Drogendealer. Das war es. Großer Gott, zusammengefasst war diese Situation noch viel verkorkster, als ich gedacht hatte.

»Hi.« Dagegen kam mir mein Gruß nur als Flüstern über die Lippen.

»Wie gehts dir?« Sein Grinsen war schamlos. Seine vollen Lippen die pure Sünde. Wie er wohl küsste? Ich hatte noch nie einen Jungen richtig geküsst. Ich löste den Blick von seinem Mund und sah ihm wieder in die Augen. Was allerdings noch schlimmer war, denn das Grün darin loderte förmlich und verbrannte meine überreizten Sinne. Wieso dachte ich an diese Dinge in seiner Gegenwart, obwohl wir erst zum zweiten Mal so etwas wie eine Konservation führten? Was war los mit mir? Ich musste am Samstag durch einen Nebel aus Marihuana gelaufen sein und hatte mich immer noch nicht erholt. Ganz sicher, so musste es sein.

»Gut«, antwortete ich knapp, trat von einem Bein auf das andere.

»Seid du und deine Freundin am Samstag noch gut zu Hause angekommen?«

Nervös schaute ich mich um, ob auch niemand unser Gespräch belauschte. Offiziell wusste keiner, wo wir gewesen waren und das sollte definitiv so bleiben. »Sieht so aus.«

Er lachte leise. »Ich dachte, alle Frauen reden gerne. Du anscheinend nicht, oder liegt es an mir?«

»Geht noch ein wenig mehr Vorurteil?«, platzte aus mir heraus und überrascht von meiner Offensive hob er diesmal beide Augenbrauen.

»Entschuldige, ein beiläufig vorgesagter Satz«, erwiderte er mit rauer Stimme. »Ich wollte dich nicht kränken.« Hatte er nicht, nicht wirklich. Aber ich hatte nun auch endgültig genug von diesem Spiel.

»Was willst du?« Meine Frage klang nicht abweisend, eher neugierig. Denn mir gelang es nicht, ihn in die Schublade zu stecken, in der er wahrscheinlich oft genug landete. Ich hatte den Eindruck, dass mehr in ihm war, als das Offensichtliche zeigte. Er steckte das Zippo in die Tasche und stellte sich aufrecht hin. Nun schüchterte mich seine Größe noch mehr ein.

»Was machst du heute Abend?«

Ich konnte das skeptische Stirnrunzeln nicht verhindern. »Wenn du uns verraten willst, weil …«

»Moment!«, unterbrach er mich und trat näher. »Du denkst echt, ich würde euch verpfeifen? Ihr habt doch gar nichts gemacht.«

Stimmt. Hatten wir nicht. Mein Herzschlag wurde ruhiger. Ein wenig. Oder auch nicht. Grundgütiger, er war nah. So nah.

»Also, was hast du heute Abend vor?« Fast berührten sich unsere Körper. Er roch gut. Nach frischer Luft im Winter, und trotzdem haftete ein Hauch Nikotin an ihm, nach unausgesprochenen Versprechungen und einem Schuss Versuchung. Ich hatte einen Knall. Was dachte ich denn?

»Für was?«, hauchte ich und erneut tauchte dieses leichte Grinsen auf seinen Lippen auf, das reihenweise Mädchen um ihren Verstand bringen musste.

»Ich würde dich gerne kennenlernen«, erwiderte er, als wäre es das Normalste der Welt.

»Mich? Wieso?«

»Wieso stellst du so viele Fragen?«, antwortete er mit einem rauen Lachen. »Weil ich wissen will, wer die wahre Cassie ist.« Die wahre Cassie. Ich hatte selbst keine Ahnung. »Und weil ich einem Gefühl auf den Grund gehen möchte, das mich seit Samstag nicht schlafen lässt«, wisperte er, während mein Herz einen kleinen Augenblick stehenblieb. Er konnte nicht schlafen? Weil er an mich dachte?

Ich räusperte mich, drückte das Buch enger gegen meine Brust. Für einen Atemzug lang erschien in meinem Kopf die Illusion, dass wir uns treffen könnten. Uns kennenlernen. Doch dieser Moment war schnell vorbei. »Tut mir leid, ich habe keine Zeit«, flüsterte ich und senkte beschämt den Blick. In Wahrheit würde ich gerne Ja sagen, aber es ging nicht. Auf gar keinen Fall. Mein Vater würde mich umbringen, *wenn* er es rausbekam.

»Okay.« Er zuckte nur mit den Schultern, als wäre nichts gewesen, und lief an mir vorbei. Verblüfft schaute ich ihm hinterher. Wenn es ihm egal war, was ich antwortete, wieso fragte er dann? Einerseits war ich erleichtert, dass er so schnell das Interesse zu verlieren schien, andererseits nagte es schwer an meinem Selbstwertgefühl. Was sich jedoch in den kommenden Wochen veränderte.

Denn es wurde zu so etwas wie einem Spiel zwischen uns. Er lehnte einmal am Tag an meinem Spind und fragte mich, was ich vorhatte. Ich sagte ihm, dass ich keine Zeit hätte, und er ging.

Es war merkwürdig, trotzdem freute ich mich jedes Mal auf diese drei Minuten, in denen ich mit ihm sprechen konnte. Es war so falsch, wie es richtig war. Für mich. Meine Freundinnen hielten mich für bekloppt, dass ich überhaupt mit ihm redete. Aber was wussten sie schon? Keine davon hatte eine wirkliche Beziehung gehabt, außer meiner Freundin Heather, die sich schon für Jungs interessierte, als Clary und ich noch mit Puppen gespielt hatten.

Eines Mittags saß ich mit Clary, Mona und Heather in der Schulkantine. Ich hatte seit zwei Tagen keinen Hunger. Genau seitdem Trip nicht mehr an meinem Spind lehnte. Vielleicht war es für ihn wirklich nur ein Spiel gewesen, und er hatte die Lust an mir verloren? Hätte ich Ja sagen sollen? Was wäre dann passiert? Ein Date mit Trip wäre bestimmt genauso außergewöhnlich, wie er es war. Nicht zu vergleichen mit den Jungs, mit denen wir uns sonst umgaben und an denen ich keinerlei Interesse entwickeln konnte. War es nur das Verbotene, das mich anzog? Oder doch mehr? Seine Augen, in denen ich in unseren kurzen Moment mehr sehen konnte, als er andere glauben lassen wollte. Vielleicht redete ich mir das auch nur ein, weil ich einer Kleinmädchenfantasie nachhing, die niemals wahr werden würde.

»Hast du zugehört, Cassie?« Ich schaute nach oben und hörte auf, die Erbsen auf meinem Teller von links nach rechts zu rollen.

»Mase würde dich gerne auf ein Date einladen, aber er traut sich nicht. Vielleicht kannst du mal auf ihn zugehen?« Mase war Heathers großer Bruder. Er war nett. Aber das war es auch schon. Außerdem wurde ich den Eindruck nicht los, er hätte bereits jedes Mädchen in unserer Stufe gedatet und suchte nur nach jemanden, der noch nicht auf seiner Liste der Eroberungen gewesen war.

»Hmm«, antwortete ich und schaute wieder nach unten. Die anderen drei begannen über die kommenden Klausuren vor den Winterferien zu sprechen. Ich hatte keinen Nerv dazu. Obwohl ich mich unbedingt damit beschäftigen musste, denn wenn ich diese verhaute ...

»Ist hier noch frei?« Eine tiefe Stimme ließ mich aufblicken. Alle am Tisch hielten die Luft an. Trip sah man sonst nie in der Kantine. Nie! Er war generell nicht so häufig in der Schule gewesen, bis zu dem Tag, an dem er auf mich gewartet hatte. Ich konnte mich nicht daran erinnern, wann er jemals mit jemandem gesprochen hätte. Außer mit mir ...

Ohne auf eine Antwort zu warten, zog er sich den Stuhl zurück und nahm gegenüber von mir Platz.

»Hi.« Er lehnte sich ein Stück zu mir.

»Hi«, krächzte ich. Ich spürte die Blicke aller auf uns, konnte aber meine Augen nicht von Trips abwenden.

»Ich hab keine Lust mehr auf Spielchen«, sagte er, und ich versuchte, meine Enttäuschung zu verbergen. War mir schon klar, doch was wollte er dann hier? »Ich will ein Date mit dir.«

Clary schnappte neben mir nach Luft, und ich hätte schwören können, sie war es, die mich einmal unter dem Tisch trat. Trip schob die Ärmel seines Hoodies nach oben, und ich bewunderte ganz kurz die Sehnen auf seinen kräftigen Unterarmen. Damit könnte er mich bestimmt mit Leichtigkeit hochheben.

»Wieso?«, fragte ich verwirrt.

Trip zögerte, bevor er antwortete. »Weil du mich interessierst. Außerdem bist du die Einzige, die mich nicht so ansieht, als wäre ich ein Alien, das euch Menschen zum Frühstück verspeist.« Er musste sich ein Grinsen verkneifen, als meine Freundinnen empört schnaubten. Trotzdem trauten sie sich nicht, etwas zu erwidern. »Also, was machst du heute Abend?«

»Klavier.«

»Morgen?«

»Ballett.«

»Übermorgen?«

»Spanisch.«

Er seufzte, und seine Zunge leckte über seine volle Unterlippe. Ein Kribbeln breitete sich in meinem Magen aus, so stark, dass mir fast übel wurde.

»Du bist ne harte Nuss. Danach?«

»Freitags arbeite ich im Planetarium.«

»Du arbeitest da?«

Ich tat es nicht wegen des Geldes. Es war die Magie der Sterne, die mich in ihren Bann zog, die Unendlichkeit des Weltalls, die mich seit jeher faszinierte. Als Kind verschlang ich jedes Buch, jede Dokumentation über das All, das ich in die Finger bekam. Mein Vater nannte es Träumerei, aber dank meiner Mutter hatte ich mir die Freitage freigekämpft - Tage, die nur mir und dem funkelnden Himmel gehörten. Ich konnte mir nichts Erfüllenderes vorstellen, als diese Leidenschaft für die Astronomie mit anderen zu teilen.

»Ja, ich arbeite da.«

»Dann komm ich da hin.« Er lächelte. Ich lächelte ebenfalls. »Ab wie viel Uhr?«

»Meine Schicht beginnt um vier.«

»Okay, Cassie, dann bis vier am Freitag.«

Ich konnte nur nicken, während er wieder aufstand, den Stuhl zurück an den Tisch schob und sich kurz verbeugte. »Ladys.« Meine Freundinnen waren immer noch geschockt, als Trip lässig aus dem Raum schlenderte.

»Bist du wahnsinnig?«, empörte sich Heather.

»Das kannst du nicht tun!«, sagte Clary. Mona bekam überhaupt kein Wort mehr über die Lippen.

»Wieso nicht?«

»Das fragst du ernsthaft?« Clary rieb ihr Ohrläppchen so fest, dass es schon rot wurde. »Er ist ein Drogendealer.« Sie senkte die Stimme und flüsterte das Wort Drogendealer ganz besonders theatralisch.

»Er ist harmlos.«

»Harmlos? Es gibt viele Begriffe, die auf ihn zutreffen, aber das ist er ganz bestimmt nicht!« Heather lachte laut auf. »Ich hab gehört, er ist schuld, dass Peter Benchley letzten Sommer den Schlüsselbeinbruch hatte. Weil sich dieser Typ auf ihn gestürzt hatte wie ein Tier.«

»Und ich hab gehört, dass Susan Filley fast von ihm vergewaltigt worden wäre!«, sagte Mona und bekam rote Flecken an Hals. Sie war sowieso oft am Überreagieren, und wir alle nahmen ihre Ausbrüche meist nicht mehr ernst.

»Und ich hab gehört …«

Ich hob die Hand und stoppte Clary, damit sie das nächste Gerücht nicht aussprechen konnte. Sie machten mich fast wütend, so über Trip herzuziehen, obwohl sie ihn überhaupt nicht kannten. Wie ich. Aber ich wollte das ändern. Allein seine Ausstrahlung und diese unfassbar grünen Augen zogen mich an, und ich musste wissen, was hinter seinem dunklen Blick steckte. Vielleicht rannte ich damit in mein Verderben, aber vielleicht … war da noch etwas anderes, etwas Tieferes, etwas Ehrliches.

»Habt ihr das nur gehört, oder wisst ihr es direkt von den Betroffenen?«, fragte ich. Alle wirkten ein wenig beschämt.

»Cassie, das kannst du trotzdem nicht machen!« Clary riss die braunen Augen auf.

»Wieso nicht? Weil er nicht so aussieht wie die Jungs, mit denen unsere Eltern uns gerne sehen würden? Er ist nett.«

»Nett ...« Heather schüttelte den Kopf. »Ich kenne mich mit Jungs aus, und nett ist nicht gerade das Wort, das ich für diesen Kerl wählen würde.«

»Er war zu mir nett.« Meine Freundinnen warfen sich eindeutige Blicke zu. »Er war zu uns beiden nett, Clary, hast du das schon vergessen?« Ich sah sie herausfordernd an, und an ihrer betroffenen Miene erkannte ich, dass sie wusste, worauf ich anspielte. Er hätte uns damals nach Hause gefahren, aber vor allem wollte er uns keine Drogen verkaufen. Eigentlich hatte er uns vor etwas bewahrt, mit dem wir ganz sicher nicht klargekommen wären.

»Verschwende dich nicht an so einen.« Heather schob sich ein Salatblatt zwischen die Zähne. Sie aß seit zwei Wochen nichts anderes, selbst das Dressing ließ sie weg. Ich wusste, ihre Mom hatte einen Kommentar über ihre Figur fallen lassen.

»Wenn dein Dad das herausbekommt, dann ...« Clary verstummte.

Ja, wenn er es herausbekam, doch ich hatte nicht vor, mich erwischen zu lassen.

»Vertraut mir. Es ist noch nicht mal ein richtiges Date. Ich muss schließlich arbeiten.«

Mona schüttelte den Kopf. »Musst du wissen, aber wenn wir dich in einem Leichenschauhaus identifizieren müssen, bringt dir das alles nichts mehr.«

Ich verdrehte die Augen über die Ängste meiner Freunde, denn es nützte nichts.

Meine Entscheidung war gefallen. Ich wollte den Jungen hinter Trips rauem Äußeren kennenlernen.

6

Gegenwart – Tanner

»Alles bestens, Boss«, beantwortete mir einer der Barkeeper meine Frage. Der Abend lief großartig. Die Werbung im Vorfeld hatte sich gelohnt, denn neben normalen Gästen befanden sich auch einige Promis unter den Menschen, die heute die Bar aufsuchten. Fotografen machten genug Bilder, damit das Starlight der nächste Ort werden konnte, in dem sich ganz New York am Abend vergnügte. Ich hatte es wirklich geschafft. Mein Konzept ging auf. Unfassbar. Der Junge aus der Gosse hatte sich mit viel Spucke und Fleiß daraus hervorgekämpft.

Langsam drehte ich mich herum und lehnte mich mit dem Rücken gegen den Tresen. Mein Blick wanderte durch den Raum. Bis auf wenige Tische voll besetzt, doch das würde sich im Laufe des Abends ganz bestimmt ändern.

Plötzlich wurde ich stutzig. Eine dunkelhaarige Frau, gekleidet in ein wahnsinnig heißes Outfit, stürmte mit großen Schritten direkt auf die Tür zu. Den Kopf hielt sie gesenkt. Ihre dicken schwarzen Haare fielen ihr ins Gesicht. Ein eigentlich normaler Anblick, doch irgendetwas verwirrte mich. Ihr Gang. Ihre Haltung. Das Gefühl, das mir langsam, aber sicher das Rückgrat hinaufkroch, die Hitze, die sich in meinem Körper ausbreitete.

Konnte das wirklich …? Es war mein Plan gewesen, Kontakt mit ihr aufzunehmen, doch dass sie mir nun direkt in die Arme liefe, wäre kaum zu fassen. Ich war nicht auf eine Begegnung heute Abend vorbereitet, trotzdem musste ich wissen, ob sie es tatsächlich war.

Kurzerhand stieß ich mich von der Bar ab und folgte ihr. Sie trug keine Jacke, aber es war heiß in diesem Sommer, selbst spät am Abend. Die Stadt nahm so viel Hitze des Tages auf, dass sich um Mitternacht noch Schweiß auf der Stirn sammelte.

Ich beschleunigte meine Schritte, um sie nicht zu verlieren, und blieb draußen am oberen Treppenabsatz stehen. Dort sah ich mich um und entdeckte sie etwas weiter entfernt. Sie rannte förmlich, und ich beeilte mich, ihr hinterherzukommen. Mein Herz raste, und meine Knie wurden weich, als ich hinter ihr stehenblieb. Ihr Körper hatte sich in den letzten Jahren verändert. Er war schon immer perfekt für mich gewesen, doch jetzt war er makellos. Der enge Lederrock betonte ihre Rundungen und die volle Sanduhrfigur.

Sie hob die Hand, um sich ein Taxi zu rufen.

»Star?« Hatte sie mich gehört? Meine Stimme war kaum ein Flüstern. Doch sie ließ den Arm sinken, ihre Schultern spannten sich für einen Atemzug an. »Bist du es?« So lange hatte ich auf diese Begegnung gewartet. So oft hatte ich sie mir ausgemalt. Wie es sein würde, wenn ich sie wiedersah. Wieder spürte. Wieder hielt. Es hatte mich fast verrückt gemacht. Und jetzt, mitten in New York, rannte sie mir von selbst in die Arme. Als wäre es unser Schicksal, uns wiederzusehen.

Ich wusste, dass sie hierhergezogen war.

Ich wusste, dass sie mit ihrer Freundin oft auf Events abgelichtet wurde.

Ich wusste, wo sie arbeitete, und ich wusste einfach alles über sie, was man mithilfe des Internets herausfinden konnte. Es grenzte an Besessenheit, doch diese hatte sich schon damals für sie beim ersten Blick in ihre blauen Augen entwickelt. Schon damals, als mir klar war, dass sie alles für mich werden könnte.

Ich ging einen Schritt auf sie zu und streckte die Hand nach ihr aus. Unbedingt wollte ich sie berühren, meine Fingerkuppen kribbelten. Trotzdem tat ich es nicht und ließ den Arm wieder sinken.

Langsam drehte sie sich um, und mir stockte der Atem.

»Fuck, ich hab ganz vergessen, wie schön du in Wirklichkeit bist, Star.«

Dunkles Haar wie Seide. Die hellsten blauen Augen, die ich jemals gesehen hatte. Geschwungene Lippen. An ihrem schlanken Hals pulsierte eine Ader. Ich sog alle Eindrücke in mich auf, die ich kriegen konnte. Kurz kam das alte Gefühl hoch, dass ich es noch nicht mal wert wäre, sie so lange anzusehen.

»Nenn mich nicht so«, stieß sie aus, und ich konnte es ihr nicht verdenken.

»Es tut mir leid«, flüsterte ich, aber sie schüttelte den Kopf. In ihren Augen kämpfte der Schmerz mit dem Feuer, das ich immer an ihr geliebt hatte.

»Entschuldige dich nicht, wenn du es nicht ernst meinst!«

Ich trat einen Schritt auf sie zu. Sie ging zwei Schritte zurück. »Ich meine es wirklich so. Ich hatte nie die Chance, dir …«

»Stopp!« Sie hob die Hand. »Du hattest nie die Chance, weil *du* gegangen bist! *Du*! Also sag mir nicht, dass du es einen einzigen Tag bereut hast, denn du hättest dich melden können! Ich habe so lange auf dich gewartet! So lange! Auf eine Regung, eine einzige nur!«

»Ich wollte, Star, oh mein Gott, ich wollte so sehr …«

»Was hat dich davon abgehalten? Eine kleine Nachricht, nur eine, verdammt! Du hast mich einfach vergessen!« Sie ging noch weiter zurück, aber bevor sie rückwärts auf die Straße stürzte, umfasste ich ihre Oberarme und zog sie an mich. Sie schlug wild um sich, traf meine Brust, meine Schultern, mein Herz. Ich umschlang ihren schmalen Körper und drückte ihn noch enger an meinen. Warm. Weich. Der Duft nach Jasmin, Rosen und meiner Star umfing mich. Sie war Kryptonit für meine Sinne. Wenn sie in meiner Nähe war, nahm ich nur noch sie wahr. Das war schon immer so gewesen, vom ersten Moment an. Alles andere verblasste in ihrer Gegenwart. War nicht mehr wichtig.

»Du hast mich im Stich gelassen! Du hast mich im Stich gelassen!«, schrie sie und prügelte immer noch auf mich ein. Ihre Schläge waren hart, doch ich wusste, wofür ich sie erhielt und vor allem, wie sehr ich sie verdient hatte. Ich war nicht der Junge gewesen, den sie verdient hatte. Nicht der Mann, der ich heute war. Und der vorhatte, sich zurückzuholen, was ihm gehörte und er verloren hatte.

Und sie wusste es ebenso. Ihre Haltung änderte sich. Ich spürte die Feuchtigkeit an meinem Hemd, als sie sich mit den Fingern hineinkrallte und sich an mich drückte. Auch aus meinen Augen tropften einzelne Tränen auf ihr Haar. In meinem Leben hatte ich nur zweimal geweint. An dem Tag, an dem ich die Entscheidung getroffen hatte, sie zu verlassen, und heute bei unserem Wiedersehen. Jede andere Träne wäre verschwendet gewesen, aber nicht für sie, niemals für sie.

Ohne dass ich es kontrollieren konnte, lagen meine Lippen plötzlich auf ihren, und ich schmeckte Salz. Ihr Körper erstarrte, unsere Atmung wurde flacher, und ich hätte schwören können, mein Herzschlag langsamer. Sie ergab sich unserer Anziehung, unserer Vergangenheit und unserer Zukunft und drückte sich an mich. Fest. Ich wollte sie noch enger an mich ziehen, sie in mich aufnehmen, endlich wieder richtig fühlen, doch im gleichen Moment schob sie sich von mir weg, und ich spürte, wie ihre Handfläche mit voller Wucht meine Wange traf. Der Schmerz brachte mich sofort in die Realität zurück.

»Du gehörst nicht mehr zu meinem Leben! Und wirst es nie wieder tun! Halt dich von mir fern!« Ich sah das Glitzern ihrer Tränen, als sie an mir vorbeirannte. Ich ließ sie. Weil ich wusste, dass ich sie mir wiederholen würde. Weil sie einen kurzen Moment noch genauso gefühlt hatte wie ich. Es war noch nicht verloren. Sie hatte unrecht. Ich hatte jede Minute und jede einzelne schmerzvolle Sekunde an sie gedacht. Zweitausenddreihundertundachtundsechzig Tage lang.

Nun hatte sie das alte Feuer zwischen uns entzündet, und ich würde einen Teufel tun, es wieder zu löschen. Auch wenn es bedeutete, dass sich mein altes Ich von der Dunkelheit an die Oberfläche kämpfte. Aber sie hatte es schon einmal geschafft, es zu zügeln. Mein einziger Lichtblick. Mein einziger Stern.

Der Unterschied war nur, dass ich diesmal nicht vollständig wusste, ob sie mich überhaupt wollte oder ich komplett verloren wäre, wenn sie mich abwies.

7

Gegenwart – Cassandra

»Ach, Shit!« Ich begutachtete den Kaffeefleck auf dem normalerweise blank geputzten Glas meines Schreibtisches. Zum bestimmt vierten Mal war mir heute etwas aus den Fingern geglitten. Weil ich extrem unkonzentriert war. Was mir sonst nie passierte.

Ich stellte die Tasse zur Seite, zog ein Tuch aus der Taschentuchbox, die am anderen Ende stand, und wischte den Fleck weg. Ich wusste, weshalb ich so durcheinander war, aber ich wollte es mir nicht eingestehen. Ich konnte nicht. Vor drei Tagen war ich ihm direkt in die Arme gelaufen. Dass er überhaupt hier in der Stadt war, war entweder ein teuflischer Zufall oder pure Berechnung. Ich tippte auf Letzteres. Er war vieles, aber ganz bestimmt nicht nachgiebig. Das hatte er schon damals unter Beweis gestellt.

Ich schaute aus dem Fenster und schob mir die Rückseite des Kugelschreibers zwischen die Zähne. Gedankenverloren kaute ich darauf herum. Eine Unart, die ich früher gehabt hatte, bis sie mir diese im Internat ausgetrieben hatten. Sie hatten generell sehr eigene Methoden, uns das beizubringen, was sich für die Zukunft als bodenständige, erfolgreiche Erwachsene gehörte. Dass sie uns dabei zum Teil gebrochen hatten, hatte niemanden interessiert. Und ich war nur dort gelandet, weil Trip mich im Stich gelassen hatte und mein Dad es für das Beste hielt, um mich wieder auf Spur zu bringen. Trip. Allein sein Name ließ einen schalen Geschmack in meinem Mund zurück, und ich presste fester die Lippen um den Kugelschreiber zusammen.

Wieso dachte ich jetzt wieder über diese Zeit nach? Verdammt, ich hatte die letzten Jahre alles so gut verdrängt! Gefühle waren etwas für schwache Menschen. Ich warf den Stift auf den Schreibtisch, stand auf und ging zur Fensterfront hinüber. Ich war kein schwacher Mensch! Ich war Cassandra Maria Gonzalez, Erbin und zukünftige CEO eines weltweit führenden Unternehmens! Verdammt! Und wann hatte ich überhaupt das Fluchen wieder angefangen?

Mein Blick glitt über die Hochhäuser New Yorks und die weitentfernte Straße unter uns, auf der ich winzige Menschen ausmachen konnte, die geschäftig über den Bürgersteig huschten. Mein Großvater und Vater hatten dieses Geschäft zusammen aufgebaut und nun war ich an der Reihe. Ich stand kurz davor, das zu erreichen, für was ich mich die letzten Jahre aufgerieben hatte. Vielleicht sogar einen Teil von mir verloren hatte. Wenn ich dies jetzt gefährdete, wäre alles umsonst gewesen. All die Arbeit, all der Verzicht. Nein, das konnte ich nicht riskieren, denn das würde mir vor Augen führen, wie sinnlos all der Schmerz gewesen war.

Es klopfte leise an der Tür zu meinem Büro. Ich straffte die Schultern, strich mir den roten Blazer, der perfekt zur gleichfarbigen Hose passte, glatt und räusperte mich. »Herein.«

»Miss Gonzalez, Ihr Drei-Uhr-Termin, Mister Cole Beyers, ist da«, sagte Kristy.

Mein Blick wanderte zu der XXL-Wanduhr, er war zu früh.

»Dann schicken Sie ihn um drei Uhr herein.«

Meine Assistentin nickte. Ich konnte weitere zehn Minuten, in denen es mir gelang, mich zu sammeln, sehr gut gebrauchen.

Die Tür schloss sich wieder, und ich setzte mich erneut hinter den Schreibtisch. Ich öffnete mein Postfach und begann eine E-Mail zu beantworten. Doch noch bevor ich sie abschicken konnte, hörte ich laute Stimmen von draußen.

»Ist das ihr Büro?«

»Ja, aber Sie können nicht …«

»Danke!«

»Nein, Sie ....«

Die Tür öffnete sich, und mein Hals wurde enger. Ich hätte mir denken können, dass ich nicht so einfach davonkam. Langsam stand ich auf, damit wir uns auf Augenhöhe befanden. Auch wenn das bei seiner Größe physisch schwer umzusetzen war, doch ich würde ihm nicht sitzend begegnen. Niemals mehr würde ich ihm gegenüber Schwäche zeigen. Mein Zusammenbruch auf der Straße war das letzte Mal gewesen, und dazu war es nur gekommen, weil er mich völlig unvorbereitet getroffen hatte.

Er hat keine Macht mehr über dich. Er hat keine Macht mehr über dich. Mein Mantra, das ich mir immer wieder vorsagte.

»Sorry, ich musste dich sehen.« Trips Miene war ernst, und Kristy erschien hinter ihm im Türrahmen. Sie sah mich entschuldigend aus flehenden Augen an, als würde ich sie dafür feuern. Ich nickte knapp, sie verstand und schloss die Tür.

Die Luft in meinem recht großen Büro wurde immer dicker. Allein mit Trip in einem Raum zu sein, war noch nie eine gute Idee gewesen, aber ich musste das ein für alle Mal klären. Eigentlich war es also gut, dass er hier war. So sparte ich mir den Weg zu dieser Bar.

»Was willst du?«

»Dich«, wisperte er rau. In mir erwachte eine alte brennende Sehnsucht, die meinen Körper in Asche legte und sich nichts mehr wünschte, als dass Trip mir gehörte. Diesmal vollständig. Seine teuren Klamotten, seine gestylte Frisur, sein gesamtes Äußeres verdeckten nur den Jungen, der er schon immer gewesen war. Der sich um Regeln einen Dreck scherte. Der mich mit sich in die Dunkelheit gerissen und danach im Stich gelassen hatte. Der mich leider auch immer noch zum Lodern brachte. »Schenk mir ein Date. Einen Abend, mehr will ich nicht.« Hinter seiner beherrschten Fassade sah er immer noch so aus wie früher, mit einem Hang zu schwarzer Kleidung und mit einem Blick, der so intensiv war, dass meine Haut dabei brannte.

Ich unterbrach unseren Blickkontakt kurz, um mich zu sammeln. »Das kann nicht dein Ernst sein.«

»Du hast mir gefehlt«, sagte er leise. »Ich hab so lange auf diese Begegnung gewartet.«

»Verschwinde. Ich wiederhole das nicht noch ein weiteres Mal.« Ich kämpfte mit der Beherrschung. Meine Hände ballten sich zu Fäusten, so sehr, dass meine roten Fingernägel schmerzhaft in meine Handflächen drückten. »Lass mich einfach nur in Ruhe und kümmer dich um dein eigenes Leben. Mehr möchte ich gar nicht. Geh, oder ich rufe den Sicherheitsdienst.«

Er schüttelte den Kopf und kam näher. »Ich würde mit jedem fertig werden, wenn es um dich geht. Du weißt, dass Aufgeben nie mein Ding war.«

»Du hast uns schon vor langer Zeit aufgegeben. Hast du das vergessen? Du hast kein Recht, einfach wieder in mein Leben zu platzen!« Meine Stimme wurde lauter. Ich musste mich unter Kontrolle bekommen. Er sollte nicht merken, wie sehr er mich und meinen Herzschlag immer noch durcheinanderbrachte.

Er blieb stehen. Endlich. Nur der Schreibtisch befand sich zwischen uns. In seinen grünen Augen erkannte ich die gleiche Dunkelheit, die mich damals fasziniert und angezogen hatte. Die, die mich heute erneut mitriss wie ein tosender Strom und in der ich zu versinken drohte.

»Gib uns eine zweite Chance.«

»Es gibt kein *uns* mehr.«

»Okay, dann gib mir eine zweite Chance.«

»Wieso?«

Er machte Anstalten, um den Tisch herumzugehen, aber ich wich ihm in die andere Richtung aus. Ich wusste, sobald er mich erneut berührte, würde ich schwach werden. Und ich hasste es, schwach zu sein. Denn das war nicht mehr ich.

»Weil ich mich geändert habe. Für dich.«

Er hatte sich nur äußerlich leicht verändert, egal was er mir weismachen wollte. »Nicht nur du hast dich geändert, Trip. Auch ich. Und du weißt doch gar nicht mehr, wer ich bin.«

»Trip …« Er lächelte leicht. Seine Lippen … Mein Körper lechzte nach seinem Mund auf meiner Haut. Auch dafür hasste ich ihn. »Es hat mich schon lange niemand mehr so genannt.«

»Selbst wenn ich dich Tanner nenne, ändert das nichts an der Tatsache, dass du verschwinden sollst!«

»Star …« Seine Stimme war ein raues Versprechen.

»Nenn mich nicht so, verdammt!« Meine Stimme glich eher einem Schreien.

»Ich weiß noch genau, wer du warst und wer du immer noch bist. Auch wenn du es unter dieser kühlen Fassade verstecken willst. Das Mädchen, das die Sterne geliebt hat.«

»Hör auf!«

»Das Mädchen, das keine Vorurteile einem tätowierten Bastard gegenüber hatte.«

»Ich hab gesagt, hör auf!« Ich spürte erst die Tränen, als sie von meinem Kinn tropften.

»Das Mädchen, das ich liebe und immer geliebt habe, mehr als jeden anderen. Mehr als mich selbst.«

»Geh! Siehst du nicht, dass du mir nicht guttust! Dass du mir niemals gutgetan hast! Nein, das schwache, dumme Mädchen, das sich in jemanden verliebt, der ihr keine Zukunft bietet und sie im Stich lässt, gibt es nicht mehr! Du hast es zerstört! Also geh!« Ich schrie lauter, als ich jemals zuvor geschrien hatte. Er sah verletzt aus, traurig, und ein kleiner Teil von mir freute sich darüber. Ich wollte ihm wehtun, ihm Schmerzen zufügen, die gleichen, die er mir zugefügt hatte. Aber ein anderer, leider viel größerer Teil wollte ihm alles Leid abnehmen. Wie damals.

»Ich kann verstehen, wenn du Zeit brauchst, und werde gehen, jetzt, aber ich werde nicht aufgeben. Ich kann dich einfach nicht aufgeben. Wir werden uns wiedersehen, und ich werde meine Chance bekommen.«

»Geh«, presste ich zwischen zusammengebissenen Zähnen hervor. Er zögerte, aber nach einem letzten schmerzvollen Blick drehte er sich um und verließ mein Büro. Kraftlos stützte ich mich auf der Tischplatte ab und ließ alles raus. Allen Schmerz, den ich verdrängt hatte. Allen Schmerz, der mich zerstört hatte. Allen Schmerz, der mich verändert hatte. Alle Liebe, die noch immer für Trip in meiner Brust schlug.

Danach lief ich in das angrenzende Badezimmer, wusch die verlaufene Mascara weg, setzte meine Maske auf und nahm wieder hinter dem Schreibtisch Platz. Kurz hatte Trip es tatsächlich geschafft, dass ich mich wieder wie Star fühlte. Kurz. Doch glücklicherweise war ich nun wieder Cassandra. Und Cassandra würde ihn zum Teufel jagen, wenn er es noch einmal wagte, in ihre Nähe zu kommen.

8

Vergangenheit - Trip

Ich war aufgeregt. Tatsächlich. Wann hatte ich so was gespürt? Zumindest nie in Verbindung mit einem Mädchen. Aber bisher war auch noch keines aus der Masse hervorgestochen. Bisher hatte es noch keines geschafft, dass ich länger als einen halben Tag über sie nachdachte, und dem musste ich unbedingt auf den Grund gehen.

Ich bezahlte den Eintritt zum Planetarium und schlenderte durch eine kühle Halle, in der in Glaskästen Ausstellungsstücke aufgestellt waren. Sie interessierten mich nicht. Mich interessierte nur eines. Das Mädchen, das auf der anderen Seite des Raumes stand und einer Gruppe aus einer Handvoll Menschen gerade irgendetwas über das Weltall erzählte. Sie trug eine Jeans, ein helles T-Shirt und weiße Sneakers, und um ihren Hals hing ein rotes Band mit einer schmalen Karte. Wahrscheinlich wies sie diese als Mitarbeiterin aus. Egal.

Ohne zu zögern, trat ich näher und stellte mich hinter die Gruppe. Cassie gestikulierte, aber ich nahm ihre Worte gar nicht richtig wahr. Ich beobachtete sie nur. Ihre strahlenden Augen, ihren glücklichen Gesichtsausdruck. Sah so wirklich Glück aus? Ich wusste es nicht.

Sie stockte kurz und verhaspelte sich, als sie mich erkannte. Während sie sich von meinem Blick losriss und weiter erzählte, musste ich schmunzeln.

»Vielen Dank für Ihre Aufmerksamkeit. Sie können bereits im Vorführraum Platz nehmen, ich komme gleich, dann geht es los.« Die Gruppe ging vor, und sie blieb stehen. Gespielt lässig lief ich auf sie zu.

»Hi.« Ich unterdrückte den Drang, über ihre Wange zu streichen. Ihre Haut war bestimmt genauso weich, wie sie aussah.

»Hi.« Sie wirkte schüchtern. Süß. Rein. Eigentlich nichts für mich. Ich hatte versucht, mich von ihr fernzuhalten. Wirklich. Aber es war mir nicht gelungen. »Du bist tatsächlich hier.«

»Das klingt überrascht. Denkst du, jemand wie ich will nichts über die Sterne lernen?«

»Doch! Natürlich, so hab ich das nicht gemeint …« Sie stotterte fast, und ich musste lachen. Nun hob ich doch die Hand und wickelte eine ihrer dunklen Strähnen um meinen Finger, wie ich es schon damals in meinem Auto getan hatte.

»Luft holen. War nur ein Spaß. Außerdem bin ich wegen dir hier, ist das nicht offensichtlich?« Ich ließ sie los. Auf ihren Wangen bildete sich eine zarte Röte.

Sie deutete hinter sich. »Ich muss die Vorstellung kommentieren. Möchtest du mitkommen?«

»Klar.« Ihre vollen Lippen verzogen sich zu einem Lächeln. Wie sie wohl schmeckte? Ob ich das jemals herausfinden würde? Normalerweise nahm ich mir, was ich wollte, aber diesmal war es anders. Alles war anders. Im Grunde wollte ich sie mit meiner Verkommenheit nicht verderben. Doch würde ich das überhaupt tun, wenn ich sie nur ein einziges Mal küsste? So kurz, dass sie sicher war, aber lange genug, damit ich herausfand, wie es sich anfühlte.

Wir gingen in einen runden, fensterlosen Raum. Die Decke war eine halbkugelförmige Kuppel, und man konnte schon vereinzelt einige Sterne auf der Leinwand darauf sehen. Die Sitze waren nach hinten gelehnt, damit man einen besseren Blick nach oben hatte. Ich nahm in einer der letzten Reihen Platz.

»Es freut mich sehr, dass Sie zu uns gefunden haben.« Cassie wirkte auf einmal anders, deutlich selbstbewusster. Sie befand sich auf ihrem Terrain, das merkte man ihr sofort an. »Über uns sehen wir einen naturgetreu nachgebildeten Sternenhimmel. Wir sind nicht an Tageszeiten oder das Wetter gebunden, und hier können Sie sogar mehr als an vielen anderen Orten erkennen, weil der Himmel nicht mit der sogenannten Lichtverschmutzung kämpfen muss. Lehnen Sie sich also zurück und genießen Sie die Vorstellung.« Die Decke veränderte sich, und man hörte vereinzelte Ahs und Ohs aus den Reihen. Und auch ich musste zugeben, dass mich der Anblick nicht kalt ließ. Es war wirklich schön. Cassie erzählte uns eine Menge über Planeten, Sterne, Sonnen und Galaxien. Was an einem Tag über unseren Köpfen passierte und wie es in den Tiefen des Weltalls aussah. Aber irgendwann hörte ich ihre Worte nicht mehr. Ich vernahm nur den melodischen Klang ihrer Stimme, beobachtete sie, während sie durch die Reihen zog, und streckte die Hand nach ihr aus, als sie meinen Sitz erreichte. Leicht streifte ich ihre Fingerspitzen und bekam dafür einen nervösen Blick, bevor sie weiterlief.

Ich wusste nicht, wie lange die Vorstellung dauerte, aber nach und nach gingen alle, bis ich allein im Raum saß. Sie kam zu mir und setzte sich neben mich. Stumm sahen wir einige Zeit nach oben und betrachteten die Sterne, die hier so viel echter und zum Anfassen nah wirkten als am tatsächlichen Himmel. Aber wenn ich ehrlich war, hatte ich mir selten Zeit genommen, diese bewusst zu betrachten.

»Wie fandest du es?«, fragte sie irgendwann.

Ich schaute sie an und erwiderte ihren Blick. So intensiv, so schön. Sie sah aus, als würde sie meine Meinung wirklich interessieren. Das hatte ich nicht oft. »Du kennst dich echt gut aus.« Ich zog aus meiner Jeanstasche ein Zigarettenpäckchen.

»Sorry, aber du darfst hier nicht rauchen«, sagte sie fast schüchtern. Klar. Ich nickte und steckte es wieder zurück.

»Wieso arbeitest du hier, Cassie?« Sie machte es auf jeden Fall nicht wegen des Geldes, aber das sprach ich nicht aus. Dann hätte ich genau die gleichen Vorurteile, die die Menschen über mich hatten.

Sie zuckte mit den Schultern, und ich legte den linken Arm auf der Lehne ab, nur damit er sie ein wenig berührte. »Weil mich das alles hier interessiert.« Sie hatte bei ihrer Antwort kurz gezögert.

»Und wieso tut es das?« Ich fragte mich selbst, weshalb ich so großes Interesse hatte, etwas über sie herauszufinden. Normalerweise sprach ich mit Mädchen nicht mehr außer: »Zu dir oder gleich hier?«, und das war oft schon zu viel.

»Meine Mom hat mir, als ich zehn war, ein Buch über den Weltraum geschenkt. Einfach so, ich hatte nicht Geburtstag oder so was, und Geschenke außerhalb gab es nicht oft. Sie hat eine Widmung reingeschrieben, ein kurzes Gedicht. Ich hab es damals überallhin geschleppt, jede freie Minute drin gelesen, und als ich es beendet hatte, hab ich noch mal von vorne angefangen. Das Buch war mein Ein und Alles, und irgendwie hat mich das Thema seitdem fasziniert.«

Ihre Mutter schien ihr viel zu bedeuten. Es fiel mir schwer, das nachzuvollziehen, denn meine war eine versoffene Nutte und hatte mich kurz nach meinem fünften Geburtstag weggeschmissen wie Müll.

»Was ist dein Ding, Trip?«

»Neben Drogen verkaufen und auf Partys gehen?«

Sie lachte. »Ja, so ungefähr. Wovon träumst du?«

Ich musste nicht lange überlegen, oft hatte ich es mir ausgemalt, aber ich hatte es noch nie laut ausgesprochen. Allein der Gedanke, ich könnte das schaffen, war schon total unrealistisch. Ich war ein Nichts, dazu bestimmt für immer in der Gosse zu leben, in der ich aufgewachsen war. Das war meine Bestimmung, genauso wie es Cassies war, später an irgendein elitäres College zu gehen und groß rauszukommen. Und das hatte nichts mit Vorurteilen zu tun, es war blanker Realismus. »Nichts Großes, ich will irgendwas machen, damit ich genug zum Essen habe. Egal was.«

»Das glaube ich dir nicht.«

Ich schluckte. Wieso bohrte sich ihr Blick in meinen und ich hatte das Gefühl, keine Luft mehr zu bekommen? Wieso fragte mich zum ersten Mal jemand, von was ich fantasierte, wenn ich mal wieder nachts in dem versifften Drecksloch, das sich mein Zuhause nannte, nicht schlafen konnte?

»Du denkst an etwas anderes, das seh ich dir an.«

Ich zögerte immer noch, aber was hatte ich zu verlieren? Ich war es gewohnt, dass Leute mir nicht viel zutrauten. Trotzdem konnte ich sie dabei nicht ansehen und wandte den Blick wieder Richtung Sternenmeer. Würde es mir mehr ausmachen, wenn sie es war, die mich auslachte? Vielleicht. »Ich würde eine Bar eröffnen. Nicht so eine versoffene Kneipe, die es hier überall gibt. Irgendwas mit Stil. Einen Ort, an dem sich die Menschen wohlfühlen.« Ich wartete darauf, dass sie anfing zu lachen, aber ich hörte nichts, also sah ich sie wieder an. Sie wirkte nicht überrascht, und das gab mir den Mut, weiterzureden. Es war ein seltsames und gleichzeitig gutes Gefühl, seinen Traum mit jemandem zu teilen. »Die Möbel wären aus Leder und schwerem Holz, und es gäbe Getränke, die ich mir selbst ausgedacht hätte. Einmal in der Woche gäbe es Livemusik, irgendeine unbekannte Band, die entdeckt werden wollte. Und es ging nicht darum, sich zu betrinken. Menschen würden sich wohlfühlen und immer wiederkommen, weil sie nicht allein sein wollten und mit anderen Leuten einfach eine gute Zeit hätten. Ich würde bis zum nächsten Morgen geöffnet haben.« Ich hörte auf zu sprechen, bevor sie dachte, ich wäre komplett durchgedreht, doch ich hätte noch so viel mehr darüber sprechen können.

»Das würde zu dir passen.«

»Wegen des Alkohols«, versuchte ich einen blöden Scherz, weil mir mein Geständnis immer noch peinlich war.

»Wegen des Stils. Ich würde jeden Abend hingehen und einen deiner Cocktails trinken. Alkoholfrei natürlich.« Ihr Wunsch, mich zu unterstützen, brachte mich zum Lächeln.

»Sehen deine Freundinnen es gerne, wenn wir uns treffen?« Ein Versuch, das Thema zu wechseln. Außerdem hatte ich vor, mehr Zeit mit ihr zu verbringen. Ich mochte sie. Noch so ein merkwürdiges Gefühl, das ich sonst in Bezug auf andere Menschen nicht oft hatte.

»Sie haben ihre eigene Meinung darüber.«

»Und du bist einer anderen?« Ich versank in dem strahlenden Blau ihrer Augen. Klar. Kein bisschen trüb. Perfekt.

»Wieso hast du uns keine Pillen verkauft, Trip?« Sie flüsterte fast, und ich liebte es, wie sie meinen Namen sagte. Ich würde den Klang nie wieder vergessen. *Trip*. Wie es sich wohl anhörte, wenn sie mich bei meinem richtigen Namen nannte? Wenn sie ihn hauchte, während ich sie küsste?

»Weil Mädchen wie euch die Türen der Welt offen stehen und ich nicht mit ansehen kann, dass ihr euch euren Weg mit so einem Scheiß verbaut.« Ich lehnte mich ein Stück zu ihr vor. Ihr Blick klebte an meinem. »Ich will dich nicht zerstören«, wisperte ich. Nur ein bisschen, dachte ich, aber sprach es nicht aus. Cassie hielt die Luft an und schaute auf meine Lippen. Der Drang, sie zu küssen, wurde größer, ich lehnte mich zurück und sah nach oben, um ihn abstellen zu können. Was gäbe ich jetzt für eine verdammte Zigarette? »Wann hast du Feierabend?«

»Um sieben, aber ich muss danach direkt heim, sonst wird mein Dad sauer.«

»Er würde es nicht gerne sehen, wenn du mit einem Typen wie mir abhängst, oder?«

Als ich sie wieder ansah, lächelte sie nur verlegen, und das reichte mir als Antwort. Die meisten Väter würden das wohl nicht gerne sehen, und ich könnte es ihnen nicht mal verdenken. Wenn ich eine Tochter hätte, würde ich sie mit meinem Leben vor Kerlen wie mir verteidigen. »Wie ist es bei dir? Hast du

Angst vor mir?«, fragte ich. Ich musste grinsen, als sie ertappt auf ihrer Lippe herumkaute.

»Nicht wirklich Angst, aber ich verstehe nicht, was du von mir willst«, erwiderte sie ehrlich.

»Ich bin hier, um es selbst herauszufinden.« Es fiel mir immer schwerer, sie nicht zu berühren. Das Verlangen danach war einfach zu stark. Sie verspannte sich, als ich eine Hand an ihre Wange legte und mit dem Daumen über ihre Lippen strich. So weich. Würde sie zulassen, dass ich sie küsste? Sie schmeckte und dabei ganz nah an mich zog? Meine Finger durch ihr Haar gleiten ließ und meine Hand um ihren Nacken legte? Ich konnte den Blick kaum von ihrem Mund abwenden, er zog mich wie magisch an.

Unsere Augen trafen sich. Mein Herz begann zu stolpern. Ich hatte vorher nicht mal gewusst, dass ich eines hatte. Als meine Hand zu ihrem Nacken wanderte, schloss sie die Lider. Ihre Brust hob und senkte sich hektisch, und ihre Lippen öffneten sich leicht. Für mich? Wurde sie schon einmal richtig geküsst?

»Cassie, die nächste Gruppe wartet!« Wir fuhren auseinander und sahen zum Eingang. Ein Typ stand an der Tür und tippte mit dem Zeigefinger auf seine Armbanduhr. Er grinste dabei wissend, und am liebsten hätte ich ihm dafür eine verpasst. Einfach so. Weil er uns gestört hatte und dabei auch noch so tat, als wüsste er, was hier abging. Obwohl wir es selbst nicht verstanden.

Cassie räusperte sich. »Okay, ich komme.« Als sie aufstand, tat ich es ihr gleich, und wir liefen nach draußen.

»Also dann, ähm ...« Sie stotterte. Sie war wirklich süß, wenn sie stotterte.

»Bis nächsten Freitag«, sagte ich und strich ihr mit dem Daumen über die Wange. Ich hatte es gewusst, ihre Haut war weich.

»Bis nächsten Freitag.« Sie schenkte mir ein Lächeln, und ich erwiderte es, bis ich mich zwingen musste, mich umzudrehen und in das Drecksloch zurückzugehen, aus dem ich gekrochen war.

Wenigstens hatte ich jetzt etwas, auf das ich mich freuen konnte. Freitag.

9

Vergangenheit - Cassie

»Cassie, dein Freund ist wieder hier.« Scott stand am Eingang zu unserem Personalraum im Planetarium und grinste breit. Eigentlich mochte ich Scott, aber jetzt nervte mich sein Grinsen. Oder ich war einfach nur total nervös. Trip war wieder hier. Wegen mir. Das zumindest hatte er letzte Woche gesagt. Er wollte mich kennenlernen und herausfinden, was es war, das ihn anzog. Sagte er das allen Mädchen? Aber wieso den Aufwand betreiben, wenn er viele davon sowieso haben könnte? Vor allem Mädchen, die viel erfahrener waren als ich. Gab es ihm einen Kick, herauszufinden, wie weit er bei mir gehen konnte, um dann bei seinen Freunden angeben zu können? Irgendwie fiel es mir schwer, das wirklich anzunehmen.

»Komme gleich«, sagte ich und hängte meinen Rucksack und meine Jacke an einen Haken an der Wand. Danach nahm ich das Schlüsselband, an dem mein Mitarbeiterausweis hing, und ging nach draußen. Meine Knie waren weich, und mein

Herz raste. Würde das jemals aufhören, wenn ich an Trip dachte?

Ich betrat den Ausstellungsraum und sah ihn, ohne suchen zu müssen. Er stand mit dem Rücken zu mir und schaute sich die Nachbildung eines Meteoriten an. Kurz erlaubte ich es mir, ihn zu betrachten, ohne von seinen Augen oder seinem eindringlichen Blick abgelenkt zu sein, dann lief ich auf ihn zu.

»Hi.«

Er drehte sich um, und auf seinem Gesicht erschien ein Lächeln. Ich mochte die Art, wie dabei seine Augen strahlten. »Hi.«

»Du bist wieder hier.«

»Ich bin wieder hier.« Seine Mundwinkel zuckten. »Ich hatte den Eindruck, es gibt noch eine Menge über die Sterne zu lernen. Kann man bei dir auch Privatführungen buchen?«

»Die erste gibt es immer gratis«, scherzte ich. Ich wusste, dass die nächste Vorführung erst in einer halben Stunde begann und ich so die Wartezeit mit Trip überbrücken konnte.

»Dann ist heute wohl mein Glückstag.«

»Würden Sie mir bitte folgen?«, erwiderte ich grinsend und deutete nach vorne.

»Sehr gerne.«

Ich führte Trip in einen Raum, in dem wir Sonderausstellungen zeigten. Er war abgedunkelt, die Ausstellungsstücke wurden von kleinen Strahlern beleuchtet, und am Ende des Raumes befand sich eine Leinwand, auf der ein Film über Galaxien in

Dauerschleife lief. Allein die Atmosphäre gefiel mir. Die wenigen Menschen hier unterhielten sich gedämpft. Ehrfürchtig ging ich an der Nachbildung des Raumanzuges von Neil Armstrong vorbei und geriet ins Schwärmen, als ich Trip alles dazu erzählte. Mit einer absoluten Gelassenheit und vor allem viel Interesse hörte er sich meine Ausführungen an, ohne mich ein einziges Mal zu unterbrechen.

»Wollen wir uns hier kurz hinsetzen?«, fragte er, als wir an den Sitzgelegenheiten vor der Leinwand ankamen. Ich nickte, und wir nahmen Platz.

»Wenn du morgen ein One-Way-Ticket in den Weltraum kriegen würdest, würdest du fliegen?«, fragte Trip.

»Nur hoch, aber nicht mehr runter?«

»Nie wieder zurück.«

»Ich glaube, ich würde es trotzdem machen. Wann bekommt man mal dazu die Gelegenheit? Und du?«

»Definitiv. Überall ist es besser als hier.« Sein Gesichtsausdruck wurde härter, und ich fragte mich, was er schon alles erlebt haben musste. Er würde den Flug nicht deswegen machen, weil ihn das Weltall interessierte, sondern nur, um zu flüchten. War ich ebenfalls nur eine Flucht für ihn?

»Erzähl mir etwas über dich, das keiner weiß«, sagte ich. Ich wollte mehr über ihn erfahren, denn er hatte von Anfang an nicht den Eindruck auf mich gemacht, den alle von ihm hatten. Irgendjemand hatte ihn kaputtgemacht, und er konnte überhaupt nichts dafür. Die meisten Menschen, die etwas Kaputtes hatten, schmissen es einfach weg. Meine Mom hatte mir beigebracht, dass man erst versuchen sollte, es zu reparieren.

»Ich hab dir schon etwas erzählt. Das mit der Bar.« Er zwinkerte mir zu und zog sein Zippo aus der Tasche, mit dem er oft spielte. War es, weil er unsicher war? Ich sah auf das glänzende Metall und entdeckte eine eingravierte Schrift.

»Von wem hast du es?«

Er sah den Gegenstand an, als wäre ihm gar nicht aufgefallen, dass er ihn in der Hand hielt.

»Hab es jemandem geklaut.«

»Du lügst«, erwiderte ich. Mir war seine angespannte Reaktion auf meine Frage nicht entgangen.

Er sah mich an und zog einen Mundwinkel nach oben. »Du merkst alles, oder bin ich nur so durchschaubar?«

»Du bist überhaupt nicht durchschaubar. Offen gesagt, bist du mir ein riesiges Rätsel«, antwortete ich ehrlich.

»Und du willst nur wissen, was hinter dem großen Rätsel steckt?« Seine Stimme klang bitter. »Wie ein Experiment.«

»Nein. Ich will wissen, wer du wirklich bist und ob es eine Tür in der dicken Mauer um dich herum gibt.«

»Wie poetisch.« Lachte er mich etwa aus?

Ich zuckte beschämt mit den Schultern. »Meine Mutter steht auf Lyrik, das hat wohl ein wenig auf mich abgefärbt. Sorry.«

Der Film auf der Leinwand vor uns begann wieder von Neuem, aber das war egal, denn wir sahen sowieso nicht hin.

»Entschuldige dich niemals dafür wie du bist, Cassie«, sagte er ernst und ich musste schlucken, weil sein Blickkontakt erneut alle Synapsen meines Körpers in Aufregung brachte. Es herrschte einen Augenblick lang Stille, dann holte er tief Luft. »Von meinem Dad. Oder eher gesagt von dem Kerl, bei dem ich glaubte, dass er es ist.« Er steckte das Zippo zurück in seine Hosentasche, als könnte er die Gedanken daran so ebenso wieder irgendwo vergraben.

»Wieso glaubst du es nur?«

»Weil meine Mutter eine verdammte Nutte war und sie nicht sagen konnte, wer es von den hundert Freiern wirklich war.« Er spuckte die Worte aus, als wären sie Kugeln. Doch sie sollten nicht mich verletzen. Sie sollten ihn nur schützen. »Aber ich hatte immer gehofft, dass er es ist. Er war der Netteste von allen. Immer bevor er meine Mom besucht hat, hat er mir Süßigkeiten mitgebracht, die ich draußen, während ich wartete, gegessen habe. Zumindest ist es in meiner Erinnerung so, aber ich war auch erst fünf.« Er senkte den Kopf und fuhr sich durch die Haare. Mich schockten seine Worte zutiefst. Nie im Leben hatte ich damit gerechnet. Während es meinen Freunden und mir nur schlecht ging, weil unsere Eltern uns abrichteten wie gut dressierte Hunde, anstatt uns einfach nur zu lieben, sah ich nun, dass es viel schlimmere Schicksale gab. Ich rutschte ein Stück näher zu Trip und nahm seine Hand. Er sah auf, und unsere Blicke trafen sich wieder.

»Er war es bestimmt.« Ich wusste nicht genau, was ich auf sein Geständnis sagen sollte, aber ich hoffte, dass er das hören wollte. Er lächelte und drückte meine Hand zurück, während ich erleichtert ausatmete. Der Blick aus seinen Augen wurde weicher, als er mich ansah. Wie konnte ein Mensch, der so etwas erlitten hatte, trotzdem noch so viel Gefühl besitzen? Auch wenn er sich nicht traute, es herauszulassen. Vielleicht, weil es in seiner Welt Schwäche bedeutete. Vielleicht, weil er nie gespürt hatte, was Liebe wirklich war. Vielleicht, weil es jemand geben musste, der diese dicken Mauern zum Einstürzen brachte.

Vielleicht wollte ich dieser Jemand sein.

10

Vergangenheit - Trip

Es klopfte an der Tür. Dreimal. Viermal. Wir bekamen nie Besuch. Von wem auch? Nicht einmal der Postbote traute sich noch an unsere Tür. Nash und Everett waren in der Schule, der Wichser nicht zu Hause, wahrscheinlich in irgendeiner seiner Kneipen und ließ sich volllaufen. Wir nannten ihn hinter seinem Rücken immer nur den Wichser. Weil er einer war.

Es klopfte noch einmal. Das Bett knarzte, als ich aufstand. Mein Rücken tat weh, nicht nur da die Federn der alten Matratze jede Nacht hineinstachen. Langsam schleppte ich mich vorwärts, anscheinend ließ derjenige vor der Tür nicht locker und ich unterdrückte ein Keuchen, als ein Schmerz durch meine Rippen zog.

Ich durchquerte den schmalen Flur zur Eingangstür. Immer wenn ich durch unser schäbiges Haus ging, ignorierte ich die abgerissene Tapete, die dreckigen Flecken auf dem Teppich, die leeren Bierflaschen und Essensdosen auf dem Boden. Nach mittlerweile sieben Jahren bei dem Wichser konnte ich eines wirklich gut. Ignorieren.

Denn wenn ich versuchte, etwas dagegen zu unternehmen, wurde es nur schlimmer. Wie vorgestern.

Fast hätte ich die Tür wieder zugeknallt, als ich sie geöffnet hatte. »Was machst du hier?« Nervös schaute ich mich draußen um und zog Cassie an ihrem Oberarm herein. Auch wenn es mir wahnsinnig peinlich war, dass sie dieses Drecksloch sah, war es immer noch besser, als sie vor der Tür zu lassen. Nicht nur die Menschen dort waren der Grund, auch die Temperaturen waren im November scheißkalt, und der dünne Pulli, den Cassie trug, hielt sie ganz sicher nicht warm. »Du solltest nicht allein hier in der Gegend rumlaufen! Woher weißt du überhaupt, wo ich wohne?«

»Ich hab ein paar Leute gefragt«, antwortete sie eingeschüchtert.

»Du hast was?« Meine Stimme wurde laut, obwohl ich nicht wütend auf sie war, ich war wütend auf die gesamte verschissene Situation. Den Wichser. Meine Eltern. Mein Leben.

»Du warst nicht in der Schule und heute nicht im Planetarium. Du warst jeden Freitag da, seit vier Wochen. Du …« Sie verstummte, und ich drehte den Kopf leicht von ihr weg. »Was ist das?«, fragte sie geschockt und hob die Hand. Als sie mein Auge zart berührte, zuckte ich zusammen. Die schlimmsten blauen Flecken hatte sie noch nicht mal gesehen. »Was ist passiert?«

»Nichts. Geh nach Hause, Cassie. Du gehörst hier nicht hin. Du gehörst nicht zu mir.« Meine Worte schmeckten bitter auf meiner Zunge, weil ich um mich biss wie ein Streuner, der in die Ecke gedrängt wurde.

»Ich werde nirgendwohin gehen.« Ich sah sie wieder an. In den letzten Wochen hatte ich sie besser kennengelernt als gut für uns war. Wir hatten freitags nicht unbegrenzt Zeit miteinander, aber ich genoss jede einzelne Minute davon. Zwischen den Vorstellungen im Planetarium unterhielten wir uns, ich fand heraus, dass sie den Sommer liebte, Schokoladeneis hasste und auf ihren Stiften kaute, wenn sie nervös war. Sie verurteilte niemanden, sondern sah einen Menschen, wie er war. Akzeptierte ihn. Respektierte ihn. Selbst mich. Niemand hatte mir vorher eine Chance gegeben oder wollte mich näher kennenlernen. Noch nicht mal die Tante vom Jugendamt glaubte daran, dass aus Everett, Nash oder mir etwas anderes würde als eine gescheiterte Existenz wie der Wichser. Nur Cassie. Sie schwelgte mit mir in meinen Träumen, lachte über meine bescheuerten Witze oder hielt fest meine Hand, wenn wir miteinander schwiegen und einfach nur die Sterne ansahen.

Wenn ich morgens aufstand, wollte ich nichts mehr, als Cassie wiederzusehen. Genauso wie abends, wenn ich ins Bett ging, und eigentlich die gesamte Zeit, in der sie nicht bei mir war. Vielleicht war das der einzige Grund, weshalb ich immer noch auf diese verkackte Highschool ging. Auch wenn wir in der Schule nicht miteinander redeten, weil ich wusste, ihre

Freunde würden ihr die Hölle heiß machen und sie bei ihrem Dad verpetzen, konnte ich sie wenigstens sehen. Sie warf mir verstohlene Blicke zu, und ich grinste sie heimlich an, wenn sie an mir vorbeiging. Wir hüteten beide unser kleines Geheimnis. Über die Freitage, die nur uns gehörten und uns weit weg von der Wirklichkeit trugen. Cassie war meine beste Freundin geworden und trotzdem konnte ich ihr nicht alles erzählen, ohne sie, ihre Fröhlichkeit oder ihren Glauben an die Menschen zu zerstören. Vielleicht war es auch egoistisch, aber ich wollte sie genauso behalten, wie sie war. Mein Stern, der heller leuchtete als alle anderen. Ich hätte es mir nicht verziehen, wenn er wegen mir erlöschen würde.

»Komm.« Kurz entschlossen nahm ich ihre Hand und zog sie nach draußen. Sie sollte nicht länger hier sein müssen.

Vor unserer Tür parkte ein nagelneuer Jaguar. Dass noch alle Räder dran waren, glich einem Wunder.

»Du fährst, wir können deine Karre nicht hier stehen lassen.« Sie nickte, und wir nahmen im Auto Platz.

»Wo soll ich hinfahren?«

»Egal, alles ist besser als hier«, flüsterte ich kraftlos und legte meinen Arm auf die Mittelkonsole. Ich hatte noch nie in so einem Auto gesessen. Alles roch neu, das beige Leder war poliert und hatte keinen einzigen Kratzer, die Anlage war wahrscheinlich teurer als unser gesamtes Haus.

»Gehört der Wagen dir?«

»Meinem Dad. Er ist auf Geschäftsreise und weiß nichts davon.«

»Du böses Mädchen«, sagte ich, und sie schenkte mir ein kleines Lächeln, das ich ihr allerdings nicht abnahm. Sie machte sich immer noch Sorgen um mich und meinen Zustand, das sah ich ihr an. Dabei sorgte ich mich eher um sie, dass sie so etwas mit ansehen musste, denn ich sah mehr als beschissen aus.

Cassie fuhr los, und ich blickte nach draußen, als wir die schäbigen Häuser hinter uns ließen und die Gegend besser wurde. Hier spielten Kinder in dicken Winterklamotten auf der Straße, bauten Schneemänner oder lieferten sich lachend eine Schneeballschlacht. In unserem Viertel sollte eine gute Mutter ihr Kind nicht nach draußen lassen. Es waren trotzdem genug Kids vor der Tür, weil es kaum gute Mütter bei uns gab.

Je weiter wir uns von dem Dreckslos entfernten, umso besser konnte ich wieder atmen. Nicht auszudenken, wenn der Wichser doch früher nach Hause gekommen wäre und Cassie bei uns vorgefunden hätte. Panik erfasste mich, und ich sah sie an, um mich zu vergewissern, dass alles gut war. Es war alles gut, weil sie hier war. Bei mir.

Mit ihren offenen schwarzen Haaren und dem ernsten Blick, der auf die Straße gerichtet war, war sie wunderschön. Ich ballte die Hände zu Fäusten. Meine Fingerknöchel knackten dabei. Viel zu sehr wollte ich sie anfassen. Auch wenn wir uns seit vier Wochen jeden Freitag im Planetarium trafen, traute ich mich nicht, den nächsten Schritt zu tun. Wir waren Freunde geworden, ich vertraute ihr Dinge an, die ich niemandem sagte, und sie mir ebenso. Aber sie zu küssen oder zu berühren, würde das alles unweigerlich kaputtmachen. Ich genoss nicht nur ihre Nähe, ich brauchte sie mittlerweile. Sie war das einzig Gute in meinem Leben geworden.

»Warte hier«, sagte sie, als sie nach einer Weile vor einem Burgerrestaurant gehalten hatte. Sie stieg aus, und ich verfolgte sie mit den Blicken. Jeder, der mich nun in diesem Auto sah, würde denken, ich hätte es geklaut. Nach zehn Minuten kam sie wieder raus, setzte sich auf den Fahrersitz und warf eine braune Papiertüte auf meinen Schoß. Es roch köstlich nach Burger und Pommes. Sie hatte sogar an Cola gedacht und stellte zwei Becher in die Halter der Mittelkonsole. Mein Magen knurrte. Keine Ahnung, wann ich heute etwas gegessen hatte. Keine Ahnung, wann ich überhaupt etwas gegessen hatte.

»Ich dachte, du könntest einen guten Burger gebrauchen.« Ich liebte ihr Lächeln.

»Ich kann immer was zu essen vertragen.«

Wir fuhren weiter und hielten irgendwann auf einem verlassenen Parkplatz mit Blick auf einen kleinen See.

Stumm öffnete ich die Tüte und hielt sie ihr hin. Sie nahm sich einen Burger heraus und wickelte ihn aus dem Papier. Der Innenraum des Wagens füllte sich mit seinem köstlichen Duft, und mir lief das Wasser im Mund zusammen.

»Danke«, sagte ich, während ich das Gleiche tat und sie dabei beobachtete, wie sie den Salat vom Burger pickte. »Was machst du da?«

»Salat an sich ist okay, aber Burger und warmer Salat gehen gar nicht.«

Ich schmunzelte und nahm einen Bissen. Fast hätte ich gestöhnt, so gut war er. Es dauerte einige Zeit, bis sie erneut das Wort ergriff.

»War es jemand, der bei dir Drogen gekauft hat?«, fragte sie leise, und ich musste kurz auflachen, weil der Gedanken daran so absurd war. In den letzten Jahren hatte ich mir meinen Ruf hart erarbeitet, keiner der Leute, die bei mir kauften, würde mich anfassen.

»Nein, war es nicht.«

»Was ist dann passiert?«

Ich seufzte, nahm einen Bissen und kaute ihn langsam. Sie würde es nicht verstehen. Ihre Welt war anders als meine. »Du solltest den anderen mal sehen«, murmelte ich.

»Hör auf damit.« Sie drehte sich zu mir und sah mich an. Mir blieb der Bissen im Hals stecken. »Du musst mir nichts vorspielen. Wenn du es nicht sagen willst, okay, aber versteck dich nicht hinter dieser Maske. Ich mag sie nicht.«

»Es war mein Pflegevater.« Ich sah ihr das Mitleid an, und genau diesen Blick wollte ich nicht. Nicht von ihr. »Nicht der Rede wert.«

»Wie bitte? Dein Gesicht ist grün und blau, wieso tut er so was?«

»Weil er ein Wichser ist, wenn er besoffen ist, und das ist er leider die ganze Zeit.« Ich zuckte mit den Schultern und aß den restlichen Burger auf, bevor ich mich an die Pommes machte. Ich konzentrierte mich voll auf den salzigen, fettigen Geschmack und tat so, als würde mir das Ganze nichts ausmachen und den Appetit verderben.

»Dealst du deswegen?«

»Weil ich ihm eins auswischen will, meinst du?« Sie nickte. »Nein.« Oh Mann. Ich seufzte. Wieso wollte sie das alles wissen? War es nicht schön, so wie es gewesen war? Ich konnte bei ihr vergessen und wollte sie nicht mit meinen Problemen belasten. »Ist egal.«

»Wir sind doch jetzt Freunde, oder?«

Ich musste lächeln. Freunde. Ich wäre gerne so viel mehr für sie, aber Freunde war besser als nichts. »Sind wir.«

»Also wieso?«

»Weil jemand für meine Brüder Essen und Schulsachen kaufen muss. Ich nehm das Zeug nicht selbst, wenn du das meinst, ich vertick es nur. Aber das ist der schnellste Weg, um in unserer Gegend an Geld zu kommen, wenn man nicht klauen will.« Jetzt war es raus. Niemand wusste das. Niemand. »Ich meine, wir sind nicht richtig verwandt, also nicht blutsverwandt, aber wir leben seit Jahren zusammen in dieser Hölle. Nash und Everett sind jünger, und ich fühle mich verantwortlich. Wenn unser Pflegevater ausrastet, stelle ich mich vor sie. Ihm geht einer dabei ab, seinen Frust an mir auszulassen, und ich halte es aus. Das ist unser Ding.«

»Das ist unglaublich …« Ihre Stimme zitterte. »Unglaublich aufopferungsvoll und lieb von dir.« Sie hatte schon länger nichts mehr gegessen, jetzt hatte ich ihr also den Appetit verdorben.

»Ich bin alles, nur nicht lieb, Cassie.«

»Doch bist du«, beharrte sie. »Du könntest lernen, um ein Stipendium zu bekommen! Und dann studieren gehen, damit du euch ein anderes Leben aufbauen kannst!«

Ich lachte. »Die meisten Menschen sind nicht so wie du. Sie haben Vorurteile, sehen den Jungen mit den Tattoos aus der Gosse, sehen zerrissene alte Jeans und einen ausgewaschenen Hoodie und trauen dir nicht mehr zu, als Dreck unter ihren Fingernägeln ist. Ich werde niemals studieren wie du. Aber das ist okay.« Die letzten Worte sagte ich leiser, weil ich sie eigentlich selbst nicht glaubte. Es war nicht okay, dass Menschen wegen ihres Aussehens abgestempelt wurden, aber so war es nun mal. Ich legte die Tüte mit dem Essen zur Seite, und Cassie tat es ebenso. Wir hatten beide keinen Hunger mehr.

»Du bist gut, wieso siehst du das denn selbst nicht?«, flüsterte sie und legte ihre Hand auf meine. Wir verhakten die Finger ineinander, ich führte sie zu meinen Lippen und verteilte vorsichtige, sanfte Küsse auf ihren Fingerknöcheln. Es war wie ein innerer Drang, sie zu fühlen, anzufassen, bei ihr zu sein. Ich spürte, dass ich nicht mehr lange dagegen ankämpfen konnte.

»Ich frage mich eher, wieso du das siehst.«

»Weil du mich dahinter schauen lässt. Hinter die Maske.« Ihre Worte ließen mich schlucken.

»Ich will dich küssen«, wisperte ich. Jetzt war es raus. »Ich kann seit unserer Begegnung bei der Party nur darüber nachdenken, wie es wäre, dich zu küssen.« Es war der richtige Moment, und ich hatte lange auf ihn gewartet. Cassies Herz pochte so heftig, dass ich sah, wie sich ihr Shirt darüber bewegte.

»Tu es doch«, erwiderte sie in dem gleichen leisen Tonfall.

»Aber ich hab Angst.« Ich zog sie an ihrer Hand ein Stückchen näher zu mir und kam ihr entgegen. Kurz vor ihren Lippen hielt ich inne und sog ihren Duft tief ein. Blumig, süß, leicht und einfach nur sie. »Angst, nicht mehr aufhören zu können.«

»Dann hör niemals auf«, flüsterte sie, und ich überbrückte die letzte Entfernung zwischen uns. Ganz leicht legte ich meine Lippen auf ihre. Ich wollte den Moment genießen, ihn auskosten. »Star.« Ich war die Dunkelheit, sie mein einziger Stern. »Star«, hauchte ich, während ich zarte Küsse auf ihrem Mund verteilte. Ich spürte, dass sie lächelte. Spürte, dass mich ihre Hand noch fester hielt und mein Herz zwischendurch aufhörte, zu schlagen. Und ich starb. Ich starb einmal und danach noch ein zweites und drittes Mal.

Vorsichtig intensivierte ich den Kuss, leckte ihr leicht über die Lippen, die sie für mich öffnete. Als ich hineintauchte, konnte ich ein Stöhnen nicht unterdrücken. Unsere Zungenspitzen berührten sich flüchtig, und im gleichen Moment explodierte etwas in meinem Inneren. Dieser Kuss war leicht, schön, gefühlvoll und anders als alles, was ich vorher erlebt hatte. Vorher hatte ich nur geküsst, um irgendjemanden zu ficken. Star küsste ich, um sie zu küssen. Unsere Atmung wurde immer schneller, unsere Bewegungen drängender. Doch ich spürte auch ihre leichte Unsicherheit und Zurückhaltung. Ich wollte sie unter keinen Umständen bedrängen, damit dieser Kuss niemals endete. Damit unsere gemeinsame Zeit niemals endete, denn eines spürte ich ganz genau zum ersten Mal in meinem Leben: Ich hatte mich unwiderruflich verliebt. In die blausten Augen und den reinsten Charakter, den ich jemals getroffen hatte.

Und ich wusste nicht, wie ich jemals mit diesem Gefühl umgehen sollte. Denn ich wäre es, der sie vor all den Wichsern dieser Welt beschützen würde, und doch auch derjenige, der ihre Reinheit verdarb.

11

Vergangenheit - Cassie

»Ich will nicht nach Hause«, hauchte ich und legte den Kopf auf Trips Schulter ab.

»Dann bleiben wir für immer hier.« Seine Finger fuhren sanft durch meine Haare, und mich erfasste ein angenehmer Schauer.

»Bei dir habe ich das Gefühl, ich kann einfach nur ich sein. Ohne dass jemand irgendetwas von mir erwartet«, flüsterte ich.

»Ich weiß, was du meinst.« Er hob mein Kinn und küsste mich wieder. Meine Lippen waren bereits taub, aber ich hätte mir kein schöneres Gefühl vorstellen können, als ihn zu küssen. Es war mein erster richtiger Kuss gewesen, und auch wenn er es nicht gewesen wäre, hätte er mir genauso viel bedeutet. Ich mochte Trips Nähe und wie er die Dinge sah. In den letzten Wochen bei unseren Treffen hatte ich ihn richtig kennengelernt. Niemand ahnte, dass hinter seiner dicken Schale ein sensibler und schlauer Junge steckte, der sich so sehr um seine Brüder sorgte, dass er für sie alles aushielt.

Wir hatten uns vor einer halben Stunde auf die Rückbank gesetzt. Seine Hand glitt zu meiner Hüfte, aber er bedrängte mich nicht. Er hielt mich einfach nur, und ich genoss das Gefühl seiner Finger auf mir. Ich erinnerte mich an den Spruch, den Clary einmal gesagt hatte.

Trip, er verschafft dir den Trip deines Lebens.

Ja, das tat er, aber auf eine völlig andere Art, als ich je angenommen hätte. Tausend Schmetterlinge tanzten in meinem Inneren, und ich schlang die Arme enger um seinen Nacken. Unser Atem wurde rauer, schneller. Ich wollte mehr und hatte gleichzeitig Angst davor.

»Star«, wisperte er immer wieder zwischen unseren Küssen. Ich liebte es, wie er mich nannte, wie rau seine Stimme wurde, wenn er den Spitznamen aussprach.

Trip löste seine Lippen von meinen und fluchte, als er in seine Tasche griff. Dort zog er ein uraltes Handy heraus und hielt es sich ans Ohr, nachdem er auf das Display gesehen hatte.

»Ev.« Er lauschte, ließ mich dabei nicht aus den Augen und legte seine Hand auf meinen Oberschenkel. Sein Daumen strich auf und ab, und ein erneutes Kribbeln breitete sich in mir aus. »Wo ist er?« Er hielt inne, und ich erkannte seine Anspannung. »Fuck! Ich bin gleich da …« Trip legte auf und schob das Telefon zurück in seine Tasche.

»Scheiße, Cassie, es tut mir leid, Nash, er ... steckt in Schwierigkeiten.«

»Ich fahr dich.«

»Nein! Auf keinen Fall, ich laufe.« Er war bereits ausgestiegen, als ich ihm folgte.

»Du willst laufen? Den ganzen Weg zurück in eure Gegend?« Es war schon dunkel. Ich schlang die Arme um meinen Oberkörper, weil ich bei dem eisigen Wetter keine Jacke trug. Trip umrundete das Auto und stellte sich vor mich, sodass ich den Kopf ein Stück anheben musste. Er rieb meine Schultern.

»Steig wieder ein, es ist kalt. Wir sehen uns morgen. Ich verspreche es. Es war wunderschön mit dir, und ich vermisse dich jetzt schon«, sagte er sanft und wollte den Kopf senken, um mich ein weiteres Mal zu küssen, da wandte ich mein Gesicht ein Stück ab.

»Ich meinte das ernst! Lass mich dich fahren!«

Seine Miene wurde härter. Es tat mir immer noch leid, was sein Pflegevater mit ihm gemacht hatte und am liebsten hätte ich ihn von allem Schmerz befreit. Ich verstand das Gefühl, dass er seinen Brüdern gegenüber haben musste. »Vergiss es! Ich zieh dich da nicht mit rein.« Seine Hände hielten inne und drückten sanft meine Schultern, obwohl sein Ton streng war. Aber dabei ließ ich nicht mit mir reden, und wenn ich ihm mit dem Auto folgte.

»Es ist zu weit. Sollte dein Bruder wirklich in Schwierigkeiten stecken, brauchst du jede Minute. Ich steige auch nicht aus, wir sammeln ihn dort ein, wo er ist, und ich bringe euch dahin, wo ihr wollt. Dann fahre ich heim, ich schwöre es.«

Trip presste die Lippen zusammen, sodass sie nur noch wie ein Strich wirkten. »Es ist zu gefährlich. Ich kenne den Typen, bei dem Nash ist. Nein.«

»Du würdest mir helfen, egal bei was, oder?«

»Selbstverständlich.«

»Dann lass mich ab jetzt für dich da sein.«

Er zögerte, danach seufzte er laut. »Du wirst sowieso nicht lockerlassen, oder?« Ich schüttelte den Kopf. »Mein stures Mädchen.«

Ein triumphierendes Grinsen trat auf meine Lippen. »Steig ein.«

Kopfschüttelnd gab mir Trip noch einen Kuss, bevor wir auf den Sitzen Platz nahmen. Er lotste mich zurück, und während des gesamten Weges spürte ich, wie seine Anspannung weiter zunahm. Was immer es war, bei dem Nash Hilfe brauchte, es belastete Trip schwer.

Irgendwann hielten wir vor einem Haus in Trips Gegend. Es war genauso heruntergekommen wie die meisten Häuser hier. Der Vorgarten war verdreckt und ungepflegt, sogar eine Fensterscheibe war eingeschlagen. Das Licht der Straßenlaterne am Straßenrand flackerte in der Dunkelheit. Trip wandte sich zu mir.

»Du verschließt die Tür und öffnest sie erst wieder, wenn ich zurück bin. Wenn es länger als zehn Minuten dauert, fährst du nach Hause und wartest, bis ich mich bei dir melde. Ist das klar?« Ich nickte. »Diesmal keine Diskussion. Sag es!«

»Verstanden.«

»Okay.« Er hauchte mir einen Kuss auf den Mund und stieg aus dem Auto. Erst als ich den Knopf der Verriegelung betätigte, drehte er sich um und ging auf das Haus zu. Ich beobachtete, wie er gegen die Haustür hämmerte. Ein Junge, ungefähr in unserem Alter, machte auf. Er war genauso groß wie Trip, aber deutlich massiger. Kurze blonde Haare und eine schiefe Nase betonten sein rundes Gesicht. Er warf misstrauisch einen Blick über Trips Schulter, und sah direkt zu mir in den Wagen. Mir wurde übel. Der Kerl schaute nicht so aus, als würde er viel Spaß verstehen. Trip lehnte sich gegen den Türrahmen und versperrte ihm so die Sicht auf mich, zog seine Aufmerksamkeit wieder auf sich.

Plötzlich schubste der Typ Trip, und mein Herz begann zu rasen. Was, wenn er ihn jetzt angriff? Was, wenn er ein Messer oder eine andere Waffe hatte? Dann konnte ich nicht tatenlos hier im Auto sitzen und nichts tun! Sollte ich die Polizei rufen?

Doch bevor es eskalierte, verschwand der Typ im Inneren des Hauses, und wenig später kam ein schwarzhaariger Junge raus. Irgendwie kam er mir bekannt vor, war aber ganz bestimmt nicht von unserer Schule. Hatte ich ihn nicht an dem Abend bei der Party gesehen? War er es, der mich gefragt hatte, wieso

Clary und ich Trip suchten? Ich war mir nicht sicher, doch er könnte es sein.

Trip legte eine Hand in seinen Nacken und drückte ihn zügig über den Weg im Vorgarten auf das Auto zu. Ich entriegelte die Türen, und der Schwarzhaarige schob sich auf die Rückbank, während Trip neben mir Platz nahm. Plötzlich wurde der Innenraum von einem Geruch nach Alkohol und etwas anderem, Undefinierbarem ausgefüllt und ich schnappte leicht nach Luft.

»Fahr.« Trips Miene war hart, und er sah stur geradeaus.

»Hey, Süße.« Trips Bruder schob sich zwischen die Vordersitze und legte seine Arme auf den Rückenlehnen ab. Der Geruch kam definitiv von ihm. Seine Stimme war heiser, und er lallte leicht.

»Setz dich wieder zurück, Nash!«

»Keine Bange, ich mach dein Mädchen schon nicht an! Außer sie will es!« Er lachte, aber es hörte sich eher an, als würde er husten. »Hast du was dabei, Trip?«

»Nein. Du hattest genug. Und jetzt rutsch wieder zurück und halt die Klappe!«

»Meine Güte, nicht gut drauf oder besorgt es dir deine Kleine nicht richtig?«

»Halt an«, knurrte Trip. Das erste Mal konnte ich die Dunkelheit in ihm sehen und hatte Angst. Nicht um mich. Eher darum, dass diese öfter zum Vorschein kam und Trip irgendwann verschlang. Er musste sie bändigen, aber das ginge nicht, wenn jemand wie Nash ihm das Leben so schwer machte. Er hatte das nicht verdient. Nichts davon.

»Alles gut. Ich nehm das nicht ernst«, erwiderte ich, fuhr weiter und hörte, wie Nash leise auf dem Rücksitz lachte. Wenigstens sagte er nichts mehr.

»Es tut mir leid«, flüsterte Trip. »Ich wollte dich nicht da mit reinziehen.« Seine Stimme zitterte, und ich tastete nach seiner Hand. Als ich sie gefunden hatte, drückte er meine fast ein wenig zu fest. Mein Herz brach, weil er litt.

»Es ist okay«, wisperte ich. »Mach dir keine Sorgen.«

»Oh, so zahm, Bruderherz? Willst es dir wohl mit deinem stinkreichen Mädchen nicht verscherzen, damit du ihr den geilen Jaguar abnehmen kannst, was?«

Trip ließ mich los, und ich fühlte mich augenblicklich verlassen. Leer. Ich hatte das Gefühl, ich verlor ihn in diesem Moment an die Dunkelheit.

»Bitte halt an, Cassie.« Trips Stimme zitterte, als führte er einen schweren Kampf mit seiner Beherrschung. Diesmal stoppte ich den Wagen. »Ich melde mich bei dir.« Er stieg aus, ohne mir einen Kuss zu geben. Als er Nash vom Rücksitz zog und auf das Dach klopfte, damit ich losfuhr, blieben nur zwei Dinge zurück. Die Angst, ihn zu verlieren, und der schale Geruch im Innenraum. Gegen Zweiteres konnte ich etwas machen, aber was tat ich, damit Trip endlich diesem Strudel entkam? Und konnte ich alleine überhaupt etwas ausrichten?

12

Gegenwart - Tanner

»Bro, kannst du mir noch mal Geld überweisen? Muss die Miete zahlen.«

Diese Nachricht hatte mich heute Morgen erreicht, und ich hatte sie noch nicht beantwortet. Mittlerweile war es früher Abend, und es würde nicht mehr lange dauern, bis sich Nash erneut meldete. Everett und ich hatten es geschafft, uns aus dem Sumpf freizukämpfen. Es war nicht einfach gewesen, riesige Steine hatten mir den Weg versperrt, aber ich wusste, wir würden niemals wieder in dieses frühere Leben abrutschen. Bei Nash sah das anders aus. Er hatte nie verkraftet, was tief in seiner Vergangenheit vergraben lag. Schon immer hatte ich versucht, ihn von den Drogen wegzubekommen. Es hatte langsam angefangen. Mit elf der erste Joint, mit dreizehn das erste Mal Koks, danach folgte schlimmere Scheiße. Er dealte selbst, arbeitete mal hier und mal da. Nash konnte ziemlich gut Dinge reparieren und hatte eine Zeit lang in einer Autowerkstatt gearbeitet. Er war einige Monate clean, und Ev und ich dachten schon, er hätte es geschafft. Bis seine Vergangenheit ihn erneut heimsuchte und er wieder zurück in den Sog gezogen wurde. Anfänglich hatte ich ihm jeden Monat Geld überwiesen, bis Ev mir das ausgeredet hatte. Er sagte, das mache es nicht besser. Ich war mir nur nicht sicher, was Nash nun tat, um an Stoff zu kommen, denn er meldete sich immer nur sporadisch bei uns. Und selbst wenn wir ihn fragten, erzählte er uns garantiert nichts.

»Bro, hast du meine Nachricht nicht bekommen? Melde dich! Mein Vermieter braucht die Kohle morgen!«

Da war schon die nächste Nachricht, und ich war mir sicher, dass noch weitere folgen würden. Genauso sicher, wie ich mir war, dass das Geld nicht für seine Miete bestimmt war. Scheiße. Ich fuhr mir durch die Haare und legte das Handy zurück auf den Couchtisch. Nach meinem Besuch in Cassies Büro hatte ich nicht mehr in die Bar gewollt und war nach Hause gefahren. Ich hatte mir in Queens ein kleines Häuschen gekauft. Nichts Protziges, aber es war sauber, und vor allem gehörte es mir. Die Einrichtung ähnelte der in meinen Bars, sie bestand aus Leder und grobem Holz. Selbst wenn ich jetzt das Geld durch die Einnahmen der Bars hatte, fiel es mir immer noch schwer, viel für materielle Dinge auszugeben.

Es klopfte dreimal an der Tür, und ich wusste genau, wer davorstand. Außer Ev kannte ich hier in der Stadt niemanden, denn ich war erst zur Renovierung und Eröffnung des *Starlight* hierhergezogen. Als ich mich bereit gefühlt hatte, Cassie gegenüberzutreten, und es trotzdem verkackt hatte. Shit.

»Sag mal, musst du nicht arbeiten, oder machst du blau? Lass das nicht deinen Boss wissen«, sagte ich, als ich die Tür aufgezogen hatte und meinen kleinen Bruder davor begrüßte.

Er grinste bis über beide Ohren. Seine dunkelblonden Haare waren zerzaust, seine braunen Augen blitzten belustigt. Everett sah immer aus, als hätte er irgendwas ausgefressen und gewaltigen Spaß dabei gehabt. Ich war froh, dass mein jüngster Bruder keinen Schaden von unserer gemeinsamen Vergangenheit davongetragen hatte. Zumindest wirkte er nicht mehr so. Aber er konnte sein Innerstes schon immer besser verstecken als Nash oder ich. Denn auch seine Vergangenheit vor unserem Zusammenleben war alles andere als Standard gewesen.

»Ach, mein Boss ist ein Arschloch, das selbst nicht zur Arbeit kommt. Dem ist das egal«, erwiderte er, ich lachte und trat einen Schritt zurück, damit er hereinkommen konnte, dann schloss ich die Tür. »Nein, jetzt im Ernst, Bennett hat meine Schicht übernommen. Hab mich gewundert, weshalb du heute nicht aufgetaucht bist, und wollte nachsehen, ob alles okay ist.«

Ev schmiss sich auf meine Couch im Wohnzimmer, als würde er hier ebenso leben, und ich ging in meine kleine Küche, holte uns zwei Bier aus dem Kühlschrank und öffnete sie.

»Nash hat wieder geschrieben.« Ich gab Ev eine Flasche und setzte mich neben ihn.

»Dachte ich mir schon. Mir auch.« Gedankenverloren hob ich die Flasche an meine Lippen. »Hast du ihm geantwortet?«

Ich schüttelte den Kopf. »Du?«

»Ganz sicher nicht! Soll er doch herkommen und sich die verdammte Kohle holen!«

»Wird er wahrscheinlich auch, so wie ich ihn kenne.«

»Damit sich der Penner eine Abreibung von uns beiden holen kann? Glaub ich nicht. Eher ruft er wieder Erin an.« Mir wurde übel, wenn ich an Nashs Ex-Freundin dachte. Sie war die Letzte, die ihn aus dem Sumpf herausholen konnte, denn sie steckte selbst bis zum Hals darin fest.

»Irgendwann müssen wir uns was einfallen lassen, Ev.« Ich lehnte mich zurück und legte die Beine auf dem Couchtisch ab. Ev griff zur Fernbedienung und schaltete den Flachbildfernseher ein, ließ irgendein Footballmatch nebenbei laufen. Der Sport hatte mich noch nie interessiert.

»Ja, müssen wir, und wir sollten nicht mehr so lange damit warten.« Er zog sein Zippo aus der Hosentasche und ließ es auf und zu klacken. Es war eine nervige Angewohnheit, aber ich hatte es ihm geschenkt, als ich aufgehört hatte, zu rauchen. Es loszuwerden war wie ein Abschluss für mich gewesen. Außerdem wusste ich, in Evs Händen war es gut aufgehoben. Es erinnerte mich hin und wieder an Dinge, die ich nie wieder tun wollte. »Aber mal was anderes.« *Klack.* »Wieso bist du nicht in der Bar?« Klack. Erwischt. Ich nahm ihm das Zippo aus der Hand und warf es auf den Tisch.

»Läuft doch alles«, gab ich lapidar zurück.

»Vergiss es. Du würdest niemals ohne einen Grund einen Abend nicht in der Bar rumlungern. Ich hab echt versucht, dich davon fernzuhalten, damit du mir nicht auf die Nerven gehst, aber ich hatte keine Chance. Und jetzt gönnst du dir einfach einen freien Abend?«

Ich starrte auf das Spiel, das immer noch vor uns im Fernsehen lief, und lehnte mich vor, sodass ich mich mit den Unterarmen auf den Oberschenkeln abstützen konnte. Es nützte nichts. Everetts Blick brannte sich in mein Profil. »Ich hab Cassie wiedergesehen.«

»Oh Shit.« Die Beschreibung war ziemlich treffend. »Aber du wolltest das doch, oder? Dass sie nicht begeistert sein wird, dich zu sehen, war logisch! Wie hat sie reagiert?« Everett war der Einzige, der so gut wie alles über die Beziehung zu Cassie wusste. Damals wie heute.

Ich drehte den Kopf zu ihm und zog die Augenbrauen nach oben. »Sie hat mir eine gescheuert, als ich sie küssen wollte.«

Ev lachte laut. »Das klingt nach Cassie.« Ich musste grinsen. »Dir war doch klar, dass sie dir nicht in die Arme fallen würde, oder? Wann wirst du sie wiedersehen?«

»Keine Ahnung.« Ich setzte mich aufrecht hin und trank aus der Flasche, bis sie halbleer war, bevor ich sie vor mir abstellte.

»Du musst dir irgendwas einfallen lassen, Tan. Irgendwas richtig Gutes. Eine Frau wie Cassie kriegst du nicht mit deinem Gesäusel herum.«

»Denkst du mit einem Dutzend roten Rosen oder diesem ganzen kitschigen Kack wird sie vergessen, was damals war? So ist sie nicht.«

»Du hast recht.« Ev seufzte. »Ich wusste schon damals, wie das ausgehen würde. Aber heute seid ihr zwei völlig andere Menschen. Ihr hattet beide Zeit, die ganze Sache aufzuarbeiten, und könntet euch noch mal neu kennenlernen. Du kannst deine Fehler wiedergutmachen, wenn du es wirklich willst.«

»Hört, hört, kluge Weisheiten von Everett Hayes. Wie viele feste Beziehungen hattest du noch mal?«

»Vollidiot, eine mehr als du. Und das macht mich eindeutig zum Profi.« Er boxte mich gegen die Schulter. Sein Schlag war härter, als ich es von ihm gewohnt war. Generell fiel mir jetzt erst auf, dass er deutlich an Masse zugenommen hatte, auch wenn er immer noch einen halben Kopf kleiner war als ich. »Hast du trainiert? Es hat sogar fast wehgetan.«

Ich rieb mir die Stelle. Ev zeigte mir den Mittelfinger und stand auf. »Komm, wenn du nicht auf deinen klugen Bruder hören willst, muss ich dich eben auf andere Gedanken bringen.«

»Ich dachte, ich wäre der Kluge von uns dreien und du der Witzige.«

»Vergiss es, ich bin der Kluge UND der Witzige. Du bist nur irgendein tätowierter Penner.« Evs Grinsen war ansteckend, und ich stand ebenfalls auf. Er schaffte es immer wieder, mich abzulenken.

Wir stellten die Flaschen in der Küche ab und gingen zur Haustür. Dort zog ich meine Schuhe an und schnappte mir die Autoschlüssel.

»Ich hab das letzte Mal übrigens nicht vergessen. Du wirst heute niedergemacht«, sagte Ev im Rausgehen.

Ich zog die Augenbrauen zusammen, als wir zu meinem roten Chevrolet Silverado gingen. »Sorry, ich verstehe kein Loser.«

»Wenigstens bist du im Kartfahren besser als im Sprüchekklopfen. Wäre sonst ja zu einfach für mich.«

Wir nahmen Platz, und ich startete den Pick-up.

»Endlich hast du mal recht, zumindest bei dem Part mit dem Kartfahren. Und den werde ich dir gleich mal wieder beweisen müssen, um deinen vorlauten Mund zu stopfen, kleiner Bruder.«

»Du hast keine Chance. Das letzte Mal hast du nur gewonnen, weil du mich von der Bahn abgedrängt hast. Mit Regeln konntest du noch nie was anfangen, oder?«

»Bei deiner Erfahrung hättest du das eigentlich kommen sehen müssen.«

Ev zeigte mir erneut den Mittelfinger, und ich wuschelte ihm durch die Haare, bevor ich losfuhr. Auch wenn ich wie ein Softie klang – ich war froh, dass ich ihn hatte. Es hatte Zeiten gegeben, da musste auch Ev sich finden und hielt seinen pubertären Kopf mit illegalen Straßenrennen über Wasser. Es war mehr als einmal knapp um ihn gewesen, und ich weiß nicht, wie wir den Scheiß früher durchgestanden hätten, wären wir drei nicht füreinander da gewesen. Und auch heute. Genauso wie wir damals Ev aus dieser Scheiße rausbekommen hatten, mussten wir bald wegen Nash etwas unternehmen.

13

Gegenwart - Cassandra

Ich joggte an unserem Treffpunkt auf und ab. Clary war unpünktlich. Das war untypisch für sie, und mich trieb es in den Wahnsinn.

Wir trafen uns dreimal die Woche morgens um fünf Uhr, machten genau eine Dreiviertelstunde Sport zusammen. Danach duschte ich in meinem Apartement und ging ins Büro. Wenn sie zu spät käme, könnte ich mich zu Hause nicht in Ruhe fertig machen, wäre dann unpünktlich auf der Arbeit oder unsere Sportrunde musste kürzer ausfallen. Es kam nicht infrage, dass ich dafür meine Termine verschob.

»Sorry, sorry, sorry!« Ich drehte mich um und sah, wie Clary auf mich zugerannt kam. Hätte sie durch ihren Job nicht so eine ausgezeichnete Ausdauer, wäre sie sicherlich noch später gewesen, denn ihre Wohnung befand sich vier Blocks vom Central Park entfernt. Nicht wie meine, die hier nur fünf Minuten Fußweg weg war. »John hat bei mir übernachtet.«

Ich verdrehte die Augen. »Schon wieder? War das nicht eine einmalige Sache?«

Sie zuckte mit den Schultern. »Wenn was gut ist, wieso nicht wiederholen?«

Das war das Gegenteil meiner Devise. Und für mich völlig unverständlich, deshalb wollte ich definitiv nicht darauf eingehen. Clary war alt genug. »Lass uns loslegen.«

Wir fanden gemeinsam in einen Laufschritt und trabten nebeneinanderher. Durch Clary war ich mittlerweile ziemlich gut trainiert, denn ich war ihr Versuchskaninchen, wenn es um neue Übungen und Lektionen ging. Früher war ich dürr gewesen und schwach, heute war ich stark, auch körperlich. Meine Figur war nicht übertrainiert, und meine kolumbianischen Kurven wären auch dann geblieben, wenn ich es gewollt hätte. Ich fühlte mich gut und vorbereitet für das Leben, das einen in New York sonst mit Haut und Haaren verschlang. Hier musste man perfekt in dem sein, was man tat, um es zu schaffen. Ich hatte in der Beziehung wohl die beste Schule durch meinen Vater genossen, der schon immer nur Bestleistungen akzeptierte.

»Geht es dir wieder besser?«, fragte Clary. Ich hatte ihr erzählt, dass es mir nicht gut ging und ich deswegen neulich Abend nach Hause gehen musste. Von Trip hatte ich ihr nichts gesagt, und es gefiel mir nicht, meine beste Freundin anlügen zu müssen.

»Ich hab Trip wiedergetroffen«, antwortete ich also ehrlich. Clary blieb abrupt stehen. Sie kannte ihn, wir waren schließlich damals zusammen auf der Highschool gewesen. Außerdem war sie es, die die Idee gehabt hatte, bei ihm Pillen zu kaufen. An diesem Tag. Der alle darauffolgenden veränderte. Hätte ich nur niemals auf sie gehört …

»Wo?«

Ich joggte wieder ein wenig zurück und stellte mich vor sie. »In dieser neuen *Starlight*-Bar. Anscheinend arbeitet er dort.« War der Name ein Zufall? Das fiel mir jetzt erst auf …

»Scheiße.« Ich nickte. »Wie geht es dir jetzt? Wie sah er aus? Was hat er gesagt? Habt ihr überhaupt geredet?«

»Ja, draußen, kurz.« *Und er sah noch besser aus als früher*, vollendete ich den Satz im Geiste. »Er wollte sich mit mir treffen.«

Clary seufzte. Eigentlich war sie schon damals gegen ihn und ich war so dumm gewesen und hatte sie ignoriert. »Also, wirst du es tun?«

»Nein! Natürlich nicht!« Ich lief wieder los, und Clary folgte mir. »Das Kapitel ist so etwas von abgeschlossen und das ist auch besser so.« Denn ich hatte Angst, was passieren würde, wenn ich ihm nur eine winzige Chance ließ, sich zu erklären. Ich würde mich erneut um den Finger wickeln lassen. Ihm erneut verfallen. Und erneut in dem schwarzen Loch enden, aus dem ich mich rausgekämpft hatte.

»Willst du dir nicht anhören, was er zu sagen hat? Wieso er …«

»Nein! Es interessiert mich nicht!«, unterbrach ich sie. »Er hat seine Entscheidung damals getroffen, die ich akzeptieren musste, und ich treffe meine heute. Es interessiert mich nicht, er interessiert mich nicht mehr, außerdem müsstest du mir recht geben, du warst nicht gerade sein größter Fan.«

»Ja, stimmt. Ich hatte immer Vorbehalte, und er hat sie bestätigt, indem er gegangen ist. Aber denkst du nicht, dass sieben Jahre eine lange Zeit sind und du dir anhören solltest, was er zu sagen hat?«

»Wieso, damit er mir mit irgendwelchen Ausreden kommen kann?«

»Ich hab dir das nie gesagt, aber …« Sie stoppte abrupt, und ich tat es ebenfalls.

»Was?« Wieso druckste sie so herum?

»Du hast dich verändert. Danach.«

Ich schnaubte und warf die Arme in die Luft. »Natürlich hab ich mich verändert!« Ich wurde lauter, obwohl ich es überhaupt nicht wollte. Aber gerade sie musste es verstehen!

»Klar. Ich wäre wahrscheinlich selbst so geworden«, sagte meine beste Freundin, und ich wurde fast wütend.

»So geworden?«

»Cassie, ich hab dir das nie gesagt, weil ich weiß, dass du Hartes durchmachen musstest, vielleicht wollte ich dich auch schützen. Aber du bist kälter geworden. Du hast deine Gefühle abgestellt, als wäre das so einfach. Doch ich kenne dich lang genug und weiß, dass du unter dieser Schale irgendwo immer noch du bist und vor allem an ihn denkst.«

»Tu ich nicht.« Ich verschränkte die Arme vor der Brust, auch wenn ich wusste, dass es ein sinnloses Trotzverhalten war.

»Vielleicht ist es gar nicht schlecht, dass du ihn wiedergetroffen hast. Schließ mit der Sache ab, danach kannst du das alles für immer vergessen.«

Ich brauchte mit nichts abzuschließen, denn das hatte ich längst. Oder hatte Clary recht und ich war nur taub geworden, hatte wirklich alles abgestellt, um mein Herz vor einer weiteren Enttäuschung zu schützen? Ja, natürlich hatte ich das und das war gut so. Es verhinderte neuen Schmerz, an dem ich zerbrechen würde.

»Zumindest weiß ich noch, wie du dich mit ihm gefühlt hast«, schob Clary nach. »Und das war schön, auch wenn ich erst später erkannt habe, wie sehr du in ihn verliebt warst.« Sie räusperte sich. »Und er in dich«, schob sie leise nach.

Ich antwortete ihr nicht. Ich konnte ihr einfach nicht antworten. Wie ich mich mit ihm gefühlt hatte ... Großartig. Frei. Lebendig. Und ohne ihn war meine Welt in Stücke gebrochen, weil ich naiverweise angenommen hätte, er wäre immer für mich da. War er nicht. Er hatte mich in meiner schwersten Zeit einfach alleingelassen. Und jetzt konnte er mich mal kreuzweise. Ich würde mich nicht mit ihm treffen, die Entscheidung war gefallen.

»Wie war dein Interview?«, wechselte ich das Thema, und Clary seufzte.

»Du wirst es auf Dauer nicht verdrängen können.«

»Bist du heute nur hier, um mir kluge Ratschläge zu geben?« An ihrem Gesichtsausdruck sah ich, dass ich sie verletzt hatte, und es tat mir augenblicklich leid. Sie meinte es nur gut, auch wenn sie nicht wirklich wusste, was das Beste für mich war. Vergessen.

»Es tut mir leid, dass ich so bissig war. Also wie war es?«, fragte ich sanfter.

Sie zögerte, aber antwortete mir dann doch. »Es war toll. Sie strahlen es sogar schon heute Abend aus!«

»Wow, ich freu mich sehr für dich. Ich schau es mir auf jeden Fall an!« Ich lächelte, merkte aber selbst, dass ich in Gedanken immer noch woanders hing. Und das war noch ein Grund, Trip zu hassen. Die Liste wurde länger und länger.

Wir liefen erneut los und schwiegen. Nur die kühle Morgenluft und einige wenige Menschen umgaben uns, während wir in unseren Gedanken festhingen.

»Also John Nolan ... Ist das was Ernstes?«

Nur ein kurzer Blick auf meine Freundin genügte, um die Antwort zu erhalten. Sie begann zu strahlen, und ihr Ausdruck verklärte sich ein wenig, als wäre sie betrunken.

»Ich weiß es nicht genau, wir haben noch nicht darüber gesprochen. Aber es ist toll mit ihm. Ich mag ihn einfach sehr.«

»Das ist schön. Und das meine ich ernst«, setzte ich nach, als ich ihre angehobene Augenbraue sah. »Wirklich. Ich kann auch nett sein«, erwiderte ich grinsend.

»Danke«, sagte sie, und ich wusste, es war alles wieder gut zwischen uns. Ich ertrug es nicht, wenn ich Streit mit Clary hatte, außerdem war sie vielleicht sogar im Recht. Ich hatte mich geändert, aber bewusst. Weil es mir niemals wieder passieren würde, dass mich ein Mensch so im Stich ließ, wie es Trip getan hatte.

Nie. Wieder.

14

Gegenwart - Tanner

»In Liebe, Tanner«, schloss ich den Brief und lehnte mich auf der Couch zurück. Es war einer von vielen und hoffentlich der letzte, wenn Cassie ihn zu lesen bekam. Irgendwann. Wenn die Zeit reif dafür war.

Jemand klopfte energisch an meine Haustür. Ich sah auf die Armbanduhr und musste feststellen, dass es später war als gedacht. Eigentlich musste ich gleich los in die Bar. Ich nahm den Brief, stand auf und steckte ihn in die oberste Schublade meiner Kommode im Flur, bevor ich zur Tür ging.

Als ich sie geöffnet hatte, wuchs meine Besorgnis. Mein Bruder sah scheiße aus. Richtig scheiße.

»Nash.«

»Hey Bro.« Er zuckte beschämt mit den Schultern. Seine Hände zitterten, und die Ringe unter seinen Augen waren an Dunkelheit kaum zu übertreffen. Ich trat einen Schritt zur Seite.

»Komm rein.« Noch im gleichen Moment, in dem wir Richtung Wohnzimmer liefen, zog ich mein Handy aus der Tasche und schrieb zwei Nachrichten. Die erste an meinen Barmanager, dass ich es heute nicht schaffen würde, und die zweite an Everett.

Nash setzte sich auf meine Couch und sah nervös durch die Gegend, als würde ihn jemand verfolgen. Er wirkte verstört. Ich wusste, was die beschissenen Drogen aus einem Menschen machten, weil ich es oft genug gesehen hatte, aber dass sie einmal meinen Bruder so heftig in ihre Fänge bekamen ... damit hätte ich damals nicht gerechnet.

»Was geht ab, Bro?«, fragte er zittrig mit einem falschen Grinsen. Ich wusste nicht, wie ich mit seinem Zustand umgehen sollte. Er hatte schon oft üble Zeiten durchgemacht, aber diese hier übertraf einige.

»Hab nicht mit dir gerechnet.« Ich holte uns aus der Küche zwei kleine Flaschen Wasser und gab ihm eine.

»Was soll ich sagen, hatte Sehnsucht nach euch.«

Ich lachte bitter auf. So wie er wirkte, hatte er nach etwas ganz anderem Sehnsucht. Nash war drei Jahre jünger als ich und zwei älter als Everett. Er war schon immer der Ruhigere von uns gewesen. Während Ev und ich uns nahestanden und das auch bei Nash versucht hatten, hatte er sich schon immer auch von uns zurückgezogen. Er kam zu unserem Pflegevater, da war ich bereits da. Ein siebenjähriger Junge, noch gebrochener und ängstlicher, als ich jemals einen Menschen gesehen hatte. Ev und ich hatten beide Scheiße in unserem Leben durchgemacht, aber das, was Nash erlebt hatte, musste ihn so geprägt haben, dass er nie darüber hinwegkam. Auch nicht, als wir später abhauten und zu dritt in Philadelphia lebten. Noch dazu hatte er nie wirklich über das gesprochen, was ihm in frühster Kindheit widerfahren war. Selbst Ev und ich wussten nicht, was es war, das ihn so aus der Bahn geworfen hatte. Aber irgendetwas lag da tief in seiner geschundenen Seele vergraben, und er schaffte es einfach nicht, es loszuwerden.

»Du siehst scheiße aus«, sagte ich und setzte mich zu ihm.

Nash lachte trocken. Seine schwarzen Haare waren länger als sonst, und seine blauen Augen wirkten trüb und rot unterlaufen. Er war ein gutaussehender Junge gewesen und auch jetzt war seine Attraktivität immer noch vorhanden, auch wenn diese beschissenen Drogen jedes kleinste Licht schluckten, das ihn umgab.

»Hab nicht viel geschlafen«, log er. Immer wenn er wie im Moment fast zahm war, wollte er etwas. Sein Charakter hatte jetzt kaum was mit dem Jungen gemein, mit dem wir damals bei unserem Pflegevater zusammengelebt hatten. Ich schätzte, er wusste selbst nicht mehr, wer er eigentlich war oder sein wollte.

»Was hast du so die letzte Zeit getrieben? Ev und ich haben uns Sorgen gemacht und dich ein paar Mal versucht, zu erreichen.«

»Dies und das.« Er rieb die Handflächen aneinander, als wäre ihm kalt. Dabei waren es draußen dreißig Grad. »Hab ne Zeit lang in Boston in nem Lager als Packer gearbeitet. War leicht verdientes Geld.«

»Wie kommst du nach Boston?«

»Judy hat mich gebracht.« Er grinste schief.

»Du hast die alte Maschine noch?« Das Motorrad hatte ihm damals sein alter Chef in der Autowerkstatt geschenkt. Eine mattschwarze Kawasaki ZX12R. Heißes Teil.

»Klar, steht draußen vor der Tür.«

»Also bleibst du jetzt ein paar Tage?«, fragte ich mit Blick auf den kleinen Seesack, den er mit hereingebracht und neben sich auf das Leder der Couch gelegt hatte.

Nash nickte. »Wenn das okay ist?«

»Natürlich. Du kannst so lange bleiben, wie du willst.«

Auf einmal donnerte es heftig gegen die Tür. Ev hatte wirklich alles gegeben, wenn er jetzt schon da war. Ich ging und öffnete ihm.

»Wo ist der Penner?«

»Ev, das bringt nichts.« Ich schüttelte den Kopf und hielt ihn an der Schulter fest, bevor er hereinstürmen konnte. »Er sieht echt scheiße aus. Lass ihn sich etwas erholen«, sagte ich leise.

»Mir egal.« Ev drückte sich fast gewaltsam an mir vorbei und lief ins Wohnzimmer. »Was soll der Scheiß?! Du meldest dich ewig nicht und tauchst einfach auf, weil du Kohle willst! Das muss aufhören, Nash, du musst runter von dem Zeug kommen!« Ich ging hinterher und blieb mit verschränkten Armen im Türrahmen stehen.

»Du hast keine Ahnung, Ev«, murmelte Nash. »Lass es einfach.«

»Nichts lass ich mehr!«

Nash stand auf. Aufgrund seines zerstörten Äußeren hätte man fast vergessen können, wie groß er eigentlich war. Sogar ein kleines Stück größer als ich. Auch wenn er nicht mehr die Statur hatte wie in der kurzen Phase, in der es ihm gut gegangen war, war ich mir sicher, würde er Ev im Rausch schlagen, wäre das keine einfache Ohrfeige. Ich hatte gesehen, wie sich jemand prügelte, der nichts mehr zu verlieren hatte. Wie wir uns alle damals geprügelt hatten. Fast bis zum bitteren Ende. Mit dem großen Unterschied, dass das nicht mehr unsere Welt war, aber Nashs schon.

»Halts Maul, Everett«, knurrte Nash und konnte das Zittern seiner Hände immer noch nicht unterdrücken. Es wurde sogar noch schlimmer. »Was geht dich das an? Ich wollte zu Tan.«

»Das geht mich sogar ziemlich viel an, weil ...«

»Okay, hört jetzt auf mit dem Mist.« Ich ging zwischen die beiden, drückte Nash zurück aufs Sofa und zog Everett Richtung Flur. »Regt euch einen Moment ab. Komm mit, Ev.«

In der Küche angekommen lief mein Bruder auf und ab, während ich mich gegen die Anrichte lehnte. »Wir sollten ihm mal ordentlich eine reinhauen, damit er versteht, was hier abgeht! Er steht noch voll unter Drogen, das siehst du doch auch!«

»Also bringt es sowieso nichts. Ihr vermöbelt euch, ruiniert meine Einrichtung, und danach wird Nash wieder abhauen und wahrscheinlich nie wieder auftauchen. Willst du das?«

Ev blieb stehen und sah mich mit zusammengezogenen Augenbrauen an. »Früher wärst du der Erste gewesen, der ihm eine reingehauen hätte. Hast dich wohl tatsächlich geändert, was?« Ev grinste blöd, und kurz juckte meine Faust doch.

»Auch wenn ich Nash in Ruhe lasse, dir könnte ich trotzdem noch eine verpassen. Einfach so zum Spaß.«

»Ach halt die Klappe, Weichei.« Ev verdrehte die Augen, ging zu meinem Kühlschrank und holte drei Flaschen Bier heraus. Es hatte noch nie was genutzt, ihm beibringen zu wollen, was seine und was meine Sachen waren. Er war immer schon an meine gegangen. Obwohl ich nie wirklich viel hatte. »Okay. Versuchen wir es auf die neue Tanner-Muttersöhnchen-Art. Mal schauen, was dabei rumkommt. Aber wenn das nicht zieht, sag ich dir, bin ich der, der den ersten Schlag setzt.«

»Ganz ruhig, Ev, ich lasse dir dann gerne den Vortritt.«

Wir liefen zurück ins Wohnzimmer, und fast hätte ich gedacht, Nash wäre abgehauen. Doch glücklicherweise saß er immer noch dort und wackelte nervös mit den Beinen. Wahrscheinlich ging es ihm tatsächlich beschissener als sonst. Ich ignorierte diesen Umstand und nahm neben ihm Platz, während sich Ev in den Sessel auf der anderen Seite schmiss. Er ließ Nash nicht aus den Augen, als er ihm eine Flasche Bier hinhielt.

»Friedensangebot.«

Nash sah immer noch nicht glücklich aus, aber er nahm das Bier an.

»Na also«, murmelte ich und griff zur Fernbedienung. Vielleicht lenkte uns irgendein Match ab und holte uns erst mal wieder runter. Reden würde Nash sowieso nicht mit uns.

Ich zappte durch die Kanäle, bis ich innehielt.

»Und woraus besteht Ihr Fatburner-Programm genau?« Eine rothaarige Reporterin stand in Sportklamotten mitten im Central Park und interviewte eine Brünette.

»Was ist los? Hast du jetzt vor, dir eine heiße Personal Trainerin für deinen Schwabbelbauch zu besorgen?«, fragte Ev, und ich hob die Hand, damit er leise war, während die Brünette von irgendwelchen Übungen sprach. Sie kam mir unfassbar bekannt vor.

»Danke, Clary, für die Übungsstunden.«

»Clary!«, rief ich aus, und meine Brüder sahen mich fragend an. »Clary! Ich wusste es doch!« Die beiden schauten mich immer noch an, als wäre ich verrückt geworden. »Na die Kleine aus der Highschool. Die ... ach scheißegal!« Sie würden es ja doch nicht verstehen.

»Falls Sie eine private Trainingseinheit buchen möchten, gehen Sie einfach auf die Webseite, die gleich eingeblendet wird, oder rufen Sie mich direkt an.«

Ich zog mein Handy aus der Tasche und speicherte die Nummer ein, die angezeigt wurde. Wenn Clary in New York war,

war sie garantiert noch mit Cassie befreundet! Und auch wenn Clary damals nicht unbedingt für mich gewesen war, konnte ich sie vielleicht eher überzeugen als Cassie. Der Schlüssel zu einer Frau war nun mal oft ihre beste Freundin.

Ich stand auf und lief aus dem Raum. »Bin gleich wieder da. Versucht bitte, euch nur fünf Minuten nicht die Köpfe einzuhauen.«

»Klar. Wenn du zurückkommst, liegen wir kuschelnd auf der Couch«, rief mir Ev hinterher, und ich hörte Nashs Schnauben. Auch wenn der Grund, weshalb wir wieder vereint waren, ein beschissener war, war ich froh, beide hier zu haben, und musste zugeben, ich hatte auch Nash nach diesem Jahr wirklich vermisst.

Denn nun war mein Kopf freier, mich um meine eigene Zukunft zu kümmern.

15

Vergangenheit - Cassie

Ich war so nervös. Fahrig strich ich mir eine Strähne hinter das Ohr und fixierte mein Spiegelbild. Trip musste sich schon fragen, was ich so lange im Bad machte. Denn er hatte keine Ahnung, was ich heute vorhatte. Noch einmal wusch ich mir die Hände mit eiskaltem Wasser und drehte danach den Hahn zu.

Nachdem die Sache mit Nash gewesen war, hatte es nur zwei Tage gedauert, bis sich Trip wieder bei mir meldete und wir uns am kommenden Freitag im Planetarium verabredeten. Er entschuldigte sich, und ich sah ihm an, dass ihm das Benehmen seines Bruders wahnsinnig peinlich war und auch, dass ich Trip an diesem Tag überhaupt gesehen hatte. In diesem Zustand, in den sein Pflegevater ihn gebracht hatte. Obwohl wir nicht wieder darüber sprachen, weil ich das Gefühl hatte, Trip wollte es nicht, wurde unsere Beziehung trotzdem ab diesem Punkt inniger. Wir sahen uns fast jeden Tag, auch wenn es nur wenige

Minuten waren und meistens heimlich. In der Schule zwischen den Stunden, vor meinen zahlreichen Aktivitäten oder wie heute an einem Abend, an dem meine Eltern beide auf einer geschäftlichen Veranstaltung meines Vaters außer Haus waren und so schnell nicht wiederkommen würden. Trip konnte nur mit zu mir, wenn sie weg waren. Oder er schlich sich heimlich spätabends über den Garten in mein Zimmer. Hätte mein Vater das gewusst ... Ich durfte gar nicht darüber nachdenken.

Es klopfte an der Tür. »Ist alles okay, Star?«

Ich räusperte mich und zupfte an dem korallfarbenen BH, den ich trug. Noch nie hatte mich ein Junge in Unterwäsche gesehen. Aber ich hatte vor Trip noch nicht mal einen Jungen geküsst. Der feuchte Schmatzer mit Freddy Anderson auf Clarys zwölftem Geburtstag zählte nicht.

Ich schloss die Tür auf und öffnete sie. Mein Herz raste, und ein Ziehen machte sich in meinem Unterleib bemerkbar, das ich in letzter Zeit ständig in Trips Gegenwart hatte.

Trips Augen wurden größer, als er erkannte, was ich trug. Fast nichts. Auch der Slip bedeckte meinen Körper kaum.

»Star ...«, hauchte er und fuhr sich durch die Haare. »Du ...« Er verstummte, und dass auch er nervös schien, gefiel mir. Oder er fand mich hässlich und wollte mich nicht verletzen, indem er es sagte. Ich wurde unsicher.

»Ich dachte, wenn meine Eltern mal länger weg sind ... dass ...«, stotterte ich und hielt meine Arme vor den Körper, um mich ein wenig zu bedecken. Auf einmal fand ich die Idee total bescheuert.

»Du weißt, wir müssen nicht … Deine Nähe gefällt mir, egal was wir tun oder nicht tun. Du musst dich nicht unter Druck gesetzt fühlen.«

»Magst du mich nicht?«

»Oh Star, wenn du wüsstest, wie sehr.« Ich glaubte ihm. Trotzdem war mir bewusst, dass Trip schon ziemlich viel Erfahrung mit Mädchen hatte. Und auch wenn wir nun schon drei Monate miteinander ausgingen, uns küssten und hielten, fehlte der letzte Schritt. Ich wollte diesen nun mit ihm gehen. Nicht weil ich Angst hatte, er würde nicht bei mir bleiben, wenn ich nicht mit ihm schlief. Ich wollte ihn gehen, weil ich mich jeden Tag ein Stückchen mehr in ihn verliebte.

In den sanften, liebevollen Jungen, der er in meiner Nähe war.

Mutig trat ich einen Schritt auf ihn zu und nahm seine große Hand. Ich liebte seine Finger, die Schriftzeichen darauf symbolisierten jedes etwas anderes.

Liebe. Hingabe. Hoffnung. Angst. Leid. Schmerz. Glück. Trauer. Glaube. Zukunft. Kein Tattoo an seinem Körper war ohne Bedeutung. Das wusste ich mittlerweile.

Ich küsste den Zeigefinger, auf dem das Zeichen für Liebe war, legte vorsichtig seine Hand auf meine Hüfte und streckte mich ihm entgegen.

Ich wollte es so sehr, obwohl ich unglaublich nervös war. Würde es genauso wehtun, wie Heather es erzählt hatte? Ich konnte mir nicht vorstellen, dass Trip mir jemals Schmerzen zufügen würde.

»Bist du dir sicher?« Trips Stimme war rau und leise. Sein Duft umfing mich. Ich nickte vorsichtig. »Ganz sicher?« Sein Kopf näherte sich meinem. Ich nickte erneut. »Ich will, dass du es sagst.« Trips Mund verharrte kurz vor meinem. Als seine Finger leicht meine Hüfte drückten, sprühten Funken überall in meinem Inneren.

»Ich will es. Nur mit dir«, hauchte ich. »Ich will mit dir schlafen, Trip.«

»Das bedeutet mir viel, Star.« Auch seine andere Hand fand meine Haut, fuhr über meine Hüfte zu meinem Rücken und hinterließ eine Gänsehaut. In Zeitlupe zog er mich an sich, und mein Bauch berührte den Stoff seiner Jeans. Was sich dahinter verbarg, ängstigte mich gleichzeitig, wie es mich kribbelig machte. Trips harter Körper, der sich gegen meinen presste, weckte Gefühle in mir, die ich bisher nicht kannte. Aber sie waren schön, und ich wollte mehr davon.

Endlich küssten wir uns, und meine Hände fanden zu seinen Oberarmen. Trip war stark. Und groß. Und schön. Und mein.

Seine Zungenspitze fuhr über meine Lippen, ich stöhnte leise, als er in meinen Mund eintauchte. Wir hatten vorher vorsichtige Küsse getauscht, stürmische, gefühlvolle und schnelle, aber dieser hier toppte sie alle. Trip drehte sich langsam mit mir um und drückte mich zurück, sodass wir, ohne uns voneinander zu lösen, durch mein Zimmer liefen. Es war groß, das zwei Meter breite Futonbett war an der gegenüberliegenden Wandseite, also hatten wir viel Zeit. Vor allem, um meine Aufregung noch zu steigern.

»Du schmeckst so gut«, wisperte Trip zwischen unseren Küssen. »Ich hab von dem Tag geträumt, an dem du dich mir schenkst. Immer und immer wieder. Ich hab davon geträumt, dich zu lieben, dich zu ficken und wieder zu lieben.« Die Glut in meinem Inneren loderte bei seinen Worten zu einem ausgewachsenen Feuer auf. Ich nahm den Saum seines Hoodies und zog ihn, mitsamt seinem Shirt, nach oben über seinen Kopf. Kurz schnappte ich nach Luft. Trip war nicht nur stark, er war atemberaubend. Ich hatte ihn bisher noch nicht nackt gesehen, nur zart über seinem Shirt berührt. Mehr hatte ich mich nicht getraut. Harte Muskeln zeichneten sich unter seiner weichen Haut ab. Wie vermutet waren nicht nur seine Oberarme tätowiert, sondern auch seine Brust. Er war perfekt. Dieser Moment war perfekt.

Mir fiel ein Tattoo auf Höhe seines Herzens auf. Die Haut darum war gerötet. Ich fuhr mit dem Finger darüber und spürte die leichte Erhebung. Es war ein einzelner Stern, und darunter stand in geschwungener Schrift:

With my Star
I fight the darkness.

»Ist das neu?«, flüsterte ich, auch wenn ich es mir denken konnte. Es war nur für mich. Meine persönliche Zeichnung auf seinem Körper, sodass er mich immer bei sich hatte. Und auch das letzte Stück meines Herzens öffnete sich für ihn. Nun hatte er es komplett.

Trip strich mir mit der Hand über die Wange und glitt zu meinem Nacken, sodass ich aufsehen musste. Er schluckte hart, und ich sah ihm an, dass es ihm Mühe bereitete, seine Worte zu formulieren. Aber er musste auch nicht viel sagen, seine Augen zeigten mir alles, was er für mich empfand.

»Du bist wunderschön und besser als alles, was ich mir je erträumt habe. Vielleicht sogar mehr, als ich verdiene.«

Ich wollte ihm sagen, was ich ihm immer wieder sagte, bis er es endlich verstand. Dass er richtig so war, nicht nur stark, sondern auch gefühlvoll und liebevoll zu mir. Aber er ließ mich nicht und redete weiter.

»Und ich kann kaum fassen, dass ich hier bei dir bin. Ich dachte, es wird mir niemals jemand mehr bedeuten als meine Brüder. Aber …«

Ich hielt die Luft an. Schlug mein Herz noch oder war es schon stehen geblieben? Keine Ahnung, mein Körper war wie gelähmt und wartete nur auf das, was Trip mir mitteilen wollte.

»Ich liebe dich, Star. Und das sag ich nicht nur, weil ich es müsste, wenn wir jetzt miteinander schlafen. Ich wollte es dir schon den ganzen Tag sagen, aber wusste nicht, wie.«

Ein Lächeln teilte meine Lippen. Es ließ sich gar nicht verhindern, denn ich war unfassbar glücklich.

»Ich liebe dich, dass es mich fast verrückt macht«, beteuerte er noch mal leise und drückte mir fest einen Kuss auf den Mund. Erst nach einer langen Zeit ließ er mich los.

»Ich liebe dich auch«, erwiderte ich. »So sehr.« Die letzten beiden Worte kamen nur als Hauch über meine Lippen. Trips Lächeln war genauso groß wie meines. Mein Körper begann zu beben, als Trip seinen Gürtel und die Hose öffnete und sie nach unten über seine kräftigen Beine schob. Ich würde lügen, hätte ich behauptet, ich hatte keine Angst. Aber genauso sehr vertraute ich ihm.

Wir legten uns gemeinsam auf mein Bett, während mich Trip immer und immer wieder küsste, sich alle Zeit der Welt für mich ließ. Seine Lippen wanderten zu meinem Hals, nach unten und küssten den Ansatz meiner Brüste. Noch einmal suchte er meinen Blick und holte sich die Bestätigung, die er benötigte. Als ich leise »Ja« hauchte, fuhr er mit den Fingern zu meinem Rücken und öffnete den BH. Mein Körper begann vor Aufregung und Lust zu zittern, und Trip zog die Decke über uns. Seine Lippen erkundeten weiter mit Küssen meinen Körper, meine Brüste, bis sie auf meine Brustwarze trafen. Ich stöhnte leise, als er sie damit umfasste und einsog. Instinktiv legte ich die Hände auf seine kräftigen Schultern und hielt mich an ihm fest, während er mir die besten Gefühle bereitete, die ich jemals empfunden hatte. Sein Körper war warm, als er mich umschlang, und langsam legte sich meine Nervosität genauso wie das Zittern. »Du musst keine Angst haben«, wisperte Trip an meiner Haut, als er sich einen Weg nach unten über meinen Bauch küsste. »Ich bin vorsichtig. Schließ die Augen.«

Ich atmete tief ein und aus, dann schloss ich die Lider und versuchte, mein heftig schlagendes Herz zu beruhigen und nur noch zu spüren. Trips kratzige Bartstoppeln, die meine Haut in Flammen setzten und mich brandmarkten. Seine weichen Lippen, die den Kontrast dazu bildeten. Wie er die Decke über seinen Kopf zog und die Hände an mein Höschen legte. Ich hob ein wenig das Becken, damit er es mir abstreifen konnte. Nun war ich komplett nackt. Innerlich wie äußerlich. Ich wollte mich nur diesem einen Jungen hingeben. Ich wollte reparieren, was in ihm gebrochen war. Seine Wunden heilen. Sein Anker sein. Genauso wie er meiner war.

Ich stöhnte lauter, als er sich mit der Zunge und dem Mund meiner Mitte widmete, sanft über die gesamte Länge leckte. Unwillkürlich öffnete ich die Beine weiter für ihn, entspannte mich Stück für Stück mehr. Trip würde mir garantiert niemals wehtun.

Als seine Zunge leichte Kreise über meinem Kitzler zog, bauten sich die Gefühle in meinem Inneren immer mehr auf. Weiter und weiter trieb es mich in Höhen, von deren Existenz ich nicht einmal etwas geahnt hatte, bis er aufhörte und zu mir nach oben rutschte. Er griff nach seiner Hose auf dem Boden, zog ein Kondom aus der Tasche und warf seine Boxershorts zu der restlichen Kleidung. Als er sich daraufhin auf mich legte und mir tief in die Augen sah, wusste ich es. Er war der Eine, von dem alle sprachen, an den aber niemand wirklich glaubte. Nie wieder würde ich mich einem Menschen so hingeben können wie ihm. Mich nie wieder in jemandem so bedingungslos verlieren.

»Ich liebe dich, Star.« Es tat nur leicht weh, als er vorsichtig in mich eindrang und kurz verharrte, damit ich mich an ihn gewöhnen konnte.

»Ich liebe dich, Trip.« Behutsam bewegte er sich in mir, und ich fühlte mich nicht mehr einsam. Wir waren eins. Zwei Hälften, die auf den ersten Blick wirkten, als würden sie nicht zusammenpassen, und es trotzdem taten. Für immer. Denn man konnte uns nur noch teilen, indem man uns zerbrach.

16

Gegenwart - Tanner

Was gäbe ich jetzt für eine Zigarette? Eine. Nur. Eine. Einzige. – Alles! Ich würde gerade alles dafür tun. Und trotzdem hielt ich mich zurück.

Ich zog mein Smartphone aus der Tasche und tippte die Nachricht ein: »Bin da.«

Danach steckte ich es zurück in meine Hosentasche ebenso wie meine Hände. Ich trug nicht oft einen Anzug, aber diesmal wollte ich etwas Besonderes anhaben. Um ihr zu zeigen, dass ich mich geändert hatte. Und weil Clary ausdrücklich gesagt hatte, die Cocktailparty in ihrer Wohnung erforderte ein gewisses Maß an Etikette. Ich verdrehte die Augen. Spießerin. Als wäre ich immer noch der Junge, der nicht genug Geld hatte, sich ein zweites Paar Schuhe zu kaufen. Sei es drum. Eine Krawatte konnte sie so was von vergessen. Aber eigentlich gefiel mir das Outfit sogar. Schwarzes Hemd, schwarze Hose, schwarzes

Jackett, schwarze Seele. Passte. Doch heute holte ich mir meinen Stern zurück.

Der Portier hielt die Tür auf, und Clary kam heraus. Sie trug ein extrem kurzes graues Kleid, das an den Schultern mit glitzernden Steinen besetzt war. Immer noch strahlte sie diesen Charme aus, den kleine reiche Mädchen innehatten, die immer das bekamen, was sie wollten. Meine Star war auch in dieser Beziehung anders gewesen.

»Hi«, sagte sie und ging auf mich zu.

»Hey.« Wir wussten beide nicht wirklich, wie wir uns begrüßen sollten. Wir waren keine alten Freunde, noch nicht mal vergangene Bekannte. Aber heute war auch nicht damals. Also ging ich auf sie zu und drückte sie kurz an mich. Denn ich war froh, dass wenigstens sie mir eine zweite Chance gab. »Danke für die Einladung.«

»Ich kann noch nicht ›Gerne‹ sagen.« Sie betrachtete die Tattoos, die aus meinem Kragen herausblitzten. Ich kannte diese Blicke nur zu gut, aber trotzdem musste man ihr zugutehalten, dass sie mir half. »Ich hab das nur gemacht, weil ich denke, Cassie muss damit abschließen, nicht weil ich denke … ihr solltet es nochmal versuchen.« Ich nickte. Mein Plan war ein anderer. »Aber wenn du ihr noch einmal so wehtust, dann …«

Ich hob die Hand. Sie musste nicht weitersprechen. »Nie wieder. Eher würde ich draufgehen.« Sie musterte mich noch einige Sekunden skeptisch, danach drehte sie sich zur Tür um. »Sie wird mich hassen.«

»Und ich werde die gesamte Schuld auf mich nehmen.«

Sie nickte. »Los, komm.«

Wir liefen durch die Eingangshalle, vorbei am Empfang und stiegen in den Aufzug.

»Sie ist noch nicht da, am besten hältst du dich erst mal im Hintergrund. Nicht dass sie gleich wieder abhaut, wenn sie dich sieht.«

»Okay.«

Wir stiegen aus und gingen direkt in Clarys Appartement. Es war eine riesige Wohnung, ausgestattet mit Luxusmöbeln, teuren Kunstwerken, viel Glas und Schnickschnack. Auch wenn ich jetzt das Geld hatte, könnte ich niemals in so einer kalten, unpersönlichen Wohnung leben. Nichts deutete darauf hin, wer oder was Clary war. Kein privates Bild, kein Staubkorn, nichts. Es hätte jeder x-beliebige Mensch aus New York hier wohnen können. Die Nachbarn in diesem Hochhauskomplex waren sicherlich das gleiche Kaliber. Plötzlich kam mir mein kleines Häuschen am Stadtrand von Queens noch gemütlicher vor, und am liebsten wäre ich dorthin geflüchtet. Gerade wegen meiner Wurzeln war ich nicht der Typ, der Geld für eine so riesige Wohnung ausgab, die man nur allein bewohnte, damit man allen anderen zeigen konnte, wie reich man war.

Und auch die Leute, die hier standen und genüsslich ihre Cocktails aus hippen Gläsern tranken, hatten diese ganz besondere Anziehung. Die gleiche, die eine Darmspiegelung auf mich ausgeübt hätte. In solchen Kreisen bewegte sich Cassie nun? Mikroskopisch kleine Zweifel bildeten sich in meinem Kopf. Vielleicht hatte sie recht damit, dass sie sich verändert hatte und ich nicht mehr wusste, wer sie war. Aber ich musste es herausfinden. Es blieb mir gar nichts anderes übrig.

»Cassie sollte bald hier auftauchen. Kommst du allein zurecht?«, fragte Clary. »Ich möchte zurück ins Getümmel und mich um meine Gäste kümmern.«

»Klar.« Ich schob die Hände wieder in die Taschen. Auch wenn ich es nie ausstrahlte, war ich in solch einer Gegenwart oft noch der Junge von früher. Unsicher. Ungewollt. Völlig fehl am Platz. Die interessierten und auch herablassenden Blicke der anderen entgingen mir nicht, doch ich behielt mein eigentliches Ziel stets im Auge.

»Getränke sind in der Küche, nimm dir einfach, was du brauchst, und fühl dich wie zu Hause.«

Als ob ich das könnte, aber es war ein netter Versuch. »Danke.«

Ein kleines Lächeln umspielte ihre Lippen. So schlimm konnte sie mich nicht mehr finden, das gab mir Hoffnung. Damit lief Clary zu einer Gruppe von drei Frauen, und ich suchte die Küche. Ich brauchte jetzt dringend ein Bier.

Ein Barkeeper begrüßte mich. Natürlich. Niemand hier würde sich die Finger schmutzig machen und einen Cocktail selbst zubereiten.

»Guten Abend, was darf ich Ihnen mixen?«

»Bei mir musst du nicht so förmlich sein. Einfach ein Bier«, sagte ich, und der Typ grinste. Er holte aus dem Kühlschrank eine Flasche und hielt sie mir hin. Ich fühlte mich ihm näher als jedem anderen da draußen.

»Ich nehme an, ohne Glas?«

Ich nickte. »Danke, Mann.«

»Gern geschehen.«

Vielleicht sollte ich lieber bei ihm bleiben, hier fühlte ich mich wenigstens einigermaßen wohl. Trotzdem ging ich ins Wohnzimmer. Überall unterhielten sich irgendwelche Menschen, aber ich hatte kein Interesse daran, heute neue Bekanntschaften zu machen, ich wartete nur auf eine. Deshalb betrat ich draußen die gigantische Dachterrasse, um etwas frische Luft zu schnappen. Okay, allein wegen dieses Ausblickes könnte ich mir doch so eine Wohnung zulegen.

Ich stützte mich auf dem Geländer ab und sah über die Stadt. Am liebsten wäre ich wieder zurück nach Philly gegangen, dort hatte es mir trotz Großstadt am besten gefallen. Vielleicht weil Nash, Everett und ich dort zusammen gelebt hatten.

Ich trank einen Schluck Bier und drehte mich herum, sodass ich durch die bodentiefe Glasfront in das Innere der Wohnung sehen konnte. Es dauerte nicht lange, da erschien jemand an der Grenze zum offenen Flur, den ich sehnsüchtig erwartet hatte. Da war sie. Meine Atmung beschleunigte sich augenblicklich und ich spürte meinen starken, beständigen Herzschlag.

Sie trug nicht wie alle anderen Frauen eines dieser lächerlich knappen Cocktailkleider. Im Gegenteil. Sie hatte einen signalroten Jumpsuit an. Vorne war er hochgeschlossen, dazu trug sie nur einen goldenen Armreif, keinen anderen Schmuck. Ihre schwarzen Haare waren offen, lang, wellig, und ich verspürte sofort den Drang, sie daran an mich zu ziehen. Meine Faust in ihre seidenen Strähnen zu schieben und sie festzuhalten, damit sie mir nicht entkam, während ich mit der Zunge ihren Mund eroberte. Ich hielt ein weiteres Mal die Luft an, als sie sich umdrehte und ich den Ausschnitt an ihrer Rückseite sah, der weit hinunterging und knapp über ihrem Poansatz endete. Meine Güte. Sie stahl allen anwesenden Frauen die Show. Von dem schüchternen Mädchen zur selbstbewussten Frau, und ich musste zugeben, auch diese Seite gefiel mir.

Sie unterhielt sich mit einigen Leuten, begrüßte manche mit Wangenküsschen, bis sie auf Clary traf. Ihre Freundin gestikulierte ein wenig, sagte ihr etwas, das Cassies Miene plötzlich verdüstern ließ. Sie leckte sich über die roten Lippen, strich eine Haarsträhne hinter ihr Ohr und drehte den Reif an ihrem schmalen Handgelenk. Alles Gesten, die ich noch von früher kannte, wenn sie aufgeregt oder nervös war. Ich konnte mich an jede einzelne davon erinnern. An jedes Lachen. An jedes Wort.

Dann auf einmal sah sie nach draußen und traf meinen Blick. Ihre Miene war undurchdringlich, und auch meine blieb starr. Es war wie ein Duell, wer zuerst wegsah, und ich würde es garantiert nicht verlieren. Sie blinzelte, sagte etwas zu Clary und kam direkt auf mich zu. Im Raum existierten nur noch sie und ich. Keine anderen Menschen waren wichtig. Nur wir zwei, und ich wusste, sie spürte es ebenso. Ich stellte die Bierflasche auf einem Tischchen neben mir ab, um die Hände freizuhaben.

»Was soll das?«, fauchte sie, als sie vor mir stehen geblieben war. »Verfolgst du mich jetzt? Willst du mir das Leben zur Hölle machen?«

»Nein, eigentlich wollte ich es wieder vollständig machen.«

Sie lachte bitter. »Immer noch der arrogante Typ, was? Ich dachte, du hättest dich angeblich geändert.« Das saß.

»Ich bin nicht hier, um mit dir zu streiten. Ich wollte nur reden.«

»Ich aber nicht! Ein für alle Mal: Leb dein Leben und vergiss, was wir hatten.« Sie drehte sich um, ich griff blitzschnell nach ihrem Handgelenk und zog sie zu mir. Ich nutzte ein wenig zu viel Schwung, sodass sie sich mit den Händen an meiner Brust abstützen musste, als ich sie herumdrehte. Meine Finger fanden ihre nackte Haut am Rücken, und am liebsten hätte ich laut aufgestöhnt. Sie machte mich immer noch so verrückt wie damals, und ich hatte es nicht erwarten können, sie endlich wieder anzufassen. Am liebsten hätte ich uns so schnell wie möglich aus diesen störenden Klamotten geschält.

»Ich mach dir jetzt keine Szene vor allen Leuten, aber: Lass. Mich. Los«, zischte sie.

»Seit wann interessiert es dich, was andere Leute denken?« Mein Zeigefinger strich bis hinunter zu ihrem Rückenausschnitt und eventuell ein winzig kleines Stückchen zu tief. Wir standen als einzige auf der Dachterrasse, vom Schatten abgeschirmt, als würden die anderen überhaupt nicht existieren. »Hast du die Sterne gesehen, Star?« Sie zitterte, und das kampflustige Glühen in ihren Augen wich etwas anderem. Etwas Reinem. Etwas, das ich ganz und gar vermisst hatte. Allein die Erinnerung an diesen Blick hatte mich am Leben gehalten. »Man kann sie leider in der Stadt nicht so gut sehen, aber das weißt du sicherlich«, wisperte ich.

»Spar dir deine miesen Tricks.« Sie drückte sich von mir weg, und ich ließ sie los. Es waren zu viele Leute da, die sie kannten und mich nicht. Ich hatte keine Lust, dass jemand auf den Gedanken kam, ich zwinge Cassie zu irgendetwas. Obwohl ich es wollte.

»Es tut mir leid. Wirklich. Ich habe aus meinen Fehlern gelernt, und der größte war es, dich alleinzulassen. Ich hab es im gleichen Moment kapiert, in dem ich es getan hatte, aber es ging nicht anders. Glaub mir, lass es mich dir erklären.«

»Ich will deine Erklärungen nicht hören! Es wäre immer das gleiche Geschwätz! Wir passen nicht zueinander, das war schon immer so gewesen, und dein Abgang hatte es mir nur endlich klargemacht.«

»Vielleicht hast du recht, aber ich hab dafür gekämpft, jemand zu sein, der dich verdient.«

»Und wie viele andere Frauen waren an deinem Kampf beteiligt, um der zu werden, den ich angeblich verdiene?«

Ich seufzte. »Du machst es mir nicht einfach.«

»Einfach hast du auch nicht verdient.« Damit drehte sie sich um und lief zurück ins Wohnzimmer. Doch heute entkam sie mir nicht. Zumindest nicht, bis ich ihr das gesagt hätte, was ich sagen wollte. Diesmal würde ich nicht kampflos aufgeben. Ich folgte ihr, packte im Vorbeigehen ihr Handgelenk, zog sie in den Flur und in irgendeinen Raum. Es sah aus wie ein Arbeitszimmer, aber das interessierte mich nicht, als ich die Tür schloss und mich davorstellte, damit sie nicht entkommen konnte.

»Ich möchte doch nur eine zweite Chance, dich neu kennenlernen, rausfinden, was es ist, das mich dich nicht vergessen lässt.«

»Was ich möchte, ist dir mal wieder egal, oder?« Sie verschränkte die Arme vor der Brust, selbst jetzt mit bebender Atmung und Feuer in den Augen war sie atemberaubend. »Du hast mich nicht nur in dem Moment alleingelassen, in dem ich dich am meisten gebraucht hätte, du bist auch noch so dreist, sieben Jahre später aufzutauchen und irgendeinen Besitzanspruch zu stellen? Sieben Jahre, verdammt! Weißt du, wie lange das ist, um sich um hundertachtzig Grad zu drehen?«

»Ja, glaub mir, das weiß ich«, antwortete ich ruhig.

»Was hast du die ganzen Jahre gemacht? Ach scheiß drauf, ich will es gar nicht wissen ...« Sie drehte mir den Rücken zu, und ich senkte den Kopf. Ich ging einen Schritt auf sie zu, umfasste vorsichtig ihre Schultern und drückte sie langsam an meine Brust. Am liebsten hätte ich ihre Haut komplett auf meiner gespürt.

»Ich weiß, was ich dir angetan habe. Ich habe nichts mehr verdient als deine Ablehnung und nicht erwartet, dass du mir gleich verzeihst. Ich möchte es dir nur erklären. Es tut mir leid«, wisperte ich, strich ihr Haar beiseite und drückte ihr einen Kuss auf den Nacken. Sie wehrte sich nicht. »Es tut mir leid.« Noch ein Kuss. »Es tut mir so leid.« Ich küsste weiter ihren Hals, und sie neigte ein wenig den Kopf. Auch sie konnte sich gegen die Anziehung zwischen uns nicht verwehren, obwohl sie gerade nur körperlicher Natur war. Langsam drehte ich sie zu mir um. Ich schluckte, als ich einzelne Tränen auf ihren Wangen sah. Sie trug noch den gleichen Schmerz von damals mit sich herum und mich brachte es förmlich um, dass ich der Auslöser dafür war. »Weine nicht.«

Ich wusste nicht, wie es dazu kam, aber plötzlich lagen ihre Lippen auf meinen, und etwas änderte sich an der Intensität zwischen uns. Ihre Finger gruben sich fast schmerzhaft in meine Kopfhaut. Meine umfassten noch fester ihren Oberkörper. Ich schmeckte sie, und sie war immer noch die pure Verlockung. Unser Kuss war hart, besitzergreifend, verzweifelt. Unsere Zungen kämpften mehr, als dass sie miteinander spielten. Unsere Körper pressten sich aneinander, sodass alle Luft aus unseren Lungen entweichen musste. Pures Verlangen loderte durch meine Adern, als ich uns zusammen umdrehte und sie gegen die nächste Wand presste. Fest. Hart. Härter. Ihre Hände umfingen meinen Nacken, hielten sich an mir fest, während ich den Mund von ihrem löste und ihren Hals küsste. Sie stöhnte, als ich sie an ihrem Arsch enger gegen meinen verlangenden Schwanz presste. Meine andere Hand griff in ihr dickes Haar und zog ihren Kopf erneut zu mir, sodass ich sie weiter küssen konnte. Mich an ihr aufladen und berauschen. Die süßen Laute, die sie dabei ausstoß, brachten mich fast um.

»Star«, hauchte ich zwischen unseren Küssen. »Star. Star. Star.« Ich hatte sie so vermisst. So unbeschreiblich vermisst.

Doch plötzlich stemmte sie die Hände gegen meine Brust und drückte mich mit all ihrer Kraft von sich weg. Schwer atmend standen wir voreinander und sahen uns in die Augen. Wir blinzelten nicht, bewegten uns keinen Millimeter. Wir wussten beide, wie das zwischen uns ausgehen würde. Wir zerstörten uns mehr, als dass wir uns heilten. Und trotzdem würde ich lieber mit ihr sterben, als ohne sie weiterzuleben.

»Ich hasse dich. Ich hasse dich, wie ich noch nie jemanden gehasst habe«, sagte sie brüchig und rannte aus dem Raum. Ich lehnte den Kopf gegen die Wand und schloss die Augen. Sie musste uns nur eine kleine Chance geben, herauszufinden, ob da noch etwas zwischen uns war oder sein könnte. Dann würde ich sie entweder für immer verlassen oder nie wieder gehen lassen.

Als ich aus dem Zimmer trat, war sie verschwunden und ich genauso weit wie vorher, mit dem kleinen Unterschied, dass ich jetzt wieder wusste, wie sie schmeckte. Und mehr davon brauchte.

17

Vergangenheit - Cassie

»Glaubst du, Dad hat wirklich nichts dagegen, wenn er es herausfindet?« Ich schnitt die Mozzarellakugeln in kleine Scheiben. Wir hätten uns zwar Personal leisten können, das solche Tätigkeiten übernähme, vor allem am heutigen Geburtstag meiner Mutter, aber meine Mom sagte immer, das wäre rausgeschmissenes Geld. Wir hatten zwei gesunde Hände, und außerdem machte es Spaß. Und sie hatte recht.

Trotzdem war ich, um tatsächlichen Spaß zu empfinden, gerade viel zu nervös. »Dad weiß es immer noch nicht.«

»Ach, lass das mal meine Sorge sein«, sagte meine Mom, ging an mir vorbei zum Kühlschrank und strich mir kurz liebevoll über den Kopf. »Es ist mein Geburtstag, und ich kann einladen, wen ich will.«

»Aber Trip ist nicht so wie die anderen Jungs aus meiner Schule. Dad wird nicht glücklich sein.«

Sie kam zu mir und fasste mich an den Schultern, sodass ich sie ansehen musste. Ich hatte die blauen Augen meines Vaters, aber dafür glich mein Gesicht ihrem fast genau. »Ein Junge, der meine Tochter so glücklich macht wie dieser Trip dich, hat es verdient, mit uns zu feiern. Es wird alles gut gehen, Sisi.«

Ich lächelte bei dem Spitznamen, den sie mir, als ich noch klein war, gegeben hatte.

Sie ließ mich los, und wir widmeten uns wieder der Küchenarbeit, bis es an der Tür klingelte. Aufgeregt wischte ich mir die Hände an einem grünen Handtuch ab. Oh Gott. Das musste Trip sein.

»Ich geh schon«, sagte ich und rannte durch unsere Eingangshalle. Meine Sneakers machten ein quietschendes Geräusch auf dem Steinboden, als ich aus vollem Schwung vor der Eingangstür bremste. Glücklich und aufgeregt und zittrig und lächelnd. Bis ich sie aufzog und erstarrte. Zwei Polizeibeamte standen davor, und ein eisiger Wind drang von draußen in unser Haus, der mich sofort zum Zittern brachte.

»Sind Sie Cassandra Gonzalez? Und sind Ihre Eltern zu Hause?« Ich nickte nur stumm und ging zur Seite, damit sie eintreten konnten. Ich hatte vorher noch nie mit der Polizei zu tun gehabt. War Trip etwas zugestoßen? Vielleicht auf dem Weg hierher? Mein Herz raste, und mein Magen krampfte sich zusammen, ich schluckte mühsam die Übelkeit herunter, die sich einen Weg durch meine Kehle nach oben bahnte.

»Worum geht es?«, stotterte ich und sah im Augenwinkel, wie meine Mutter aus der Küche kam. Mein Vater erschien aus dem Esszimmer, in dem er zuvor unsere ersten Gäste unterhalten hatte. Sie waren schon vor einer halben Stunde eingetroffen und schauten ebenfalls neugierig aus dem Raum.

»Es geht um Tanner McAllister. Kennen Sie ihn?«

Ich nickte. »Wir sind auf einer Schule.« Nervös sah ich zu meinem Vater. Seine buschigen Augenbrauen waren fast komplett zusammengezogen. Ich kannte diesen Blick. Und hasste ihn. »Außerdem sind wir zusammen.« Jetzt war es raus, und vor allem wusste mein Dad es jetzt endlich.

»Zusammen?« Seine Stimme drang dröhnend durch die Eingangshalle. »Was meinst du damit, Cassandra? Du hast keinen Freund! Dürfte ich erfahren, was hier los ist?«, wandte er sich an die Polizeibeamten.

Der Größere und Ältere der beiden räusperte sich. »Wir haben Grund zur Annahme, dass Tanner McAllister gestern Abend in ein Verbrechen involviert war.«

»Was?«, stießen mein Vater und ich gleichzeitig aus.

»Wissen Sie etwas darüber?«, fragte der andere mich. Ich schüttelte schnell den Kopf. Trip hatte mir geschworen, mit dem ganzen Zeug aufzuhören. Mit den Drogen, dem Dealen und all dem anderen, von dem ich nicht mal ansatzweise gewusst hatte, was das alles war. Er war ein guter Mensch. Das wusste ich!

»Vielleicht wäre es besser, wir könnten uns etwas privater unterhalten«, sagte der Große und schielte zu unseren Gästen, die sich nun ebenfalls im Eingang versammelt hatten. Es gab nichts Schlimmeres für meinen Vater, als sein Gesicht zu verlieren, deshalb stimmte er schnell zu und deutete in sein Arbeitszimmer.

»Wir können hier reingehen.«

Meine Mutter eilte zu mir und schlang einen Arm um meine Schultern. »Ich komme ebenfalls mit.«

»Wir brauchen nur einige Minuten allein. Bitte«, sagte der andere Beamte beschwichtigend. Meine Mutter sah mich besorgt an, während mein Vater Luft holte. »Meine Tochter ist noch nicht mal volljährig, das ist nicht in Ordnung!«

»Mom, Dad, bitte«, sagte ich eindringlich.

»Wir beeilen uns«, erwiderte der jüngere Beamte und deutete bereits in das Arbeitszimmer. Ich sah meinem Vater an, dass er alles andere als begeistert war, aber er nickte knapp.

Zu dritt betraten wir das Zimmer und setzten uns in die Sitzgruppe aus dunkelgrünem Leder, die in der Ecke unter zwei Fenstern stand. Eigentlich mochte ich das Arbeitszimmer meines Dads nicht besonders. Durch die moosgrünen Wände und die raumhohen dunkelbraunen Bücherregale war das ganze Zimmer düster. Außerdem wurde ich als Kind von meinem Vater immer rausgeschickt, wenn ich es betreten hatte.

Ich sah besorgt durch das Fenster in unsere Einfahrt. Draußen stürmte und schneite es schon seit heute Morgen, und ich hatte Angst gehabt, Trip käme mit seinem alten Wagen nicht durch den Schnee. Jetzt hatte ich ganz andere Sorgen ... Was war hier los? Wo war er? Und ging es ihm gut?

»Ist es für Sie in Ordnung, wenn ich Ihre Aussage auf Band aufnehme?«, fragte der Große und legte ein Tonbandgerät auf die Lehne der Couch. Ich nickte. »Sie müssen es laut und deutlich sagen.«

»Ja, es ist in Ordnung.«

»Wie lange kennen Sie und Tanner McAllister sich schon, Miss Gonzalez?«

Ich holte tief Luft und schob mir nervös eine dicke Strähne hinter das Ohr. »Wir sind auf einer Schule. Wir haben uns oft auf den Fluren gesehen, also schon eine Weile.«

»Und wie lange sind Sie ein Paar?«

»Seit fast genau vier Monaten.«

»Kennen Sie sich gut?«

»Natürlich kennen wir uns gut! Entschuldigen Sie, aber was soll das? Was ist passiert? Geht es ihm gut?« Meine Stimme klang piepsig und Panik schwang darin mit. Die Beamten warfen sich einen merkwürdigen Blick zu. Langsam wurde ich sauer. Dachten sie, jemand wie Trip wäre niemals mit jemandem wie mir zusammen? Mittlerweile konnte ich die Oberflächlichkeiten der Menschen genauso wenig ertragen und verstand, was Trip immer gemeint hatte.

»Ein Zeuge hat ausgesagt, ihn gestern mit einem weiteren Jungen, der als sein Pflegebruder Nash Stokes bekannt ist, gesehen zu haben, wie sie einen anderen Jungen bewusstlos geprügelt und dann sein Auto geklaut haben.«

»Wie bitte? Das kann nicht sein, Trip hat doch ein Auto, wieso sollte er eines klauen?«

»Hat er sich heute schon bei Ihnen gemeldet?«, wollte der Jüngere wissen.

»Heute noch nicht, aber er war gestern Abend hier. Meine Eltern wissen davon nichts, weil er sich reingeschlichen hat«, sagte ich.

»Er war hier?«, fragte der Dicke ungläubig, und ich nickte.

»Ja, den ganzen Abend und die halbe Nacht.« Mein Hals schnürte sich zu. Es war eine Lüge, und ich wusste, wenn ich Trip mit einer Lüge schützte, könnte es auch für mich übel enden. Aber es war mir egal! Es gab bestimmt eine gute Erklärung für das, was da vorgefallen war, und die wollte ich von Trip hören!

»Kann das jemand anderes bezeugen?«

Ich schüttelte den Kopf. »Wir waren allein.«

Er schaltete das Tonbandgerät ab und erhob sich. »Vielen Dank, Miss Gonzalez.« Sein Kollege und ich standen ebenfalls auf und gingen zur Tür.

»Wie wird es jetzt weitergehen?«, fragte ich, bevor wir sie erreichten, und die Beamten drehten sich zu mir um.

»Wir werden alle Zeugen befragen und dann schauen, ob wir endlich Mister McAllister finden, um seine Sicht ebenfalls zu hören. Wenn es genug Beweise gegen ihn gibt, wird Anklage erhoben.« Er zuckte mit den Schultern, als ginge es dabei nicht um eine Existenz. Das Desinteresse für Jungs wie Trip und seine Brüder machte mich unglaublich wütend. Damit würde er sich tatsächlich seine gesamte Zukunft verbauen.

Wir liefen zurück in die Eingangshalle, und mein Vater stürmte schon auf uns zu, während mich meine Mutter in den Arm nahm. »Können Sie mir nun endlich sagen, worum genau es geht?«, fragte Dad.

»Wir mussten nur eine Aussage in Bezug auf den Freund Ihrer Tochter aufnehmen.« Er warf mir einen Blick zu. »Aber Miss Gonzalez hat das Ganze vielleicht schon aufgeklärt.« Er ging zur Tür und öffnete sie, während sein Kollege ihm folgte.

Auf einmal schnappte ich nach Luft. »Trip ...«

»Hi«, erwiderte er total perplex, als er die Polizisten sah, und wurde bleich im Gesicht. Sein linkes Auge war zugeschwollen und an seiner Unterlippe prangte ein blutiger Riss. Großer Gott ... Er ließ den Blumenstrauß sinken, den er in einer Hand hielt.

»Ist er das? Dein Freund?« Die abschätzige Stimme meines Vaters schickte eine Gänsehaut über meinen Rücken. »Kein Wunder, wenn die Polizei wegen so einem hier anrücken muss!«

Trips Miene wurde hart, während er zwischen uns hin und her sah. Ich kannte diesen Blick, den er allen anderen Menschen außer mir zuwarf. Er machte dicht.

»Dad! Hör auf!«

»Cassie, ich wollte das nicht am Telefon mit dir besprechen …«, sagte Trip, aber mein Vater schrie los und unterbrach ihn.

»Sieh ihn dir doch an! Der ist ganz sicher nichts für meine Tochter!«, spie er Trip ins Gesicht. »Nehmen Sie ihn am besten gleich mit!«, wandte er sich an die Polizisten.

»Kann sein, aber einen besseren Vater hat sie ebenfalls verdient«, erwiderte Trip eiskalt.

»Würden Sie uns bitte begleiten?« Der größere Beamte packte ihn fest am Oberarm.

Meine Mutter unternahm einen Versuch, die Situation zu retten, und trat zwischen uns, schob mich allerdings hinter sich, obwohl ich mich bemühte, zu Trip zu gelangen. »Können wir das nicht alles noch mal in Ruhe besprechen?«

»Marguerite, halt dich da raus, du hast keine Ahnung von so was!«, sagte mein Vater. Ich hasste ihn in diesen Momenten, in denen er meine Mutter darstellte, als wäre sie nicht so viel wert wie er. Als hätte sie keine eigene Stimme. »Nehmen Sie ihn endlich mit, und du …« Mein Dad zeigte mit dem Zeigefinger auf Trip. »… Abschaum, halt dich von meiner Tochter fern.«

Tränen traten mir in die Augen, das konnte alles nicht wahr sein. Was war hier los? Was hatte er getan?

»Trip …« Meine Stimme versagte, ich schaute Trip in die Augen, in denen Schmerz stand. Reue. Und Bedauern. Die Beamten zogen ihn mit und mein Vater schloss die Haustür hinter ihnen. Ich wollte ihnen nachgehen, mir Trips Sicht anhören, doch mein Vater stand wie eine Mauer aus kaltem Eisen vor der Tür. An den Geburtstag meiner Mom konnte ich jetzt nicht mehr denken. Was würde nun mit Trip passieren? Hätte ich doch bloß die Chance, ihn kurz zu fragen, ob es ihm gut ging, und vor allem ihm zu sagen, was ich den Beamten von gestern Abend erzählt hatte! Tränen strömten aus meinen Augen und tropften auf den Steinboden. Meine Mom versuchte, mich zu beruhigen, aber ich verstand ihre beschwichtigenden Worte kaum.

»Cassandra, geh auf dein Zimmer und mach dich frisch. Wir essen gleich.«

»Ich ... Dad! Ich kann nicht ...«

»Cassandra«, mahnte er mit einem bedrohlichen Tonfall. »Wir haben Gäste und es ist rein gar nichts passiert. Oder?« Dieser Blick, diese Haltung, wie er sich vor mir aufbaute, all das schickte eine weitere Welle Angst durch mich hindurch. Aber diesmal vor dem, was er bereit war zu tun, um mich von Trip fernzuhalten. »Gut, dass wir uns verstehen«, erwiderte er dunkel und ging zurück ins Esszimmer, als wäre nichts gewesen. Als wäre Trip nicht in Schwierigkeiten. Als würde das Herz seiner Tochter nicht in Flammen stehen. Als wäre es wichtiger, den Schein nach außen weiter zu bewahren.

Wenigstens hatte ich meine Mom, die mich auffing, als ich zusammenzubrechen drohte, mein Vater kam mir in diesem Moment so fremd vor wie noch nie.

»Geh kurz hoch und atme durch«, flüsterte sie mir zu und half mir zur Treppe. »Wir finden eine Lösung.« Eine Lösung.

Für was? Für meinen Vater, damit seine Tochter nicht mehr jemanden wie Trip traf? Oder für Trip, der es nur aus der Dunkelheit seines Lebens schaffen konnte, wenn jemand an ihn glaubte?

18

Gegenwart - Cassandra

Ich richtete die Gabel parallel zu dem Messer auf der anderen Seite des Tellers aus. Hatten sie in diesem überteuerten Restaurant kein geeignetes Personal, das diese Aufgabe übernahm? Ich schob sie noch ein weiteres Mal gerade und trommelte danach mit den Fingerkuppen unruhig auf die weiße Tischdecke. Störte mich das wirklich, oder versuchte ich mich nur von gestern Abend abzulenken? Oder von der kommenden Begegnung, die auch nicht gerade mein Highlight war?

Egal was es war, ich fühlte mich hibbelig und unausgeglichen.

»Cassandra.« Die tiefe Stimme meines Vaters drang an mein Ohr, und ich sah auf. Seine Autorität, die schon immer Widerspruch nahezu unmöglich machte, hatte er trotz des Älterwerdens kein bisschen eingebüßt. Vielleicht war er sogar noch unnahbarer geworden. Noch kälter.

»Hallo, Vater.«

Er nahm gegenüber von mir Platz, und im fast gleichen Moment kam ein Kellner an unseren Tisch. Sie kannten uns hier, weil wir einmal die Woche in diesem Restaurant zu Mittag aßen, und wussten, wie mein Vater reagieren würde, wenn er eine Minute warten musste.

Er bestellte eine Flasche Wasser und einen Whiskey on the rocks. Es war noch nicht mal ein Uhr.

»Was macht die Übernahme von Fisher Enterprise?«

Natürlich. Er kam direkt auf den Punkt. »Ich habe übermorgen einen Termin mit dem CEO zum Lunch und mache das Geschäft fest«, antwortete ich.

»Übermorgen erst?« Er zog missbilligend eine Augenbraue nach oben und holte eine Zigarre aus seiner Tasche. Als er sie anzündete, rümpfte ich die Nase. Ich hasste den Geruch. Und obwohl es hier ein striktes Rauchverbot gab, galt das nicht für meinen Vater. Als er mich einige Sekunden musterte und ich die Enttäuschung in seinem Blick sah, wandte ich mich ab und nahm mir die Speisekarte. Ich fühlte mich in seiner Gegenwart viel zu oft wie das kleine schüchterne Mädchen von damals.

»Ja, übermorgen erst, weil er keinen früheren Termin angeboten hatte und ich mich heute um die Verträge für Fargo Technologies kümmern muss.«

»Was ist mit deiner Assistentin? Verdient sie nicht genug, um ihren Job zu machen? Außerdem, was ist mit morgen?« Der Rauch zog zu mir rüber, und ich unterdrückte ein Würgen.

Es gab keinen Geruch auf der Welt, der mich mehr abstieß als dieser.

»Ich erledige solche tragenden Dinge gerne selbst. «

Er nickte, als könnte er mich sogar einmal verstehen. Unwahrscheinlich.

Der Kellner kam ein weiteres Mal, brachte meinem Vater seine Getränke und nahm unsere Bestellung zum Lunch auf. Als er wieder gegangen war, zögerte ich und schob die Gabel erneut über die Tischdecke.

»Du weißt sicherlich, was morgen für ein Datum ist?«, fragte ich, und mein Vater sah kurz so aus, als hätte ich ihn aus dem Konzept gebracht. Er nickte knapp. Es wirkte, als hatte er es einfach vergessen.

»Ich dachte, ich frage dich, ob du dieses Jahr Zeit hast ...«

»Ich bin die ganze Woche ausgebucht, Cassandra.«

Immer, wenn die Sprache auf meine Mom fiel, sagte mein Vater das. Aber ich ließ nicht locker. Die Reise in meine Vergangenheit hatte nicht nur alte Gefühle für Trip wiedererweckt. Auch etwas anderes, das ich ebenfalls versucht hatte, zu verdrängen, sich jetzt jedoch immer häufiger in den Vordergrund schob.

»Hast du sie jemals geliebt?«

Mein Vater räusperte sich und legte die Zigarre in einem kristallenen Aschenbecher ab, den uns der Kellner zuvor gebracht hatte. »Was ist los mit dir? Sonst bist du doch nicht so emotional. Du wirkst fast so sprunghaft wie früher. Ich dachte, wir hätten das Thema ein für alle Mal geklärt.«

Das Thema. Er nannte sie nur noch *das Thema*. Und ihren Geburtstag in Ehren zu halten, gehörte nicht mehr zu seinem Leben. Sollte es aber.

Trotzdem schluckte ich die Worte herunter, die ich ihm am liebsten an den Kopf geknallt hätte. Es nützte ja doch nichts, mein Vater war, wie er war, und würde sich nie ändern. Hatte ihm meine Mom jemals etwas bedeutet? Und dachte er überhaupt noch über sie nach, seitdem sie gestorben war?

Auch wenn es furchtbar wehtat, nahm ich mir vor, es nun wieder jeden Tag zu tun. Sie hätte nichts anderes verdient.

»Schick mir bitte bis Ende dieser Woche noch die Bilanzen des letzten Monats zu, damit ich sie Gerry zur Prüfung geben kann.«

»Natürlich«, antwortete ich reserviert.

Mein Vater griff zu seinem Whiskyglas und genehmigte sich einen Schluck, während ich eigentlich froh darüber war, dass wir nun wieder über das Einzige sprachen, das uns verband. Das Geschäft.

Zurück in meinem Büro setzte ich mich hinter den Schreibtisch und atmete tief durch. Glücklicherweise hatte ich das wöchentliche Treffen mit meinem Vater geschafft und nun mindestens sechs Tage Ruhe. Ich wartete auf den Tag, an dem er sich ganz aus dem Geschäft zurückzog, seinen Lebensabend auf irgendeiner Jacht im Pazifik verbrachte und mich als Geschäftsführerin seiner Firma benannte. Doch ich kannte meinen Vater und wusste, dass dies niemals passieren würde. Er könnte mir niemals so weit vertrauen, dass er mir das Unternehmen komplett übertrug. Eher würde er sterben.

Der weitere Nachmittag war wie jeder andere auch. Ich führte haufenweise Telefonate, checkte die Termine für die restliche Woche und beantwortete E-Mails, während die Sonne immer tiefer über den Hochhäusern der Stadt hing. Es würde wieder ein langer Tag werden heute, aber besser ich verbrachte ihn hier mit Arbeit, als allein in meinem Appartement zu sitzen und über den morgigen Tag nachzudenken. Er würde kommen, wie er jedes Jahr kam, doch genauso wäre er irgendwann vorüber, und ich konnte so weitermachen wie bisher.

Kristy hatte in der Mittagspause einen Stapel Post auf meinen Schreibtisch gelegt, und ich zog ihn ran. Rechnungen, Verträge, anderer Papierkram und ein Brief, der sich abhob. Der Umschlag war grau, wirkte weniger förmlich, und auf der Vorderseite stand nur mein Name in einer krakeligen Handschrift geschrieben.

»Kristy?«, sagte ich, nachdem ich den kleinen Knopf an der Sprechanlage gedrückt hatte.

»Ja, Miss Gonzalez?«

»Wer hat den grauen Brief hier abgegeben? Es steht kein Absender drauf.« Rauschen in der Leitung. »Kristy?«

»Es war der Mann, der letztens in Ihrem Büro gewesen ist.« *Trip*. Ich atmete kurz durch. Hatte er es immer noch nicht verstanden? Wann würde er endlich aufgeben und wieder aus meinem Leben verschwinden, sodass sich all die alten Erinnerungen nicht weiter aus ihrer Schale lösten und mich dabei noch ein Stückchen mehr zerstörten?

»Danke, Kristy. Vergessen Sie nicht, dass ich morgen freihabe. Ich wünsche Ihnen einen schönen Feierabend.«

Ich biss auf meiner Unterlippe herum und drehte den Umschlag, als könnte er mir sagen, was sich darin befand. Mein Kopf schrie, ich solle ihn einfach wegschmeißen, aber mein naives Herz klopfte schneller, und so öffnete ich ihn.

Ich zog den Papierbogen heraus. Als ich ihn auffaltete, fiel etwas auf meinen Schoß. Neugierig hob ich es hoch und sah es mir an. Ein zerknicktes und verblichenes Bild. Von mir mit siebzehn. Dort saß ich auf dem Rand der Motorhaube von Trips altem Auto und grinste albern in die Kamera. Ich konnte mich genau an den Tag erinnern.

Trip war mit mir etwas außerhalb der Stadt auf einen Berg gefahren, weil man von dort die Sterne am besten sehen konnte. Er hatte einige Schokoriegel und etwas zu trinken eingepackt und die Polaroidkamera dabeigehabt. Später hatten wir uns in die Haare bekommen, als er mir beichtete, dass er sie geklaut hatte. Doch er wollte den Moment mit mir einfach festhalten. Was seine Tat nicht besser machte, aber irgendwie süß war.

Ich war so glücklich an diesem Tag. Niemand konnte uns etwas anhaben, und das Gefühl, das ich damals mit ihm empfunden hatte, schlich sich langsam wieder in mein Herz.

Ich legte das Bild zur Seite und nahm den Brief.

Du bist wie die Sterne, ich kann dich nicht immer sehen, aber du bist immer da.

Dein Licht gegen meine Dunkelheit.

Darunter stand eine Adresse, das Datum von morgen und eine Uhrzeit. Er wollte sich mit mir treffen, mal wieder. Und ich war mir nicht sicher, ob er tatsächlich eine Chance bekommen sollte, sich endlich für das zu erklären, was vor vielen Jahren vorgefallen war und ich einfach nicht vergessen konnte.

19

Gegenwart - Tanner

Ich liebte meinen Job. Ich liebte es, dass die Menschen meine Bar besuchten, wenn sie nicht allein sein wollten. Dass sie Unterhaltung an der Theke bekamen, gutes Essen und ausgezeichnete Drinks.

Dass Menschen kamen, die sich dort mit Freunden trafen und eine tolle Zeit haben wollten.

Dass mein Team aus Leuten bestand, denen niemand eine zweite Chance gegeben hatte. Sie leisteten großartige Arbeit, alle miteinander.

Und ich liebte es, spät in der Nacht heimzukommen und mit einem Grinsen auf dem Gesicht in mein Bett zu fallen, weil ich endlich den Eindruck hatte, etwas Sinnvolles zu machen. Und vor allem etwas Legales.

Wenn da nicht dieses andere Gefühl wäre. Diese Sehnsucht, das alles mit jemandem zu teilen, der mir so viel bedeutete wie niemand zuvor. Jemandem, der mich in allem unterstützt hatte, was ich mir ausmalte, und immer an mich geglaubt hatte. Bis ich es selbst beendete, weil ich spürte: Je mehr Energie sie mir schenkte, umso weniger blieb für sie.

Aber mittlerweile hatte sich vieles geändert, und mein Ziel war klar. Deswegen konnte ich mal wieder nicht schlafen und starrte an die Decke meines Schlafzimmers, während ich darüber nachdachte, ob Cassie morgen kommen und meine Einladung annehmen würde. Reichte es, ihr einen Brief zu schreiben, oder hätte ich ihn doch lieber persönlich bei ihr abliefern sollen? Wahrscheinlich hätte sie ihn dann sofort zerrissen und mich wieder mal zum Teufel geschickt.

Ein Geräusch ließ mich aufhorchen. Ich atmete flacher und lauschte in die Dunkelheit der Nacht. Nash hatte schon auf meiner Couch gepennt, als ich heimgekommen war. Vielleicht konnte er nicht mehr schlafen und geisterte durch mein Haus. Seit seiner Ankunft wurde er immer unruhiger. Ich spürte, dass die Dämonen nach ihm griffen und ihn bald in Versuchung führen würden. Irgendwie mussten wir schaffen, mit ihm dagegen anzukämpfen. Was unendlich schwer war, wenn er sich nicht helfen lassen wollte.

Behäbig stieg ich aus dem Bett und verließ mein Schlafzimmer Richtung Wohnzimmer. Bevor ich allerdings aus dem Flur in den Raum abbiegen konnte, hielt ich inne.

»Was soll das werden, wenn es fertig ist?«, fragte ich ruhig. Nash zuckte ertappt zusammen und drehte sich langsam zu mir um. Dabei ließ er die Klinke meiner Eingangstür los und zog sich den kleinen Seesack straffer auf die Schultern. Es war mir klar, was er vorhatte.

»Ich dachte, du schläfst«, sagte er.

»Und ich dachte, du bleibst.«

Nash wirkte fast, als würde es ihm leidtun. Trotzdem war der Drang, der ihn beherrschte, mal wieder viel zu groß und hatte gewonnen. Ich hätte es wissen müssen.

»Tan, ich kann das nicht. Das weißt du«, flüsterte er nun, als würde er versuchen, seine Dämonen nicht noch weiter zu wecken. »Ich muss weg.«

»Wir können dir helfen, wenn wir es nur richtig angehen.« Ich tat einen Schritt auf ihn zu. »Aber du musst diesmal bleiben. Nur dieses eine Mal.«

Ich gab mir selbst die Schuld für sein Versagen, denn hätte ich nicht so viel anderes Zeug im Kopf, das ich erst mal auf die Reihe bekommen musste, könnte ich mich besser um ihn kümmern. Ich war kein guter Bruder, das war mir klar.

»Du weißt, es liegt nicht an dir oder Ev«, sagte er, als würde er meine Bedenken kennen. Obwohl Nash noch nie viel von sich preisgegeben hatte, war er feinfühliger, als man von ihm annehmen könnte. »Meine Geister rufen nach mir. Jede verdammte Nacht. Ich muss sie zum Schweigen bringen.«

»Egal, was ich sage, du wirst gehen, oder?«, fragte ich. Nash nickte. »Ev wird dir den Arsch aufreißen, wenn er dich wieder in die Finger bekommt.«

Mein Bruder gluckste einmal kurz. »Dann werde ich dafür sorgen, dass er es nicht tut.«

Ich wurde wieder ernster. Auch wenn es mir nicht gefiel, dass Nash abhaute und erneut den Sumpf betreten wollte, der ihn bald komplett verschlang. Er würde sich nicht helfen lassen. Nicht jetzt. Nicht so. »Melde dich von dort, wo du hingehst, ab und zu, okay? Ich muss wissen, dass du noch atmest.« Denn leben konnte man das nicht nennen, was ihn von Tag zu Tag trug.

»Okay.« Er wollte hinausgehen, aber drehte sich noch mal zu mir um. »Tan?«

»Hm.«

»Danke.« Ich musste ihm nicht antworten, und ehe ich noch einen tiefen Atemzug nehmen konnte, war Nash bereits aus der Tür verschwunden und zog sie hinter sich zu.

Hoffentlich nicht für immer.

20

Gegenwart - Cassandra

Ich hatte eine Nacht darüber geschlafen und mich entschieden. Der heutige Tag war grausam genug, um mich noch weiter mit meiner Vergangenheit auseinandersetzen zu können. Deshalb stand ich hier und war nicht bei der Adresse, die Trip in seinem Brief genannt hatte.

Die Ohrenschützer dämpften die dröhnenden Geräusche in der Halle. Zwischen jeder Bahn befand sich eine Trennwand, und so konnte wenigstens niemand sehen, dass ich die Zielscheibe nur deshalb nicht so gut traf wie sonst, weil mein Blick tränenverschleiert war. Ich hielt meine Glock 19 mit ausgestreckten Armen vor mich. Am liebsten hätte ich geschrien. Aber das machte den heutigen Tag auch nicht besser oder brachte mir meine Mom zurück.

Ich hatte im Internat Bogenschießen gelernt und Gefallen daran gefunden. Irgendwann reichte das nicht mehr aus, und ich hatte mir einen Waffenschein und die Waffe besorgt. Niemand außer Clary wusste davon. Aber wenn ich die Glock in den Händen hielt und die Zielscheibe beschoss, fühlte ich mich für einen kurzen Moment nicht so, als hätte ich die Kontrolle verloren. Die ich dennoch jedes Jahr zum Geburtstag meiner Mom verlor.

Das Magazin war leer, ich nahm es heraus und warf einen prüfenden Blick in das Patronenlager. Ich wollte die Waffe ablegen, um neu zu laden, doch dazu kam ich nicht. Ich spürte seine Anwesenheit in meinem Rücken, bevor ich ihn sah, und drehte mich langsam um. Dabei zog ich die Ohrenschützer vom Kopf und hielt sie fest. Anscheinend war der letzte weitere Schütze gegangen, sodass in der Halle nun eine erdrückende Stille herrschte.

»Du bist mutig, dass du hierherkommst, während ich eine Waffe in den Fingern halte.« Ich legte sie trotz meiner Worte ab.

Trip lachte, dann wurde er wieder ernst. »Ich wollte dir nur sagen, dass es mir wirklich leidtut. Ich weiß, was heute für ein Tag ist, und du solltest nicht allein sein.«

»Woher wusstest du, wo ich bin?«

»Ich bat Clary noch mal um einen Gefallen, nachdem ich zwei Stunden auf dich gewartet hatte.« Trip ging einen Schritt auf mich zu, ich trat zurück, aber der Tisch der Schießbahn in meinem Rücken stoppte mich. Ich entkam Trip einfach nicht, und das nicht nur körperlich. »Ich wollte dir nur Gesellschaft leisten, weil ich mir vorstellen kann, wie du dich heute fühlst.«

»Gar nichts weißt du«, flüsterte ich. Trip blieb vor mir stehen und strich mir eine Haarsträhne hinter das Ohr, die sich aus meinem Pferdeschwanz gelöst hatte. So, wie er es auch früher immer getan hatte. Heute war noch dazu der einzige Tag, an dem ich keine Lust hatte, mich in Schale zu werfen, und nur Jeans und Sneakers trug.

»Denk mal nicht drüber nach, was passiert oder nicht passiert ist. Sieh uns wie zwei Leute, die einen Tag miteinander verbringen, an dem sie nicht allein sein wollen.« Er hob die Hände. »Ich werde keinen weiteren Versuch unternehmen, dich zu küssen. Ich schwöre, ich bin schließlich nicht ein drittes Mal so lebensmüde. Außerdem finde ich deine Schießkünste äußerst beeindruckend.«

Ich wollte lächeln. Aber ich sollte es nicht wollen. »Geh«, erwiderte ich knapp.

Er sah enttäuscht aus. »Ich werde alles tun, was du verlangst, doch diesen Gefallen kann ich dir diesmal nicht machen.« Das Grün seiner Augen zog mich wie früher schon in seinen Bann, und sein intensiver Blick schickte Schauer durch meinen Körper. »Du musst heute nicht alleine sein. Lass mich wenigstens für einige Stunden für dich da sein. Ohne Hintergedanken, ich schwöre es.« Ich seufzte. Im Grunde spräche nichts dagegen, mir Trips Seite anzuhören. Aber andererseits war ich immer noch so verletzt und gebrochen, dass ich nicht rational denken konnte. Schon gar nicht in seiner Gegenwart, die mich immer meinen gesamten Verstand kostete. Dennoch hatte er recht.

Wenn ich ehrlich zu mir selbst war, wollte ich heute nicht allein sein.

»Okay«, wisperte ich schwach. Ich hatte es satt, ständig zu kämpfen, und sehnte mich nach dem alten Gefühl, in seiner Gegenwart nicht immer nur stark sein zu müssen. Als könnte ich mich fallen lassen, in eine Tiefe ohne Boden, und würde mich trotzdem nicht verloren fühlen. Auch das war mir von früher bekannt, selbst wenn es trügerisch war.

Ein kleines Lächeln umspielte seine Lippen. Ich atmete für einen kurzen Moment langsamer, obwohl mein Herz immer schneller schlug.

»Komm«, sagte er leise. Ich packte meine Sachen, die Waffe würde ich später zu Hause reinigen, und Trip nahm mir die Sporttasche aus der Hand, als wir zum Ausgang liefen. Ich hatte gleichzeitig Angst vor dem, was nun kam, aber genauso sehr freute ich mich darauf, wieder bei Trip zu sein. Es hatte einmal eine Zeit gegeben, in der wir so viel mehr waren. Beste Freunde. Verbündete. Liebende. Ich sehnte mich nach ihm, auch wenn ich es mir verbot.

Als wir auf dem Parkplatz angekommen waren, blieb er vor einem roten Pick-up stehen.

»Soll ich fahren?«, fragte er.

Ich schüttelte den Kopf. »Folge mir, ich fahre selbst.« Ich nahm ihm die Sporttasche aus der Hand, dabei berührten sich unsere Finger leicht. Ich wollte meinen Arm schneller wegziehen, als nötig gewesen wäre, aber Trip packte blitzschnell mit der anderen Hand mein Handgelenk und hielt mich sanft fest. Nun versengten seine Fingerkuppen meine Haut vollständig.

»Danke, Cassie.« Er ließ mich los, und ich drehte mich schnell um und flüchtete zu meinem Auto. Ich brauchte den Abstand zu ihm, um klar über das alles nachdenken zu können.

Wir fuhren los, und ich hatte keine große Lust, mit Trip in eines meiner üblichen Restaurants oder eine Bar zu gehen. Nicht wegen ihm, sondern wegen meines desaströsen Zustandes. Also hielt ich einige Minuten später vor einem simplen Burgerladen, und Trip parkte neben mir ein.

Ich nahm drei Atemzüge, um mich zu beruhigen – oder eher dreißig –, bis ich ausstieg und Trip mir die Tür des Ladens aufhielt. Wir suchten uns ein Plätzchen weiter hinten in einer Ecke, und ich wusste nicht so recht, was ich sagen sollte. Stattdessen schob ich mal wieder das Besteck auf dem Tisch zurecht, bis Trip meine Hände festhielt und sie leicht drückte. Ich sah auf, und jedes Mal, wenn ich ihm wieder in die Augen blickte, merkte ich, dass es mir schwerer fiel, mich gegen seine Anziehungskraft zu wehren.

Trips schwarzes Shirt spannte über seinem Oberarm, als er die Hand hob, um eine Kellnerin zu rufen. Mein Blick verweilte auf seinen Tattoos, von denen ich jedes einzelne auswendig kannte. Die Bedienung kam an den Tisch und fragte nach unserer Bestellung, während Trip wieder beide Hände auf meine legte. Als wäre es das Selbstverständlichste der Welt.

Als wäre unsere einzige Bestimmung, zusammen zu sein. Seine Handflächen waren warm, und der sanfte Druck beruhigte mich. Einen kurzen Moment gestattete ich es mir, dem Gefühl nachzugeben.

»Zwei Burger, davon einer ohne Salat, mit Coke und Pommes.«

Die Kellnerin ging, und ich musste nun doch lächeln. »Du weißt noch, wie ich meinen Burger esse?«

»Ich weiß noch alles von dir, Cassie.«

Ich wurde ernster und entzog ihm meine Hände, legte sie auf meinen Schoß, damit ich nicht auf die Idee kam, sie ihm doch wieder hinzustrecken.

»Du weißt zumindest Dinge von früher«, erwiderte ich kalt und er nickte knapp. »War unser Treffen in der Bar Zufall?«

Er schüttelte den Kopf. »Nicht komplett.«

»Was hast du die letzten Jahre gemacht, wieso hast du mich jetzt gesucht und nicht früher?«

Er rieb die Handflächen aneinander und knetete seine Hände. Er war nervös, ich kannte diese Geste. Auch mir ging es ähnlich, er fühlte sich so vertraut an, als wären wir niemals getrennt gewesen. »Als du damals im Krankenhaus warst und ich abgehauen bin, war ich nicht lange weg«, erklärte er und ich hielt die Luft an. Der alte Schmerz der Erinnerungen bohrte sich noch furchtbarer durch mein Innerstes, als ich angenommen hatte. »Ich konnte Everett und Nash einfach nicht alleinlassen, und wir waren zu jung, als dass wir gemeinsam abhauen konnten. Sie hätten uns vielleicht getrennt und in andere Pflegefamilien gesteckt. Ich bin zurückgekommen.«

»Wann?«, fragte ich leise.

»Als ich von Everett gehört hatte, dass du im Internat warst.«

Ich biss mir so heftig auf die Unterlippe, dass ich Blut schmeckte. Er hatte gewusst, wie schrecklich ich den Gedanken fand, an solch einem Ort zu sein, und er hatte nichts dagegen getan. Ich wäre damals mit ihm überall hingegangen, unser Alter hin oder her. Ich wäre ihm bis ans Ende dieser verdammten Welt gefolgt!

»Wieso?«

»Star, ich konnte nicht anders«, sagte er flehend und streckte erneut die Hände nach mir aus. Ich schüttelte den Kopf und kämpfte mit den Tränen.

»Wieso hast du mich einfach zurückgelassen?« Meine Stimme war brüchig genauso wie die Mauer, die ich all die Jahre errichtet hatte.

Die Bedienung kam und stellte unsere Getränke und das Essen auf den Tisch. Ich hatte keinen Hunger mehr, und auch Trip schien nicht essen zu wollen.

Als sie wieder gegangen war, nahm er das Gespräch erneut auf. »Es war besser so«, sagte er rau und schluckte hart.

»Für wen?«, fragte ich lauter. Ich war so wütend auf ihn, dass ich ihm am liebsten noch eine Ohrfeige verpasst hätte.

Endlich hatte ich die Chance dazu, vielleicht sollte ich sie ohne zu überlegen nutzen.

»Für dich, zumindest hatte ich das angenommen. Cassie, ich saß kurz nach meinem zwanzigsten Geburtstag zwei Jahre im Knast, weil sie mich mit zu vielen Drogen erwischt hatten und ich wegen mehrerer Sachen vorbestraft war«, stieß er aus und schickte eine erneute Welles des Bedauerns durch mich hindurch. »Was hättest du in den zwei Jahren getan? Du warst sicherer im Internat als bei mir. Ich hätte dich da nur mit reingezogen! Versteh das doch!«

»Und wieso hast du nicht einfach aufgehört mit dem Mist? Wieso hast du deine Versprechen mir gegenüber nicht eingehalten, sondern sie gebrochen? Alle!«

Er fuhr sich mit der Hand verzweifelt über das Gesicht. »Ich brauchte Kohle. Nash hatte sich da in was reingeritten und wäre allein nicht mehr rausgekommen. Du erinnerst dich an den Tag, an dem die Polizei vor eurer Tür gestanden hat? An dem Abend davor musste ich Nash bei einem Typen namens Duncan rausholen. Er hatte gedroht, wenn er sein Geld nicht bekäme, das Nash im schuldete, würde er ihn umbringen. Nash war fünfzehn, Cassie, und schon so vollgepumpt mit Drogen, dass ich ihn kaum wiedererkannt habe. Als ich zwei Jahre saß, wurde es nur schlimmer mit ihm. Was wäre gewesen, wenn ich damals schon nicht für ihn da gewesen wäre?«

»Du hast deine Zukunft für seine geopfert«, stellte ich fest, denn so war es. Er hatte mich aufgegeben, um seinem Bruder zu helfen. Und konnte ich ihm das zum Vorwurf machen?

»Außerdem hat Duncan gesagt, wenn wir das Geld nicht besorgen, kümmert er sich um dich.« Mir wurde übel. »Du musstest raus aus meinem beschissenen Leben. Ich hätte es mir nie verziehen, wenn dir wegen uns etwas zugestoßen wäre. Die Sache damals mit Jax hat gereicht! Ich hab dabei nur einen Fehler gemacht. Ich hätte erst für dich da sein sollen, damit du nicht den Boden unter den Füßen verlierst.«

»Und mich dann verlassen? Das wäre auch nicht besser gewesen.«

»Wahrscheinlich.«

Ich presste die Lippen aufeinander. »Das tut mir leid ... für dich und auch Nash«, sagte ich und Trip nickte. »Aber ich habe so viele Jahre gelitten, mich gefragt, was ich falsch gemacht habe, wieso ich dir so egal war.«

»Du warst mir niemals egal!«

»Auch wenn es grausam erscheint, weil ich weiß, dass du insgeheim nur für deine Brüder da sein wolltest ... ich kann nicht vergessen, dass du mich auf der Strecke gelassen hast, dass mich zu verlassen für dich das kleinere Übel gewesen war.«

»Das war es nicht...«, wisperte Trip. »Bei Gott, Cassie, das war alles andere als leicht.«

»Ich schaffe es nicht, den Schmerz zu vergessen«, flüsterte ich und spürte, wie heiße Tränen meine Wangen hinunterliefen.

Ich zögerte. »Aber ich will den heutigen Tag vergessen«, sagte ich genauso leise. »Lass ihn mich vergessen, Trip. Bitte. Weil ich weiß, dass nur du das kannst«, flehte ich. »Lass mich ein einziges Mal schwach sein. Das bist du mir schuldig.«

Sein Kiefer mahlte, als er verstand, was ich damit andeutete. Auch früher konnte ich nur mit ihm vergessen. Meinen Vater, die Ansprüche, die er an mich stellte, und alles andere. Ich war nicht bereit, Gefühle für Trip zuzulassen und neu anzufangen, aber wenigstens konnte er mir diesen einen Gefallen tun.

Ich wollte vergessen. Wenn auch nur für eine kurze Zeit.

21

Vergangenheit - Trip

Ich zögerte und rieb mir das Handgelenk. Es tat immer noch weh. Die verdammten Bullen hatten mal wieder ihre Macht ausgespielt und die Handschellen viel zu fest gezogen. Miese Wichser. Aber wenigstens hatten sie mich diesmal gehen lassen, weil ich mich geweigert hatte, eine Aussage zu machen und sie nichts gegen mich in der Hand hatten. Noch nicht.

Es war nur eine Frage der Zeit, bis mich irgendjemand wirklich verpfiff oder doch das rauskam, was sich gestern Abend abgespielt hatte. Scheiße, Nash war so ein Arschloch. Schmiss sein Leben weg, indem er sich jeden Tag volldröhnte. Doch im Grunde war ich nicht besser. Ich vertickte das Zeug schließlich, wenn auch nicht an meinen Bruder.

Fuck, ich hatte es so satt! Aber ich entkam dem Ganzen nicht. Und genau deswegen musste ich etwas tun, was mich ein für alle Mal zerstören würde. Das einzige Licht in meinem Leben löschen, damit ich es nicht weiter in die Dunkelheit zog.

Einer der Beamten hatte sich verplappert und gefragt, ob es stimme, dass ich den Abend bei Star verbracht habe. Sie hatte gestern für mich gelogen, und das war etwas, das ich mir nicht verzeihen konnte. Ich verabscheute mich selbst, weil ich sie in solch eine Lage gebracht hatte. Aber nicht mehr lange. Ihr würde es bald wieder besser gehen, und sie könnte ein schöneres Leben ohne mich führen, da war ich mir sicher. Auch wenn der Gedanke, sie wäre mit jemand anderem zusammen, der sie küssen und halten durfte, einen scharfen Dorn in mein Herz stieß.

Ich atmete tief ein und betrat das Schulgebäude. Wahrscheinlich zum letzten Mal, denn ich hatte nicht vor, zurückzukommen.

Auf direktem Weg lief ich in den Flur, in dem sich Cassies Spind befand. Es dauerte noch zwei Minuten, bis die jetzige Schulstunde zu Ende war, aber ich wusste, dass sie hier vorbeikommen musste. Also wartete ich. Bis sie um die Ecke bog und ihre Augen größer wurden, als sie mich sah.

Ich kaute auf meiner Unterlippe, bis ich Blut schmeckte, und hörte selbst dann nicht auf. Meine Hände waren zu Fäusten geballt und schon taub, weil ich mir selbst nicht traute und sie anfassen wollte, als sie vor mir stehen blieb. Mein gesamter Körper bebte.

»Trip«, hauchte sie, und fast hätte ich mit meinem Vorsatz gebrochen. Ich brauchte sie wie die Luft zum Atmen und war mir sicher, nach diesem Gespräch zu ersticken. Obwohl sie es jetzt vielleicht nicht annahm, würde ihr Leben im Gegensatz zu meinem weitergehen. Ein besseres Leben, als ich ihr jemals bieten könnte, auch wenn ich noch nie etwas so sehr gewollt hatte, wie Cassie alles zu ermöglichen, was sie sich wünschte. Aber was sollte ich ihr bieten, wenn ich selbst nichts hatte außer ihr?

»Was ist passiert?«, wollte sie wissen, und ich sah den gleichen Schmerz in ihrem Ausdruck, der in meinem Inneren schon mein ganzes Leben lang wütete. »Dein Gesicht …« Ich drehte den Kopf ein Stück weg. Nur wieder ein Zeichen dafür, wie kompromisslos mein Pflegevater gestern reagiert hatte, als die Polizei mich heimgebracht hatte. Er hatte mich noch nie schlimmer verprügelt, aber ich wusste, wenn ich mich wehrte, würde ich ihn umbringen.

»Können wir kurz reden? Draußen?« Ich versuchte, so emotionslos wie möglich rüberzukommen. Cassie nickte, und ich starb.

Vor dem Schulgebäude fegte ein eiskalter Wind über die Erde. Genau wie in meinem Inneren. Wir stellten uns ein wenig abseits hinter eine Hauswand, um nicht zu erfrieren. Es war falsch, es jetzt und hier zu tun, aber zu ihr nach Hause konnte ich ebenfalls nicht gehen. Wenn ihr verdammter Vater mich sähe, würde sie nur noch mehr Ärger bekommen. So gerne würde ich ihm sagen, wie glücklich er sich schätzen konnte, eine Tochter wie Cassie zu haben, die alles auf sich nahm, nur um ihm gerecht zu werden. Wieso mussten sich eigentlich immer die Kinder verbiegen? Wieso kam nicht mal ein Elternteil auf die Idee, etwas zu ändern?

»Was ist los?« Sie streckte die Hand nach mir aus. Ich wich zurück und schüttelte den Kopf.

»Nicht.« Eine Berührung von ihr, und ich wäre verloren. Ich sah sie an, prägte mir jeden ihrer Gesichtszüge ein, jede winzige Geste brannte sich in meine Seele. Selbst jetzt, mit gerunzelter Stirn und angsterfülltem Blick, war sie wunderschön. Ich spürte, wie bereits die ersten Stücke aus meinem Herzen herausbrachen. »Es geht nicht mehr.«

»Was geht nicht mehr?«, fragte sie mit zitternder Stimme.

Ich nahm meinen gesamten Mut zusammen. »Das mit uns. Ich dachte, ich würde etwas für dich empfinden, aber das war nicht so. Ich wollte dich nur rumkriegen, und jetzt wird es langweilig.« *Ich hasse, hasse, hasse mich!* »Ich hatte mit Ryan eine Wette laufen, aber ich kann das nicht mehr durchziehen.« Ich musste ihr wehtun, damit sie mich genauso sehr hasste wie ich mich selbst.

»Das glaube ich dir nicht. Die letzten Monate ... das kannst du nicht gespielt haben.« Sie wirkte skeptisch. Mein schlaues Mädchen.

»Es ist mir egal, was du glaubst und was nicht.« Ich zuckte mit den Schultern. »Aber es ist vorbei.« *Für mich würde es niemals vorbei sein.*

»Was ist gestern passiert? Wieso war die Polizei bei uns und wieso siehst du so aus? Trip!« Sie hielt sich an meinem Hoodie fest, als wäre sie kurz vorm Ertrinken und ich ihr Anker. Eigentlich war ich es, der sie in die Tiefe riss.

»Das ist nicht mehr dein Problem.« Ich legte meine Hand auf ihre, schloss kurz die Augen, weil mir allein diese Berührung unwahrscheinlich wehtat, dann löste ich sanft ihre Finger und ließ sie los. Ein letztes Mal noch spüren? Nur ein einziges Mal küssen? Durfte ich so egoistisch sein?

»Ich seh es dir doch an. Was ist der wahre Grund? Ich kenne dich, das würdest du nicht tun!« Ihre Stimme zitterte immer mehr. Ich konnte kaum ertragen, wie sie litt. Wegen Abschaum wie mir.

Blitzschnell zog ich sie an mich und drückte meine Nase in ihr duftendes Haar. Sie klammerte sich an mir fest. »Du kannst mich nicht verlassen«, schluchzte sie, als ich sie noch fester an mich presste. »Was ist passiert?«

Ich senkte den Mund an ihr Ohr und atmete schwer. »Ich muss es tun. Es ist vorbei.«

Dann ließ ich sie los.

Ich ging so schnell davon, dass ich fast rannte. Währenddessen steckte ich die Hände in die Taschen meiner Hose und fühlte es. Ich fühlte ihn. Den Ring. Den ich besorgt hatte, bevor mich Nash im Drogenrausch angerufen hatte. Als ich noch dachte, es gäbe eine Zukunft für so etwas Reines wie Cassie mit jemand so Dreckigem wie mir. Aber ich hatte mich getäuscht. Auch wenn ich kurz auf eine Zukunft gehofft hatte, auf die ich mich freute, anstatt zu wissen, dass ich in fünf Jahren entweder tot oder im Knast war.

Deswegen ging es nicht. Und der Schmerz fraß bereits ein Loch durch mich hindurch, bis ich mich irgendwann hoffentlich auflöste.

22

Vergangenheit - Cassie

Er war gegangen. Einfach so war er aus meinem Leben verschwunden. Ich hatte ihn angerufen, ihm Nachrichten geschrieben, selbst vor seiner Tür hatte ich gestanden, nur um von seinem Bruder Everett zu hören, dass er nicht da war und mich außerdem nicht sehen wollte. Was hatte ich getan, weshalb tat er mir das an? Was war passiert, dass ich ihm solch einen Schmerz angesehen hatte und er mich trotzdem verließ?

Ich konnte auch heute nicht zur Schule gehen. Fünf Tage ohne Trip waren fünf Tage, an denen ich nicht atmen konnte. Glücklicherweise war heute Freitag, und ich könnte zwei weitere Tage zu Hause in meinem Bett liegen und meinem Vater vorspielen, ich wäre zu krank, um etwas anderes zu tun. Er hatte diese Woche glücklicherweise andere Verpflichtungen und kaum Zeit, nach mir zu sehen. Im Gegenteil. Wenn er hörte, dass ich krank war, hielt er sich extra von mir fern.

Es war Abend, und auch heute hatte ich das Abendessen ausfallen lassen. Es klopfte leise an meiner Tür, und Mom schaute in mein Zimmer.

»Sisi, geht es dir besser?«

Ich schüttelte den Kopf. Würde es jemals besser werden? Ganz bestimmt nicht. Erneut bahnten sich Tränen ihren Weg in meine Augen. *Er hat mich verlassen.*

»Ich hab dir etwas vom Essen aufgehoben.« Sie setzte sich auf mein Bett und stellte ein kleines Tablett mit einem Salat mit Putenbruststreifen und einem Glas Wasser auf meinem Nachttisch ab.

Liebevoll strich sie mir über das Haar. »Ich hoffte, dass es dir wieder gut geht ...« Sie zögerte.

»Was ist, Mom?« Irgendetwas an ihrer Reaktion war merkwürdig. Die Augen meiner Mutter hingen dunkel und tief in ihren Höhlen. Etwas lag ihr auf der Seele, das fühlte ich, und ich war so sehr mit mir selbst beschäftigt gewesen, dass ich es nicht gemerkt hatte! Ich bekam es mit der Angst zu tun! Langsam rutschte ich nach oben und lehnte mich gegen das Kopfteil.

»Nichts. Ich komme später wieder.« Sie stand hastig auf. So unsicher kannte ich sie nicht. Was war los?

»Mom?« Sie lächelte mich noch mal traurig an, dann nahm sie wieder auf dem Bettrand Platz. »Ist was mit Dad?«

»Nein, Schatz, Dad geht es gut.«

»Was ist es dann?« Ich blinzelte nicht, so starr fixierte ich meine Mom, um jedes Wort mitzubekommen, das sie mir sagte. Meine Augen brannten.

Sie zögerte immer noch. Wieso tat sie das? Meine Mom war der stärkste Mensch, den ich kannte. Wenn sie so reagierte, musste sie etwas Großes bedrücken.

»Ich war vor einer Weile beim Arzt zu einer Routinekontrolle. Dabei haben sie etwas festgestellt.«

»Was haben sie festgestellt?«, flüsterte ich und spürte, wie sich der Knoten um meinen Hals, der mir seit fünf Tagen das Atmen erschwerte, noch weiter zuzog. Mir wurde übel.

»Eine Verhärtung in meiner Brust.«

»Aber es ist doch etwas Harmloses, oder nicht?«

Heiße Tränen tropften meine Wangen hinab und sammelten sich auf der Bettdecke. Auch meine Mom begann zu weinen, ohne mir eine wirkliche Antwort zu geben, und zog mich an sich. Ich hatte sie vorher noch nie weinen sehen, selbst wenn mein Vater ihr seelische Schmerzen zugefügt hatte, indem er wieder kalt und abweisend war.

»Die Ärzte werden alles tun, was möglich ist, damit sie es stoppen können. Dein Vater hat schon die besten Onkologen ausfindig gemacht.«

»Mom? Was heißt das?« Wir umarmten uns immer fester. »Du wirst wieder gesund, oder? Du kannst nicht krank sein!« Ich klammerte mich an ihr fest. Meine Welt zerbrach weiter in tausend Teile. Meine Mom, meine wunderschöne, starke Mom …

Sie drückte mich ein Stück von sich und strich mir mit dem Daumen über die tränennasse Wange. Es brachte nichts. Die Tränen versiegten einfach nicht. »Keine Sorge. Ich werde immer für dich da sein. Ich will noch alles mitbekommen, deinen Abschluss, wie du heiratest, Kinder bekommst … bei all dem werde ich für dich da sein.«

Ich nickte und schniefte und nickte wieder, aber ich glaubte ihr nicht. Ich hörte die Lüge in ihrer Stimme. »Versprich es mir!«

»Ich verspreche es!« Sie hob zwei Finger zum Schwur. »Ich schwöre.« Wir weinten immer noch.

»Ich hab dich lieb, Mom.«

»Und ich dich, Sisi.«

Meine Mom und ich hatten uns noch lange über die Möglichkeiten der Behandlungen und die Zukunft unterhalten.

Laut Statistik lebten fünf Jahre nach der Diagnose noch achtundachtzig von hundert Brustkrebs-Patientinnen, also achtundachtzig Prozent der erkrankten Frauen. Das war eine gute Quote. Oder?

Aber was war mit den zwölf anderen Frauen? Hatten sie Kinder? Wollten sie irgendwann mal welche? Waren sie verheiratet oder wollten vielleicht noch etwas von der Welt sehen und reisen?

Auf welcher Seite stand meine Mom?

Um Mitternacht kreisten meine Gedanken immer noch in meinem Kopf, dass mir schwindelig wurde.

Das hier war kein verdammter Albtraum oder ein extrem beschissen trauriger Film, bei dem am Ende alles gut würde. Niemand wusste, wie es ausgehen würde. Kein Mensch konnte in die Zukunft sehen.

Aber Fakt war, meine Mom hatte Krebs. Und ich war am Ende, auch weil ich mich noch nie einsamer gefühlt hatte. Egal, weshalb Trip Schluss gemacht hatte, ich brauchte ihn. Ich brauchte seine Stärke, die mich hielt. Ich brauchte seine Ruhe, damit mein rasendes Herz nicht explodierte. Ich brauchte seine beruhigende, tiefe Stimme, die mir ins Ohr flüsterte, dass alles gut würde. Ich brauchte seine Wärme, die meinen zitternden Körper aufheizte.

Ohne weiter darüber nachzudenken, stieg ich aus meinem Bett und zog mir eine Jeans und einen Wollpullover an. Ich wusste, dass er früher öfter auf solchen Partys gewesen war wie die, auf der Clary und ich ihn zum ersten Mal getroffen hatten. Seitdem wir fest zusammen gewesen waren, hatte ich zwar nicht mehr mitbekommen, dass er dorthin ging, aber wer wusste, was er jetzt tat? Außerdem war es mein einziger Anhaltspunkt, neben seinem Haus, bei dem ich zu viel Angst hatte, seinem Pflegevater um dieser Uhrzeit zu begegnen.

Ich schlich auf Zehenspitzen die geschwungene Marmortreppe ins Erdgeschoss hinunter, zog mir leise meine Daunenjacke und Sneakers an und holte den Autoschlüssel meines Vaters aus der Kommode. Ich hatte erst einmal heimlich sein Auto genommen, und das war ebenfalls, als ich Trip gesucht hatte. Sollte ich deswegen ein schlechtes Gewissen haben? Nein.

Meine Gedanken wurden immer lauter. *Meine Mom hat Krebs.*

Leise ging ich weiter in die angrenzende Garage und setzte mich hinter das Steuer. Ich war wahnsinnig aufgeregt, allein schon aus Angst, dass mein Dad aufwachen und mich erwischen könnte. Denn wenn er das tat ... Egal, ich hatte gerade keine Zeit, über die Konsequenzen nachzudenken. Das Einzige, was ich wollte, war, bei Trip zu sein.

Meine Mom hat Krebs.

Das automatische Garagentor öffnete sich, nachdem ich auf den Knopf in der Mittelkonsole gedrückt hatte. Hoffentlich wurde niemand durch den Krach wach. Der Motor ertönte, und ich atmete noch einmal tief durch. Gang rein, Handbremse lösen und der Wagen rollte aus der Garage und von unserer Auffahrt herunter.

Auch wenn es ziemlich lange dauerte, bis ich das Haus wiederfand, stand ich irgendwann davor. Hier hatte alles angefangen. Heute fand hier ebenfalls irgendeine Party statt. Trip hatte mir einmal erzählt, dass das Haus einem Typen namens Connor gehörte und der jedes Wochenende so was veranstaltete. Ich stieg aus und steckte den Autoschlüssel in meine Jackentasche, nachdem ich den Wagen verriegelt hatte. Dabei ignorierte ich die neugierigen Blicke, die mir manche zuwarfen, die draußen vor dem Haus auf dem Rasen standen, tranken, rauchten oder irgendetwas anderes machten. Es war mir egal. Ich wollte nur zu Trip.

Meine Mom hat verdammt noch mal Krebs.

Mein Herz raste immer schneller, und ich versuchte meine Atmung zu beruhigen, auch damit sich die verräterischen Tränen nicht Bahn brechen konnten. Ich wollte nicht heulen. Ich hatte genug geheult. Gerade hatte ich nur ein Ziel. Dann konnte ich zusammenbrechen.

Schnell lief ich durch den Vorgarten und stieg die Veranda nach oben. Wieder fiel ich mit dem dem Jaguar, mit dem ich gekommen war, auf und musste mir einige schmutzige Kommentare anhören. Ich ignorierte sie.

Durch Menschenmengen und dicken Zigarettenqualm kämpfte ich mir den Weg zur Küche durch. Vielleicht hatte ich Glück und würde die Mädchen wiedertreffen. Sie kannten Trip zumindest und konnten mir sagen, wo er war.

Plötzlich umfasste eine Hand grob meinen Oberarm und riss mich zurück. Ich ließ einen Schmerzensschrei los, als mich jemand unsanft herumdrehte.

Grüne Augen, so tief und satt und dunkel wie nasses Moos in einem düsteren Wald, schauten mich wuterfüllt an.

»Was machst du hier?« Trips Augenbrauen waren zusammengezogen, und er sah verdammt wütend aus. »Ich hab dir gesagt, es ist vorbei! Komm nicht wieder hierher und geh nach Hause, Cassie!« Seine Finger zogen sich noch weiter zusammen, bis mein Arm pochte. Trip tat mir weh. Trip hatte mir vorher noch nie wehgetan.

»Meine Mom hat Krebs.« Ich hatte es ausgesprochen. Und es zerriss mich noch schlimmer, als ich angenommen hatte. Trip sah überrascht aus, seine Finger lockerten sich ein wenig, dann zog er mich mit sich, durch die Menschenmenge, eine Treppe nach oben und in ein leeres Zimmer. Als wir dort angekommen waren, war mein Gesicht bereits tränenüberströmt. Trip ließ mich los und fuhr sich über den Nacken.

»Was hast du gesagt?« Er wirkte verwirrt. Ich konnte nachvollziehen, wie er sich fühlte.

»Meine Mom hat Krebs. Ich weiß nicht, ob sie es schafft«, schluchzte ich.

»Oh, Star …«, wisperte er und sah mich schmerzerfüllt an. »Es tut mir so leid.« Er zog mich an sich, und ich weinte in sein schwarzes Shirt. Es roch nach Zigaretten und Seife und nach ihm. Da war er wieder, mein schöner, liebevoller, starker

Freund. Wieso hatte er mich alleingelassen? Ich existierte ohne ihn nur noch halb.

»Sch …« Er strich mir immer wieder über den Kopf und hielt mich so lange, bis mein Schluchzen in ein Wimmern überging. Danach löste er sich von mir, und am liebsten hätte ich mich an ihm festgekrallt, damit er mich niemals mehr losließ. Doch es war zu spät, denn er hatte es bereits getan. Er ging zwei Schritte nach hinten, als brauchte er Abstand.

»Ich kann das nicht allein durchstehen«, flüsterte ich und strich mir mit dem Handrücken die letzten Tränen von der Wange. »Ich brauche dich.«

»Ich kann nicht …«, erwiderte er genauso leise.

»Wieso nicht?«

»Weil es nicht geht, verdammt!« Seine Stimme wurde lauter, und ich hörte die Verzweiflung heraus. »Das mit deiner Mom tut mir leid, aber sie wird es schaffen, okay? Du wirst es schaffen!« Er brüllte mich fast an.

Ich schüttelte den Kopf und ging wieder einen Schritt auf ihn zu. Trip schloss die Augen, als hätte er Schmerzen. Als er sie erneut öffnete, stockte mir bei seinem Blick der Atem. Mit einem Ruck zog er mich an sich, und unsere Lippen prallten aufeinander. Dieser Kuss war so innig und leidenschaftlich, dass mein Herz drohte, zu explodieren. Unsere Zungen tanzten miteinander, unsere Körper wurden zu einem, als wären wir nur dafür gemacht, uns im anderen zu verlieren, unsere Hände krallten sich haltsuchend am anderen fest. Rettung.

Wir brauchten beide Rettung. Immer, wenn wir zusammen waren, fühlte es sich so an, als würden wir diese im anderen finden. Doch was, wenn nicht? Was, wenn dieses Gefühl nur ein Wunsch war, der niemals wahr werden würde?

Viel zu schnell löste sich Trip von mir und lehnte seine Stirn an meine. Sein Atem ging genauso schwer wie mein eigener. Es fühlte sich an, als würde ein tonnenschwerer Stein auf meiner Brust liegen.

»Ich liebe dich«, wisperte ich.

»Ich kann nicht für dich da sein, so wie du es brauchst. Sie haben recht, alle. Dein Vater, deine Freunde. Ich bin nicht gut für dich, Cassie.«

»Sag das nicht!«

»Es ist aber so! Sieh das doch!« Er schüttelte mich leicht. »Ich kann dich nicht lieben, weil du mich nicht lieben darfst!« Und wieder brach mein Herz, obwohl ich nicht gedacht hätte, dass es überhaupt noch existierte. »Verschwinde!«

»Aber, Trip ...«

»Ich hab gesagt, verschwinde!« Noch niemals hatte er mich so angeschrien, noch niemals hatte er mich überhaupt angeschrien.

»Wenn du nicht gehst, fahr ich dich eigenhändig nach Hause und werfe dich deinem Vater vor die Füße! Was denkst du, wird er machen, wenn er weiß, dass du allein hier rausgefahren bist, um mich zu suchen?«

»Tu es doch.«

Trip seufzte und raufte sich die Haare. »Dann geh ich.« Als er an mir vorbeistürmte, versuchte ich, ihn festzuhalten, aber er entzog sich meinem Griff und ging einfach weiter. Ich lief ihm nach, doch auf mein Flehen und meine Rufe reagierte er nicht, bis wir die Tür erreichten und er sich noch einmal umdrehte.

»Geht das nicht in deinen Kopf? Ich. Will. Dich. Nicht! Lass mich in Ruhe, leb dein Leben und lass mir meines!« Ich hatte noch nie solch einen Hass in seinen Augen gesehen. Galt der mir, oder hasste er sich so sehr selbst, dass er sich jegliches Glück versagte? »Wenn du mir noch einen Schritt nachgehst, bringe ich dich zu deinem Vater! Verstanden?« Meine Arme hingen kraftlos an mir herunter, mein ganzer Körper schmerzte von seiner Abweisung. Er packte mein Kinn und zwang mich, ihn anzusehen. Sein Griff tat weh. Meine Seele zersprang vor Schmerz. »Ob du mich verstanden hast, hab ich gefragt?«

Ich nickte schwach und spürte, wie weitere Tränen meine Augen überfluteten. Noch nie in meinem Leben hatte ich so viel geweint oder mich so verloren gefühlt.

Trip ließ mich los und verließ das Zimmer. Schluchzend sank ich auf den Boden und umschlang meinen Körper. Ich konnte nicht nach Hause, und mein einziger Anker war verschwunden. Was sollte ich tun? Wo sollte ich hin?

Ich trauerte um alles, was ich verloren hatte, und weinte um alles, was ich noch verlieren würde.

Bis zwei starke Arme meine Schultern berührten und mich nach oben zogen. Jemand bugsierte mich auf das Bett in dem Zimmer und hielt mich aufrecht.

»Hey, was ist mit dir los?« Ich schaute hoch und erkannte einen Jungen in meinem Alter. Er rieb mir beruhigend den Rücken. »Hat dir jemand wehgetan?«

Und wie!, hätte ich am liebsten geschrien. Aber es kam kein Ton über meine Lippen.

»Ich bin Jax. Du bist doch Trips Freundin, oder nicht?«

Ich schüttelte den Kopf.

»Oh«, erwiderte er nur. »Geht es wieder?«

Ich schüttelte ein weiteres Mal den Kopf.

Er lehnte sich ein Stück zurück und kramte in seiner Jeanstasche. Danach zog er ein kleines Päckchen heraus und hielt es mir hin. »Willst du vergessen?«

Ich fixierte die bunten Pillen, die in der Folie steckten.

»Ja«, flüsterte ich, ohne lange zu überlegen. »Vergessen klingt gut.« Mein gesamter Körper fühlte sich träge an.

Jax öffnete das Päckchen. »Mund auf.«

Ich befolgte seine Anweisung, und er legte mir eine der Pillen auf die Zunge, die ich mühsam hinunterschluckte. Hoffentlich wirkte sie schnell. Ich spürte immer noch den Schmerz. So tief. So groß.

»Noch eine.«

»Hast du schon mal was genommen?«, fragte er.

»Nein.«

»Dann reicht eine.«

»Noch eine!«, sagte ich bestimmter, und Jax gab mir schulterzuckend eine weitere. Ich legte mich zurück und starrte zur Decke.

Schmerz. Krebs. Leid. Freude. Liebe. Glück. Verlust. Verlust. Verlust. Der Schleier zog sich über meinen Geist, mein Herz raste, meine Handflächen wurden feucht, und mein Inneres erblühte. Ich war glücklich. Zumindest dachte ich das. So glücklich wie schon lange nicht mehr. Mehr. Ich wollte meeeeeehr.

Jax schob mir eine weitere Pille zwischen die Lippen. Hatte ich das ausgesprochen?

Auf einmal tauchte sein Gesicht vor meinem auf. Seine braunen Augen verschwammen und wurden grün, seine blonden Haare wechselten zu dunkelbraun. T*rip. Trip. Mein Trip. Der Trip meines Lebens.*

»Ich liebe dich.«

Trip küsste mich. Es war anders, aber es war mir egal. Endlich war er wieder bei mir. Nur bei mir. Für immer. Immer.

23

Vergangenheit - Trip

Immer wieder trat und schlug ich gegen mein Auto. Es war sowieso eine Schrottmühle, die nicht mehr weit fahren würde, und besser ich reagierte mich daran ab als an etwas oder jemand anderem.

Ich hasse mich!

Ich war gebrochen, gebrochener als sowieso schon, seitdem Cassie vor mir gestanden und mir unter Tränen gesagt hatte, dass ihre Mom krank war. Scheiße. Wieso traf so etwas immer die Falschen? Die meisten Menschen sagten, sie würden nicht mal ihren schlimmsten Feinden eine Krankheit wünschen. Ich schon. Wieso bekam der Wichser nicht Krebs und verreckte jämmerlich? Oder Nashs, Everetts oder meine verfickten Eltern? Sollten sie alle in der Gosse elendig zugrunde gehen!

Aber nicht jemand wie Cassies Mom! Das Leben war scheiße unfair! Ich hasste das Leben abgrundtief!

»Trip?«

»Verschwinde!« Ich trat ein weiteres Mal in das Blech der Beifahrertür. Es gab einen ohrenbetäubenden Knall, der mich nur wenig befriedigte.

»Trip, verdammt!«

»Was ist?« Ich drehte mich um und fixierte Rick, der mich angsterfüllt ansah. Er war nur irgendein Typ, der hin und wieder bei mir Dope kaufte. Vielleicht half es mir doch, mich an ihm abzureagieren? Ich ballte meine Hände zu Fäusten.

»Jax hat Scheiße gebaut. Du warst doch mit dieser reichen Tussi zusammen, oder? Cassie?«

Mir wurde heiß. »Was ist mit ihr?«

»Komm schnell.« Rick eilte Richtung Haus. Was war passiert? Ich hätte sie in ihrem Zustand nicht allein lassen sollen! Fuck!

»Es ging alles irgendwie so schnell, und Jax hat gesagt, er wusste nicht, dass sie noch niemals was genommen hat, er hat sie gefragt, und sie hat gelogen.«

»Was hat sie genommen?«, schrie ich Rick an und beschleunigte meinen Schritt noch weiter. Wir rannten die Veranda hoch, meine Füße schlugen auf das morsche Holz ein wie Hämmer. »Verdammt, was hat sie genommen?« Rick antwortete zu langsam! Ich drehte durch vor Angst!

»Ecstasy, ein paar Pillen.«

»Ein paar Pillen?« Ich rannte schneller, fast wäre ich über die Schwelle gestolpert. Innerhalb des Hauses war immer noch die Hölle los. Fuck. »Wo ist sie?«

»Oben.« Ich drückte mich durch die feiernden Leute zur Treppe, nahm zwei Stufen auf einmal. Dort sah ich, dass die Tür zu dem Zimmer, in dem wir miteinander gesprochen hatten, offen stand. Shit, Shit, Shit!

Jax ging vor dem Bett auf und ab und raufte sich immer wieder die Haare. Als er mich sah, wurden seine Augen größer. »Mann, es tut mir leid. Ich wusste nicht ...«

Ich hatte keine Zeit, mich um ihn zu kümmern. Mein Blick klebte nur an Cassies leblosem Körper. Sie lag auf dem Bett, und ich zog sie an mich. Ihre Haut war eiskalt und schwitzig.

»Sie hat auf einmal gezittert und ganz schnell geatmet, der weiße Schaum ...«

»Hol verdammt noch mal einen Krankenwagen!«, schrie ich panisch und strich Cassie über das feuchte Gesicht.

»Star, es tut mir leid, so leid«, wisperte ich immer wieder und schüttelte sie leicht. Ihr Kopf und ihre Arme hingen reglos herunter. Meine Brust schnürte sich zu, als ich mit den Fingern den Puls an ihrem Handgelenk suchte. Ich fand ihn nicht. Wo war ihr verdammter Puls?! Shit! »Star!« Die Welt um mich herum kippte, ich bekam keine Luft mehr. Was, wenn ...? Nein! Nicht Cassie! »Ich liebe dich«, schluchzte ich leise in ihr Ohr, während ich sie enger an mich zog. »Es tut mir so leid.« Ich war schuld! Mein beschissenes Leben hatte sie verschlungen und wieder ausgespuckt. Jeder hatte uns gewarnt, gesagt, dass es schiefgehen würde, und ich hatte ihnen nicht glauben wollen.

Es war allein mein Fehler! Ich hätte mich von Anfang an von ihr fernhalten sollen!

Irgendjemand reichte mir einen nassen Waschlappen, und ich legte ihn ihr auf das Gesicht, während ich mit zittrigen Fingern über ihre kalte Haut glitt. Niemals hatte ich solch eine Angst gehabt wie in diesem Moment.

Es waren ewige vierhundertachtzig Sekunden, in denen ich vierhundertachtzig Mal gestorben war, bis endlich zwei Sanitäter das Zimmer betraten und zu uns eilten. Aber ich wollte Cassie nicht loslassen, nie wieder!

Doch ich musste, als Rick meine Schultern packte und mich hochzog, während sich die Rettungskräfte um Cassie kümmerten. Ich vernahm alles wie im Dunst. Dass sie fragten, was sie genommen habe. Dass Cassie immer noch leblos und mit geschlossenen Augen dalag. Dass die Sanitäter Beatmungsgeräte ansetzten und eine Kanüle in ihren Arm schoben. Dass sie Cassie auf eine Liege hoben und raustrugen. Dass ich hinter ihnen die Stufen hinunterging und wir vor einem Krankenwagen stehen blieben. Dass der eine Sanitäter meinen Arm packte und sagte: »Nur Angehörige!« Dass ich ihn wegschubste und trotzdem hineinstieg. Dass meine Tränen einfach nicht aufhören wollten, zu fließen. Dass ich an diesem Tag noch weitere Tausende Male gestorben war.

Ich durfte nicht in ihr verficktes Zimmer! Sie ließen mich noch nicht mal auf die Intensivstation, in der sie lag! Ich durfte nirgendwohin, nur auf diesen beschissenen Plastikstühlen in irgendeinem verdammten Wartebereich still sitzen und warten! Egal, was ich tat, niemand informierte mich auch nur darüber, wie es ihr ging! Es dauerte nicht mehr lange, dann würde ich diesen verfluchten Laden auseinandernehmen!

Ich sprang auf und tigerte unruhig durch das Zimmer, weil ich nicht länger als fünf Minuten sitzen konnte. Ich wollte Nash oder Everett anrufen, aber hatte mich dann umentschieden. Auf gar keinen Fall konnte ich sie damit belasten, und jemand anderen, mit dem ich darüber sprechen konnte, gab es nicht. Also blieb mir nichts übrig, als hier zu warten und diese ganze Scheiße allein durchzustehen. Und wenn es Tage dauern sollte!

Die Hauptsache war, dass es Cassie wieder besser gehen würde. Was verdammt noch mal hatte sie sich dabei gedacht und wieso kam dieser Pisser Jax auf den Trichter, ihr Ecstasy zu geben? Dieser Wichser, ihn würde ich mir noch mal vornehmen, das war sicher!

Plötzlich hörte ich Stimmen auf dem Flur und blieb stehen. »Wo ist dieser Abschaum? Wenn ich ihn in die Finger bekomme, dann …«

»Juan, bitte warte doch!«

»Ich wusste, du würdest Probleme machen!« Cassies Vater stand in der Tür und zeigte mit dem Finger auf mich. Er war ein hochgewachsener, kräftiger Mann, und auch wenn ich es niemals zugeben würde, sein wutverzerrtes Gesicht beeindruckte mich. Er stürmte auf mich zu und packte mich am Kragen. Ich versuchte mich aus seinem Griff zu winden, aber da knallte ich schon gegen die nächste Wand.

»Du kleines Stück Scheiße! Wegen dir kämpft meine Tochter mit dem Tod!«

Ich wollte ihm entgegnen, dass ich nichts dafür konnte, doch das wäre gelogen gewesen. Also wehrte ich mich nicht mehr und ließ die Arme sinken.

»Juan!«, hörte ich eine Frauenstimme hinter ihm. Cassies Vater und ich fixierten uns starr, während er mich immer noch am Kragen gegen die Wand presste. Sollte er mir doch eine verpassen. Ich war Schläge gewohnt, und diesmal hatte ich sie sogar verdient. Ich würde sie aushalten. Ich würde verdammt nochmal alles aushalten, wenn Cassie wieder gesund werden würde.

»Sie hätten dich einbuchten sollen! Ich werde dafür sorgen, dass du dich nie wieder bis auf hundert Meter meiner Cassandra näherst, du Abschaum!«, spuckte er mir ins Gesicht.

»Ich kenne mehr Leute, als du denkst, und hab mich umgehört! Jemand hat dich und deinen kleinen Freund gesehen. Und vor allem hat er gesehen, wie du den anderen verprügelt hast, bis er nicht mehr aufgestanden ist. Wie viele Jahre, denkst du, bekommt so jemand Wertloses wie du, um den sich niemand schert?«

»Juan, es reicht!« Cassies Mom tauchte neben uns auf und legte eine Hand auf die Schulter ihres Mannes. »Lass den Jungen, hör dir doch erst mal an, was er zu sagen hat.«

»So jemandem wie ihm kann man doch nicht glauben!« Sein Griff lockerte sich nicht, erschwerte mir die Atmung. Wäre es einfacher, jetzt hier an Ort und Stelle zu sterben als diese ganze Scheiße durchzumachen? Es wäre definitiv einfacher für Cassie, wenn sie sich nicht mehr um jemanden wie mich scheren musste.

Cassies Mom legte ihre Hand nun auf Juans Wange und drehte seinen Kopf zu sich. Ganz kurz sah ich eine andere Emotion in seinen Augen als Wut. Liebe. Schmerz. Danach wich sein Blick wieder der üblichen Kälte.

Trotzdem ließ er mich los und ging einen Schritt zurück. Ich rieb mir die Brust.

»Ich war nicht dabei und wusste nicht, dass ...«

»Wo warst du dann? Hast sie in diesen Teil der Stadt gelotst, in dem es nur Drogen und Armut gibt, und lässt sie dann allein?«, schrie er. Er hatte recht. Ich hatte sie alleingelassen. Ich senkte den Kopf. »Wusste ich es doch«, sagte er verächtlich.

»Wenn du noch einmal Kontakt mit Cassandra aufnimmst oder sie nur von der Ferne ansiehst, werde ich dafür sorgen, dass du und dein kleiner Freund nie wieder aus dem Knast rauskommt!« Er deutete erneut mit dem Zeigefinger auf mich. »Hast du mich verstanden? Ich habe genug Einfluss, euch bis an euer Lebensende einsperren zu lassen!«

Ich hatte den Entschluss gefasst, Cassie zu verlassen, um sie zu schützen, nur hatte ich dabei einen Fehler gemacht. Ich war geblieben und hatte riskiert, dass sie mich suchte. Jetzt war ganz klar, was ich tun musste. Ich musste gehen, damit sie nicht wieder auf diese Idee kam. Egal wohin, alles war besser, als Cassie noch mal einem solchen Risiko auszusetzen. Also nickte ich schwach.

»Einverstanden. Ich werde aus dem Leben Ihrer Tochter verschwinden. Aber eines müssen Sie mir versprechen ...« Ich sah Cassies Mom an. »Dass Sie sich gut um sie kümmern, solange Sie die Möglichkeit haben.«

Sie nickte mit Tränen in den Augen, ein Schluchzen quälte sich aus ihrer Kehle.

Und ich ging. Ich ging und ein großer Teil von mir starb dieses Mal endgültig.

24

Vergangenheit - Cassie

Meine Lider fühlten sich tonnenschwer an. Die Müdigkeit zog meinen gesamten Körper zu Boden, aber ich musste hier raus. Raus aus der Dunkelheit.

Flatternd schlug ich die Augen auf. Doch es gelang mir nicht vollständig und ich schloss sie wieder. Ich atmete tief und schwer. Ich war so müde. Und mein Mund war unglaublich trocken.

»Hier, trink das.« Ich spürte etwas an meinen spröden Lippen, und als das kühle Wasser sie benetzte, trank ich es mit gierigen Schlucken.

»Danke«, wisperte ich rau. Endlich schaffte es mein Bewusstsein, wieder die Kontrolle über meinen Körper zu erlangen. »Mom«, hauchte ich, als sich der Schleier langsam lichtete und ich sie am Bettende neben mir sitzen sah. Sie hielt meine linke Hand, und ihre Augen waren vom Weinen gerötet. Als ich den besorgten Ausdruck auf ihrem Gesicht sah, schoss die Erinnerung wie ein schmerzhafter Blitz zurück in meinen pochenden Schädel. Trip war gegangen. Ich hatte ihn gesucht. *Dieser Jax. Pillen. Und auf einmal war alles schwarz gewesen.*

»Es tut mir leid«, flüsterte ich und spürte, wie Tränen meine Wangen hinunterliefen. »Es tut mir leid, dass ich dir so eine Sorge gemacht habe.«

Meine Mom stand auf und strich mir über den Kopf, wie sie es schon immer getan hatte. »Alles ist gut, Sisi.« Sie schenkte mir ein Lächeln. Es linderte nur ein wenig den Schmerz, der sich augenblicklich wieder durch mein Inneres fraß und überall ausbreitete. Was sollte ich tun, wenn meine Mom nicht mehr gesund werden würde? Was, wenn sie eines Tages nicht mehr für mich da sein könnte?

Die Angst vor dem Alleinsein kam mit voller Heftigkeit zurück. Mein Herz klopfte mir bis zum Hals. Ich versuchte zu atmen, aber irgendetwas zog mir die Luftröhre zu. Wieso konnte ich nicht atmen? »Wo ist Trip?«

»Sch ... alles ist gut«, sagte meine Mom und strich mir wieder und wieder über das Haar. Meine Atmung wurde nur ein wenig langsamer, zumindest reichte es, damit ich nicht ohnmächtig wurde. »Ruhe dich noch ein bisschen aus. Du hast fast zwei Tage geschlafen, lass dir Zeit.«

Ich wollte mich aufsetzen, aber ich schaffte es nicht. So schwer. »Zwei Tage?« Großer Gott, was hatte ich mir dabei gedacht, dieses Zeug von Jax zu nehmen? Im gleichen Moment, in dem ich mir diese Frage stellte, wusste ich es. Vergessen. Meine Mom. Trip. Wieder kam die Panik zurück. Es fühlte sich an, als wäre sie ab jetzt mein ständiger Begleiter und ich könnte sie niemals mehr loswerden. Nicht, solange ich nicht vollständig war.

»Mom, wo ist Trip?« Sie wandte den Blick ab.

»Dad?« War die einzige Frage, die ich stellen musste, damit meine Mom verstand. Sie nickte. »Ich muss zu ihm!«

»Trip ist nicht mehr hier, Sisi«, erklärte meine Mom sanft. Was bedeutete das? Hier im Krankenhaus oder hier in meinem Leben? »Er wird nicht wiederkommen.« Der Schmerz in ihren Augen glich fast meinem eigenen. Als ich erneut versuchte, mich aufzusetzen, ignorierte ich den Schwindel. Ich ignorierte die Panik. Meine schweren Beine. Das Gefühl zu ersticken. Ich musste Trip finden und ihm sagen, dass er zurückkommen sollte! Es ging nicht ohne ihn! Ich brauchte ihn! Er beruhigte mich, wenn ich auf meinen Dad sauer war! Er verstand mich, wenn mir alles zu viel wurde! Er hielt mich, wenn ich Nähe brauchte! Er ... Er würde das alles nie wieder tun. Nie. Wieder.

Die Erkenntnis traf mich hart. Meine Mom hielt mich an den Schultern fest und zog mich an sich. Wir sanken gemeinsam zurück aufs Bett, während sie mir beruhigende Worte zuflüsterte und mich sanft wiegte, als wäre ich wieder ein Kleinkind. Ich klammerte mich an sie. An ihren Duft. An ihre Wärme. An ihre Stärke.

Ich brauchte sie. Ich brauchte Trip. Ich fühlte mich nicht stark genug, das Leben ohne einen von ihnen zu überstehen. Ich zerbrach. War alleine nicht fähig, mich wieder zusammenzusetzen.

Dad hatte mich nur einmal im Krankenhaus besucht, aber ich hatte nicht mit mehr gerechnet. Mit meiner Mom war ich drei Tage später nach Hause gefahren. Er hatte mich dort mit den Worten begrüßt, dass ich packen solle. Zum ersten Mal in meinem Leben wollte ich mich ihm widersetzen. Ihm sagen, dass ich nicht auf dieses Internat ginge, so wie er es befahl. Dass ich nicht meine Mom mit ihm hier allein ließ. Dass ich nicht meine Freunde im Stich lassen konnte. Doch als ich den Mund geöffnet hatte, war er bereits wieder in seinem Arbeitszimmer verschwunden, als wäre ich nur eine lästige Angelegenheit, die er schnell zwischen seinen ganzen Terminen hatte regeln müssen. Seine Tochter. Die Schande der Familie. Hatte Drogen genommen und war mit einem Jungen zusammen gewesen, dessen Familie keine fünfstelligen Beträge auf ihrem Bankkonto vorweisen konnte.

Meine Mom half mir beim Packen und sagte mir, dass ich jedes Wochenende und immer, wenn ich sonst wollte, nach Hause konnte. Sie würde mich eigenhändig abholen. Wir weinten beim Abschied, und bei der Ankunft im Internat spürte ich, dass ich hier, so schnell es ging, wieder fortwollte. Die Lehrer waren streng, die Methoden furchtbar, die anderen Schüler entweder aufgrund ihrer reichen Eltern absolut abgehoben oder brachten kein einziges Wort über die Lippen, weil sie von dem Rest eingeschüchtert wurden. Ich war dort eine Einzelgängerin. Auch wenn ich innerliche Schmerzen litt, schaffte ich es irgendwie, es mir vor den anderen nicht anmerken zu lassen. Sie würden es ausnutzen. Mir das Leben noch schwerer machen, denn das, was passiert war, hatte sich rumgesprochen. Woher auch immer. Das Mädchen, das hierhergeschickt wurde, weil es Drogen nahm und einen Verbrecher zum Freund hatte. Ich klärte es nicht auf. Ich ging erhobenen Hauptes an ihnen vorbei und brach in meinem Zimmer zusammen. Nicht ganz ein Jahr müsste ich dort überstehen. Bis ich achtzehn war, meinen Abschluss machte und wieder zurückkonnte. Zu meiner Mom und Clary. Die Eltern meiner anderen Freundinnen hatten den Kontakt zu mir verboten. Nur die beiden blieben mir noch. Und es waren die Gedanken an sie, die mich aufrecht hielten. Nicht zurück zu Trip. Diese Erkenntnis zerstörte mich jeden Tag ein Stückchen mehr. Er war tatsächlich gegangen. Einfach weg. Als hätte es ihn niemals gegeben und ich ihn mir nur eingebildet. Meinen schönen, starken, gebrochenen Freund.

Bis auch meine Mom immer schwächer wurde und mein Dad mich nicht mehr nach Hause ließ, weil sie angeblich Ruhe brauchte. Ich schrieb ihr Briefe, jede Woche, doch irgendwann beantwortete sie diese nicht mehr. Irgendwann wurden auch die Telefonanrufe kürzer, ihre Stimme schwächer. Und ich konnte nicht bei ihr sein. Einmal war ich abgehauen, um meine Mom zu sehen, hatte mein gesamtes Taschengeld zusammengekratzt und den Bus genommen. Doch als mein Dad mich auf der Einfahrt erwischt hatte, ließ er mich von seinem Chauffeur zurückfahren, ehe ich sie auch nur eine Sekunde sehen konnte.

Ich saß auf der breiten Fensterbank in meinem Zimmer, während der Regen gegen die Scheibe prasselte. Das tat ich, wenn es regnete. Oder die Sonne schien. Oder eigentlich immer, wenn ich nicht zum Unterricht musste.

Dabei zählte ich, um meine Gedanken mit anderen Dingen zu beschäftigen. Den Schmerz abzustellen. Die Qual. Die Panik. Die Angst. Die Einsamkeit. Ich zählte die Regentropfen. Ich zählte Vögel. Ich zählte Wolken. Ich zählte Schüler auf dem Hof. Wieder und wieder. Und dann noch einmal von vorne. Und bei jeder Zahl, jeder Träne, jedem Atemzug starb Star ein wenig mehr.

25

Gegenwart - Tanner

»Bist du dir sicher? Wir können immer noch zu mir gehen und einfach nur reden«, sagte ich und sah zu Cassie, die neben mir auf dem Hotelbett saß. Das Zimmer war nur dämmrig beleuchtet, keine Luxusabsteige, aber immerhin ganz ordentlich. Trotzdem fühlte es sich falsch an. Alles daran. Sie schüttelte den Kopf, und ich wusste, weshalb wir in dieses Hotel um die Ecke gegangen waren und nicht in unsere Wohnungen. Es war zu intim für sie. Sie wollte mit dem Körperlichen, das uns immer noch verband, vergessen, aber sie scheute davor zurück, sich erneut auf das Seelische einzulassen, das ein viel tieferes Band zwischen uns schnürte. Als ob es so einfach wäre, beides zu trennen.

»Bin gleich wieder da«, sagte sie, stand auf und verschwand im Badezimmer. Ich rieb meine Handflächen aneinander. Shit. Konnte ich das? Konnte ich Cassie einfach nur ficken, damit sie auf andere Gedanken kam, und mich dabei nicht ein weiteres Mal in ihr verlieren?

Nein. Konnte ich nicht. Trotzdem tat ich es, weil ich jede Möglichkeit, sie wieder nahe bei mir zu spüren, wahrnahm wie der miese, egoistische Typ, der ich immer noch war. Selbst wenn es hieß, ihre Hilflosigkeit auszunutzen. Andererseits hatte sie diese Sache hier vorgeschlagen, nicht ich. Und es war mir tausendmal lieber, dass sie ihren Schmerz mit mir abstellte als mit irgendeinem dahergelaufenen Kerl, den sie in einer Bar aufgabelte. Auch wenn sich diese ganze Situation surreal anfühlte.

Nach einigen Minuten öffnete sich die Badezimmertür wieder und ich hob den Kopf. Cassie stand im Türrahmen zum Zimmer, das Licht des Badezimmers setzte ihren Körper ganz besonders in Szene. Der nackt war. Vollständig. Nackt. Fuck! Ich schnappte nach Luft, denn damit hatte ich nicht gerechnet. Warmer Dunst strömte aus dem Bad, als hätte sie gerade geduscht, und auf ihrer Haut sammelten sich noch einzelne Wassertropfen. Sie war wunderschön. Ihr Körper war kurviger als damals, und gleichzeitig definiert. Doch im Grunde war ihr Aussehen zweitrangig, sie war meine Star und die schönste Frau, der ich je begegnet war. Heute wie damals. »Cassie«, wisperte ich erstickt, was ihr Zögern beendete.

Mit langen Schritten kam sie auf mich zu. In ihrem Blick glimmten heiße Glut und Entschlossenheit.

Ohne abzuwarten, ging vor mir auf die Knie und öffnete den Knopf meiner Hose. Ich legte die Hände auf ihre, stoppte sie, und sie sah mich von unten durch ihre dichten Wimpern an. »Bist du dir sicher, dass du das so willst?«, fragte ich ein weiteres Mal.

»Bin ich. Und jetzt hör auf, darüber nachzudenken.« Ich löste meine Finger und war überrascht über die Härte, die in ihren Worten mitschwang. Wollte sie sich mit ihrer kalten Art an mir rächen oder mich nur nicht zu tief an sich heranlassen? Ich konnte ihren Körper haben, aber nicht ihre Seele? Das reichte mir nicht aus. Nicht auf Dauer.

Mit ihren schlanken Fingern tauchte sie in meine geöffnete Hose, und ich sog hart die Luft ein. Scheiße, wie konnte sich etwas so Falsches so verdammt gut anfühlen? Sie tastete nach meinem Schwanz und umfasste ihn, holte ihn aus meinen Boxershorts und leckte sich über die Lippen, während sie ihn lustvoll fixierte. Diese Intensität in ihrem Blick kannte ich nicht an ihr, aber sie entfachte in mir ein Feuer, das mein überfordertes Hirn fast völlig vernebelte.

Ich hob die Hand und strich ihr mit dem Daumen über die Lippen. Überrascht hob sie den Kopf, und mein größter Wunsch in diesem Moment war es, sie einfach nur zu küssen. Doch viel zu schnell unterbrach sie unseren Blickkontakt und umschloss die Spitze meines Schwanzes mit ihren Lippen.

»Fuck«, murmelte ich, als sie ihn tief in sich aufnahm und ihre Zunge dabei kreisend einsetzte, während er in ihrem heißen Mund noch härter wurde. Mit einer Hand stützte ich mich auf dem Bett ab und lehnte mich ein wenig zurück, die andere fand ihren Hinterkopf und folgte ihren rhythmischen Bewegungen sanft. Das Gefühl war göttlich. Ich hatte noch keine Frau erlebt, die mir mit solch einer Intensität und Hingabe einen geblasen hatte. Es turnte mich so an wie schon lange nichts mehr. Oder lag es nur daran, dass es Cassie war? In den letzten Jahren hatte ich hin und wieder lockere Beziehungen zu Frauen gehabt. Teils zur Ablenkung, teils in der Hoffnung, jemanden zu finden, bei dem ich mich fallenlassen konnte. Aber das war nie passiert. Ich hatte dabei immer an sie gedacht.

An ihre weichen Haare, die ich nun wieder berühren durfte. Ihre sinnlichen Lippen, die prall meinen Schaft umschlossen. Ihren kurvigen Körper, der der Inbegriff von Perfektion für mich war.

Sie saugte stärker, nahm mich noch tiefer in ihrer feuchten Mundhöhle auf und machte dabei leise seufzende Geräusche, die mich an den Rand des Wahnsinns brachten. Viel zu lange hatte ich auf solch einen Moment gewartet und spürte, dass ich mich bald kaum noch zurückhalten konnte. Doch das Letzte, das ich wollte, war jetzt bereits aufzuhören. Also umfasste ich ihr Gesicht und zog sie hoch. Erst weigerte sie sich, dann stellte sie sich zwischen meine geöffneten Beine. Zart küsste ich ihren Bauch, umkreiste den Bauchnabel mit meiner Zunge und fuhr mit den Fingern zu ihrem Arsch, den ich sanft knetete. Mein Mund wanderte tiefer, und während ich sie fest an mich drückte, hörte ich ihr lauter werdendes Keuchen, das mich umso mehr anspornte. »Ich will dich schmecken«, raunte ich und leckte über ihren Kitzler, was sie zusammenzucken ließ. Ihre Hände fanden meine Haare, zogen daran, als ich begann, mich ganz ihr zu widmen. Als ich mit den Fingern nach vorne fuhr, spürte ich die Feuchtigkeit, die sich lustvoll zwischen ihren Schenkeln sammelte. Mein Zeigefinger glitt mit Leichtigkeit in sie, während ich sie immer noch genüsslich leckte, mich an ihr berauschte. Ich stöhnte selbst gegen ihre erhitzte Haut, spürte das erste Zuckern ihrer engen Pussy und das leichte Beben, das durch ihren Körper ging. Doch ich schenkte ihr diese Erlösung noch nicht. Sie sollte ganz mir gehören und all ihre Zweifel abstellen. Also entzog ich mich ihr und erhob mich, sodass wir uns gegenüberstanden.

Sie nackt, ich immer noch halb angezogen. Das wollte sie wohl ändern, denn in einer fließenden Bewegung streifte sie mir mein schwarzes Shirt über den Kopf und warf es hinter sich auf den Boden. »Zieh deine Hose aus«, befahl sie, und ich tat ihr den Gefallen, stieg aus der Jeans und trat sie mit meinen Füßen beiseite. Mein Herzschlag trommelte hart gegen meinen Brustkorb.

»Ich hab kein Kondom dabei, damit hab ich definitiv nicht gerechnet«, sagte ich. Was ich nun davon hielt, dass sie an ihre Handtasche ging, die auf einem kleinen Tisch am anderen Ende des Zimmers stand, und zwei Kondompäckchen daraus hervorzog, wusste ich nicht. Ehrlich gesagt, wollte ich auch nicht darüber nachdenken. Sie mir mit einem anderen Mann vorzustellen, kam nicht in Frage, jedoch hatte alles, was vor diesem Tag geschah, keine Bedeutung mehr.

Sie kam zu mir, schmiss eine Packung auf den Nachttisch und hielt mir eine hin. All ihre Bewegungen und Taten wirkten mechanisch, als wollte sie das hier so schnell wie möglich hinter sich bringen. Aber vor allem strahlte sie eine dominante und kontrollierte Art aus – eine Seite an ihr, die mir bis dahin unbekannt war. Dennoch verlieh ihr das keine echte Kontrolle. Denn es würde nicht mehr lange dauern, ehe ich ihr diese aus der Hand nehmen würde. Und sie konnte rein gar nichts dagegen tun.

Ich nahm das Kondom und warf es hinter mich auf das Bett. Dann umfasste ich ihr Gesicht mit beiden Händen und sah sie an. Ihre Iriden tanzten unruhig hin und her.

»Wir haben Zeit«, sagte ich.

»Fick mich, Trip. Fick mich einfach nur«, antwortete sie heiser. Oh, shit, so gern ich ihr diesen Gefallen tun wollte, zuerst würde ich sie küssen. Ich senkte den Kopf, aber sie wandte ihren zur Seite. Vorsichtig drehte ich ihn wieder zu mir.

»Küss mich, Star«, flüsterte ich.

»Ich kann nicht«, gab sie genauso leise zurück. Sie hob die Hände und umfasste meine Hüften. Dabei streiften ihre Finger die zehn Zentimeter lange Narbe an meiner Flanke, und sie hielt inne. »Was ist das?«

»Nicht der Rede wert und schon ewig her.«

Sie drehte den Kopf, sodass sie diese anschauen konnte. Ich spürte ihren Blick brennend auf meiner Haut. »Das sieht nicht nach nichts aus.« Kurz erkannte ich in ihren Augen Mitgefühl, von dem ich nicht gewusst hatte, ob sie davon noch etwas in sich trug. Ich war fast erleichtert, einen Funken meiner alten Cassie in ihr zu sehen. Trotzdem presste ich den Kiefer aufeinander. Ich wollte jetzt nicht über diese Zeit sprechen, sondern im Moment leben. »Was ist das, Trip?«, hauchte sie. Anscheinend würde sie jedoch nicht lockerlassen und ich seufzte leise.

»Die hab ich von einem Typen aus dem Knast. Er wollte mir dein Foto wegnehmen und sich darauf einen runterholen. Ich hab ihm eine verpasst, und er hatte ein selbst gebasteltes Messer dabei. An diesem Tag wäre ich fast auf einem versifften Knastboden gestorben, und das war der Punkt, an dem ich mir geschworen hatte, dass es so nicht weitergehen würde. Als ich rausgekommen bin, hab ich mit allem aufgehört und bin mit Nash und Everett raus aus der Siedlung gezogen nach Philadelphia.« Ich strich mit dem Daumen über ihre Wange und erneut spürte ich den brennenden Stich in meinem Herzen, als wären unsere Gefühle irgendwie miteinander verbunden. »Sch ... Nicht weinen. Ich bin doch jetzt hier.«

Sie rieb sich selbst über das Gesicht, als hätte sie ihre Tränen überhaupt nicht bemerkt. »Lass mich dich küssen«, wisperte ich. Sie schüttelte den Kopf. Ich gab ihr einen Kuss auf die nackte Schulter. »Lass mich deine Lippen schmecken, Star«, sagte ich erneut, aber sie verneinte auch diesmal. Dafür küsste ich ihr Schlüsselbein. »Bitte lass mich dich küssen, nur ein einziges Mal, oder ich muss sterben.«

Sie zögerte immer noch, das merkte ich ihr an. Vorsichtig umfasste ich ihren Nacken und zog sie an mich. Warmer Atem traf meine Haut und ihre Nähe mein Herz. Dann senkte ich langsam den Kopf. Diesmal hielt sie still, schloss die Augen, hob leicht ihr Kinn und endlich fanden meine Lippen ihre. In diesem Moment hörte die Welt auf, sich zu drehen. Einfach so. Weil ein verkorkster Junge wie ich so ein Mädchen wie sie immer noch küssen durfte.

26

Gegenwart - Cassandra

Als Trips Lippen auf meine trafen, blieb mein Herz stehen. Ich wollte ihn nicht küssen, weil ich ihn nicht zu nah an mich heranlassen konnte. Er durfte mich nicht noch einmal so verletzen wie damals.

Andererseits hatte ich keine Kraft mehr, mich dagegen zu wehren. Ich brauchte ihn, um den heutigen Tag zu überstehen, aber gleichzeitig wollte ich ihn so schnell wie möglich wieder loswerden. Obwohl ich verwirrt war, genoss ich seine Nähe, die unfassbare Ruhe und Selbstsicherheit, die er ausstrahlte.

Ich umfasste ihn enger, unsere Körper zogen sich wie Magnete an und schmiegten sich perfekt aneinander. Hart und weich. Rau und sanft. Seine Zunge teilte meine Lippen und drang nur mit der Spitze in meinen Mund ein. Langsam, als würde er es immer nur ertragen, einen Teil von mir zu kosten. Ich liebte es, wie er mich küsste. Liebevoll, zärtlich und trotzdem besitzergreifend. Als wäre ich zu kostbar, um mich einfach so zu nehmen. Schon damals hatte mich das den Verstand gekostet.

Seine Hände fuhren in meine Haare, umfassten einzelne Strähnen und drückten mich noch dichter an sich, bevor er den Kuss um eine Stufe steigerte. Immer drängender umkreiste seine Zunge meine, während sich unsere Körper im Einklang dazu anfingen, aneinander zu reiben. Ich wollte nichts sehnlicher, als Trip endlich wieder zu spüren.

Doch gleichzeitig war es zu zärtlich. Zu intensiv. Zu viel. Ich wusste, ich würde mich in ihm verlieren, und auch wenn ich das ein Stück herbeisehnte, um zu vergessen, wollte ich die Kontrolle behalten. Ich brauchte sie, um nicht wieder in ein bodenloses Loch zu fallen, aus dem es kein Entkommen gab. Denn ich musste mir hier selbst beweisen, dass ich von niemandem mehr abhängig war. Erst dann war ich wirklich frei.

Ich drückte ihn ein Stück von mir weg und bückte mich, damit ich das Kondom vom Bett nehmen konnte. Unter Trips Blicken riss ich die Packung auf und streifte es ihm über. Sein Schwanz war groß, gerade und perfekt, seinen Körper zierten mittlerweile zahlreiche weitere Tattoos, seine Muskeln waren unnachgiebig und trotzdem definiert, und das V unter seinem Bauch turnte mich unglaublich an.

Ich schubste ihn auf das Bett, und er ließ sich darauf nieder. Dann kletterte ich ebenfalls auf die Matratze, setzte mich auf ihn und führte seine Erektion zu meinem Eingang. Ich wollte keine Zeit mehr verlieren, nur fühlen, also schloss ich die Lider, aber ich verwehrte mir mehr, als nur den Sex zu genießen. Denn der liebevolle Ausdruck in seinen Augen oder der Anblick des Tattoos über seinem Herzen waren kaum zu ertragen. Beides weckte Erinnerungen an Tage, an die ich in diesem Moment weder denken konnte noch wollte. Mit einer fließenden Bewegung senkte ich mich herab und nahm ihn in voller Länge in mir auf. Ein lautes Stöhnen entkam meinen Lippen, weil es sich so perfekt anfühlte. Seine Hände griffen nach meinen Hüften und dirigierten mich auf ihm. Ich packte seine Handgelenke und drückte sie über seinen Kopf, während ich mein Becken kreisen ließ. Er wehrte sich nicht dagegen, und die Kontrolle gehörte wieder mir.

Von unten stieß er mit wogenden Bewegungen fest in mich und intensivierte dadurch das Gefühl, das mich fast wahnsinnig machte. Ich bewegte mich schneller, stöhnte lauter und wusste, dass es mehr war als nur Sex, wie ich ihn die letzten Jahre gehabt hatte. Es war schon immer mehr mit Trip gewesen. Jedes Gefühl steigerte sich um das Hundertfache in seiner Gegenwart.

Trip befreite seine Hände aus meinem Griff und drehte mich in einer einzigen geschmeidigen Bewegung um, sodass ich nun auf dem Rücken lag. Er drückte sich mit den breiten Armen ab und thronte über mir. In seinem Blick lag so viel, was ich nicht ertragen konnte, aber es waren seine Worte, die mich in winzig kleine Stücke zerbrachen.

»Ich liebe dich, Star.«

»Härter«, antwortete ich rau. Ich wollte keine Liebe mehr, vor allem nicht von ihm. Ich wollte, dass er meine Gedanken abstellte. Mich vergessen ließ. »Fick mich jetzt, Trip!« Er stieß einmal kräftig zu, und ich bäumte mich unter ihm auf. »Noch härter.« Ich erkannte meine verzerrte Stimme fast selbst nicht.

Und wieder bewegte er sich in mir und traf dabei einen Punkt, der es mir unmöglich machte umzukehren. Ich schloss die Augen, und in dem Moment zog sich Trip aus mir heraus, drehte mich um, packte meine Haare und stieß von hinten in mich. Der Stoß glich mehr einem Aufprall und war so hart, dass ich laut aufschrie. Aber genau das war es. So wollte ich es. Keine Gefühle, keine Worte, einfach nur Sex. Ich hielt mich am Kopfteil fest, als er seine Bewegungen fortführte und sich heftig und rhythmisch in mich trieb. Seine Finger gruben sich tief in meine Taille, während er noch einmal die Intensität erhöhte und immer schneller und kraftvoller wurde. Das Geräusch unserer aufprallenden Körper hallte durch den Raum, und von dem Griff seiner Hände würde ich sicherlich tagelange Spuren zurückbehalten. Er brandmarkte mich damit, das war mir klar. Was ich nicht unterdrücken konnte, war, dass es mir gefiel. Sein Stöhnen war rau, fast ein Knurren, während meines eher einem Schreien glich. Es war animalisch. Heftig. Berührend. Unbeschreiblich. Viel zu viel.

Der Orgasmus überrollte mich wie eine Welle und hielt ewig an. Mein gesamter Körper verkrampfte sich, dass es fast schmerzte. Ich löste mich unter Trip auf. Unter seinem Feuer.

Seiner Leidenschaft. Und als ich nicht mehr wusste, wer ich war, setzte er mich wieder Stück für Stück zusammen. Er verharrte in mir, während er ebenfalls kam, und wir sackten gemeinsam auf dem Bett zusammen. Seine Arme schlangen sich um meinen schwitzenden Körper und drückten mich eng an sich. Ich spürte seinen schnellen Herzschlag an meinem Rücken. Eine winzig kleine Ewigkeit erlaubte ich es mir, etwas zu fühlen. Seinen warmen Atem in meinem Nacken, mein Herz, das heftig wummerte, und mein Blut, das heiß durch meine Adern rauschte.

Dann war der Moment vorbei, und ich wand mich aus seiner Umarmung und stieg aus dem Bett. Ohne ihn ein weiteres Mal anzusehen, ging ich ins Bad, wusch mich und zog meine Sachen über, die ich dort zurückgelassen hatte.

»Was soll das?«, fragte er mit zusammengezogenen Brauen, als ich voll bekleidet aus dem Badezimmer kam und meine Haare wieder zu einem Pferdeschwanz band.

»Ich hab dir gesagt, was das hier wird, also tu nicht so, als hättest du es nicht gewusst.«

Er hatte das Kondom entsorgt, aber sich nicht angezogen. Langsam setzte er sich auf, und ich bewunderte noch ein letztes Mal seinen perfekten Körper. »Wieso belügst du dich selbst? Es war mehr, als du wolltest. Das weißt du genauso gut wie ich.«

Ich lachte freudlos. »Du glaubst, so viel über mich zu wissen, dabei kennen wir uns überhaupt nicht. Ich dachte einmal, ich kenne dich besser als mich selbst, aber du hast mir die Wahrheit gezeigt.« Ich ging zu meiner Handtasche und schob die Henkel über meine Schulter.

»Und jetzt willst du einfach abhauen? Wollen wir nicht darüber reden, was hier gerade passiert ist?«

»Ich rede nicht mit Lügnern.« Ich lief zur Tür.

»Aber du fickst mit ihnen, oder was?« Und ich hielt inne. So viel Bitterkeit in seiner Stimme. Ich konnte nichts Gegenteiliges erwidern. Also ging ich. Und er folgte mir nicht.

27

Gegenwart - Tanner

Ich wusste, es nutzte nichts, ihr hinterherzugehen. Sie hatte dichtgemacht, und mir würde es nicht gelingen, sie vom Gegenteil zu überzeugen und sich einzugestehen, dass sie etwas gefühlt hatte. Vor allem, dass es mehr gewesen war als reiner Sex.

Fuck, es war nicht nur mehr, es hatte mich berauscht, mich angefixt. Ich fühlte mich wie ein trockener Alkoholiker, der nach sieben Jahren wieder einen Tropfen Alkohol trank. Und zwar den besten, den man auf dieser verdammten Welt bekommen konnte.

Trotzdem rechnete ich nicht damit, noch einmal etwas von ihr zu hören. Ich hatte sie falsch eingeschätzt. Mal wieder. Ich war so sauer über ihre Reaktion und musste selbst erst mal herunterkommen. Aber exakt sieben Tage später bekam ich eine Nachricht von ihr, die ich unmöglich ignorieren konnte. Wahrscheinlich hatte ihre Freundin ihr meine Nummer gegeben.

Darin standen nur eine Uhrzeit und die Adresse des Hotels, in dem wir das letzte Mal gewesen waren. Ich zögerte zuerst, rief sie dann an, aber sie ging nicht dran.

Was sollte das werden? Ein Sexding? Benutzte sie mich oder spielte sie mit mir?

Aber egal, was es war, ich musste es herausfinden. Also sagte ich Everett, dass ich heute früher ging, und machte mich auf den Weg. Seinen fragenden Blicken wich ich aus, er wusste, dass ich ganz bestimmt nicht nach Hause fuhr. Außerdem war er immer noch sauer, dass ich Nash einfach gehen lassen hatte, und er redete sowieso im Moment nur das Nötigste mit mir, was mir gerade ganz recht war.

Im Hotel angekommen war bereits das Zimmer vom letzten Mal auf unsere Namen reserviert, und die Rezeptionistin hielt mir die Schlüsselkarte unter die Nase.

Als ich im Lift nach oben fuhr, wurde ich immer nervöser. Ich hätte es nicht von mir selbst gedacht, aber dieses Mal wollte ich lieber mit einer Frau sprechen, als sie zu ficken. Und trotzdem könnte ich nur das Zweite tun, weil sie mir sicherlich keine Chance für das Erste gab.

Ich steckte das Kärtchen in das Lesegerät und trat ein.

»Du bist zu spät.« Das Zimmer lag im Halbdunkeln. Die Gardinen waren teilweise zugezogen, aber ich erkannte Cassies Silhouette auf dem Bett. Erinnerungen vom letzten Mal rauschten durch mein Hirn.

»Dichter Verkehr«, antwortete ich knapp und kickte die Tür hinter mir zu. »Wie geht es dir?«

Ich ging langsam einen Schritt auf sie zu. Sie stand auf und lief mir entgegen. Je näher sie kam, umso mehr konnte ich von ihrem nackten perfekten Körper im Dämmerlicht erkennen.

»Tut nichts zur Sache«, sagte sie, blieb vor mir stehen und begann, meinen Gürtel zu öffnen. Ich hielt ihre Hände fest.

»So funktioniert das nicht.«

»Wieso, bekommst du keinen mehr hoch?«

Ich nahm eine ihrer Hände und legte sie mir in den Schritt. Ihre Atmung wurde schneller.

»Babe, da liegt nicht das Problem.«

Ich führte ihre Finger zu meinem Mund und drückte ihr einen Kuss auf die Handfläche, dann ließ ich sie los.

»Ich will reden.«

»Ich will aber nicht reden«, sagte sie leise.

»Aber irgendwann müssen wir es tun, oder wie soll das hier enden?«

»Ich weiß es nicht.«

»Willst du mir eine zweite Chance geben?« Ich legte eine Hand an ihre Wange, und sie schmiegte sich ein wenig in meine Berührung. Immerhin ein Anfang. Sie konnte mir nichts vorspielen, tief in ihrem Innern wusste sie, dass uns etwas Besonderes verband.

»Nein.«

Ich lachte kurz. »Du willst mich nur fürs Bett, obwohl du mich hasst?«

Sie zögerte. Ich wusste, dass sie mich nicht hasste, zumindest nicht so, wie sie es sich wünschte. Sie konnte mir nicht verzeihen und wollte mich trotzdem, das machte sie rasend. Und mich leider ebenso. »Du willst nur von mir gefickt werden?« Ich hob die andere Hand und strich leicht ihre linke Seite nach unten. Eine Gänsehaut zog sich über ihren Körper, und sie erschauerte.

»Ja.«

Meine Finger fanden zu ihrer Mitte, fuhren sacht über ihren Kitzler nach unten zu ihrem Eingang. Sie war so feucht, dass ich keine Probleme hatte, die Kuppe meines Zeigefingers ein Stück in sie zu schieben.

»Mehr nicht?«, fragte ich.

»Nein.« Tiefer. Und sie begann sich mir entgegenzudrücken und leise zu stöhnen.

»Und wenn mir das nicht reicht?«

»Ist mir egal.« Raus. Rein. Raus. Rein. Langsamer. Schneller. Langsamer. Ihr Stöhnen wurde lauter, und sie umfasste meine Oberarme und hielt sich daran fest.

»Du bist egoistisch geworden, Cassie.«

»Das musste ich«, keuchte sie. Ich nahm den Mittelfinger dazu und reizte sie härter, suchte den Punkt in ihrem Inneren, der sie um den Verstand brachte.

»Ich will dafür ein Abendessen.«

»Nein.« Nun umkreiste zusätzlich mein Daumen ihren Kitzler, und sie stöhnte noch lauter. Ihre Finger krallten sich tiefer in meine Haut. Es machte mich unwahrscheinlich an, wie offen sie mir ihre Lust zeigte.

»Ein Mittagessen.«

»Nein.« Ihre Knie knickten ein wenig ein, als meine Bewegungen drängender wurden und meine andere Hand fest ihren Nacken fand und sie daran festhielt.

»Brunch.«

»Nein.« Sie stand kurz vor dem Orgasmus, das spürte ich, aber ich würde ihn ihr so lange verwehren, bis sie mir entgegenkam.

»Einen Kuss?«, hauchte ich, und sie öffnete flatternd die Lider. Ich erkannte in der Dunkelheit nicht das fantastische Blau ihrer Augen, aber sah doch ihren sehnsüchtigen Blick auf meine Lippen, bis sie wieder meinen einfing.

»Nein.«

Ruckartig entzog ich ihr meine Hände und ging einen Schritt zurück. Die Wärme ihres Körpers fehlte mir sofort. Ich wollte sie an mich ziehen, alles tun, was sie verlangte, nur um ihr nahe sein zu können. Doch gleichzeitig wusste ich, dass es uns kein Stück weiterbringen würde. Es würde uns weiter zerstören wie zwei Süchtige, die nicht von ihrer Droge loskamen.

»Dann kann ich nichts für dich tun«, sagte ich, schluckte hart den Schmerz herunter, den ich empfand, wenn ich sie jetzt verlassen musste. Aber es funktionierte nicht anders. Ich drehte mich um und ging aus dem Hotelzimmer. Sie dachte, sie hätte die Zügel in der Hand, und um sie selbst zu bekommen, musste ich auf Abstand gehen. Was mir unwahrscheinlich schwerfiel. Denn ich wollte Cassie, großer Gott, ich wollte sie mehr als alles andere auf dieser Welt, aber ich wollte alles an ihr. Ihren Körper genauso sehr wie ihre Seele.

Und sie war nicht bereit, mir beides wiederzugeben.

Also war ich in diesem Moment nicht bereit, ihr etwas von mir zu geben.

Es klingelte an meiner Tür, als ich gerade aus dem Bad kam. Nur mit einem Handtuch um die Hüften ging ich durch den Flur und öffnete meine Eingangstür.

»Bro, wenn du mich noch einmal so empfängst, kotz ich dir auf die Fußmatte.« Everett grinste bis über beide Ohren. Ein gutes Zeichen. Wahrscheinlich hatte er gemerkt, dass Schmollen wie ein Kleinkind nichts brachte.

»Du bist nur neidisch auf meine gestählten Bauchmuskeln. Komm rein.« Ich erwiderte sein Grinsen, und Everett ging auf direktem Weg an mir vorbei und in meine Küche, in der er sich erst mal ein Wasser aus dem Kühlschrank holte und eine Packung Pop-Tarts öffnete, die neben dem Toaster lag. Ich verdrehte die Augen.

»Bin gleich wieder da«, murmelte ich, lief in mein Schlafzimmer und zog mir Jeans und ein Shirt über, bevor ich zurück zu Everett ging, der es sich bereits in meinem Wohnzimmer mit Essen und Trinken gemütlich gemacht hatte.

Ich nahm neben ihm Platz, während er durch die Kanäle zappte. »Alles wieder okay?«, fragte ich und schielte zu ihm rüber. Er nickte einmal, und ich atmete erleichtert auf.

»Wenn du noch mal so ein Ding abziehst, ohne mit mir gesprochen zu haben, verzeih ich dir nicht mehr so leicht. Wir müssen uns wirklich Gedanken über Nash machen«, sagte Everett, ohne den Blick vom Fernseher zu nehmen, und biss in einen Pop-Tart mit Zimtgeschmack. Bestimmt war es der letzte. »Ich glaube, er hat eine Nachricht bekommen, die ihn aus der Bahn geworfen hat«, sagte Ev.

»Was meinst du?«

Everett legte die Fernbedienung zur Seite und wirkte plötzlich ernst.

»Glenn ist frei.« Rauschen trat in meine Ohren.

»Was soll das heißen?«

»Das soll heißen, dass ich heute Morgen einen Anruf bekommen habe und derjenige mir gesagt hat, dass der Wichser, der mal unser Pflegevater war, aus dem Knast freigelassen wurde. Vier Jahre früher als geplant, angeblich wegen guter

Führung, aber ich bin mir sicher, das stimmt nicht. Er hatte irgendjemand, den er schmieren konnte.«

»Mit welchem Geld denn?«

»Keine Ahnung! Aber du weißt, dass Glenn haufenweise Leute hat, die ihm einen Gefallen schulden.«

»Fuck!« Ich schlug mit der Faust auf den Couchtisch. Glücklicherweise bestand er aus massivem Holz. Der Schmerz meiner Hand machte den in meinem Inneren trotzdem nicht besser.

»Und das erzählst du mir erst jetzt?«

»Tan, ich hab den Anruf auch erst vor zwei Stunden bekommen, und wenn du nicht an dein Scheißtelefon gehst, kann ich auch nichts dafür.«

Das war es also, was Nash damit gemeint hatte, dass die Geister ihn heimsuchten. Ich hätte es wissen müssen!

Nash hatte noch Kontakt mit alten Leuten aus Pennsylvania, die ihm bestimmt davon erzählt hatten. Verdammter Mist, wieso redete er nicht mit Ev oder mir darüber? Wieso haute er einfach immer wieder ab? Wir saßen doch alle in der gleichen Scheiße!

»Glaubst du, Nash ist deswegen gegangen?«, fragte Ev.

»Wieso sonst?«, murmelte ich und zog mein Handy heran, das auf der Tischplatte neben mir lag. Nachdem ich die drei verpassten Anrufe von Everett weggedrückt hatte, wählte ich Nashs Nummer. Natürlich hob niemand ab. Vielleicht hatte er sein Handy mal wieder gegen Drogen oder Kohle eingetauscht, es wäre nicht das erste Mal gewesen.

»Wo, glaubst du, ist er jetzt?«

»Wenn er nicht auf dem Weg zum Wichser ist, um die Sache selbst in die Hand zu nehmen, keine Ahnung. Aber so dumm wäre er selbst nicht im Vollrausch. Wahrscheinlich liegt er irgendwo zugedröhnt, aber das könnte überall sein.«

»In seiner alten Wohnung in Philly?«

»Möglich«, sagte ich und wählte Erins Nummer. Ich hatte sie noch nie gemocht, doch sie war die Einzige, die uns sagen könnte, wo sich Nash befand.

Es klingelte einige Male, dann hörte ich eine verschlafene Stimme und das mitten am Tag.

»Ja?«

»Erin? Hier ist Tanner.«

»Was ist los?«, lallte sie. War sie drauf? Natürlich war sie das.

»Everett und ich suchen Nash, weißt du, wo er steckt?«

»Nein, keine Ahnung, ich suche ihn auch! Er hat mich im Stich gelassen! Er ist einfach abgehauen!«, jammerte sie.

»Danke.« Ohne ein weiteres Wort legte ich auf, denn ich hatte keine Lust, mehr als nötig mit Erin zu sprechen. »Er ist nicht in Philadelphia.«

»Dann könnte er wirklich überall sein, und uns bleibt nur, abzuwarten, bis er sich meldet«, sagte Everett enttäuscht.

Ich nickte. »Scheiße, ja.«

Mein kleiner Bruder stand auf. »Sag Bescheid, wenn er sich meldet. Ich hau ab.«

»Was willst du jetzt tun?«, fragte ich besorgt, denn ich kannte Ev und wusste, dass er seinen eigenen Weg hatte, mit schwierigen Situationen umzugehen.

»Sachen halt.« Er lief zur Tür.

»Ev? Mach keinen Scheiß.«

»Ich doch nicht.«

»Bis später in der Bar.«

Er drehte sich um und hob die Hand. Seine Enttäuschung über Nash und die gesamte Situation war ihm anzusehen, und nun machte ich mir auch noch Sorgen um ihn. Umso mehr, als ich draußen den aufheulenden Motor seines Shelby 1000 hörte. Wahrscheinlich suchte er sich auf der Straße irgendeinen armen Irren, der sich auf ein Rennen mit ihm einließ. Jedes Mal hoffte ich, dass es nicht das letzte Mal war, an dem er das tat.

Und mein Plan für heute hatte sich ebenfalls geändert. Denn nachdem ich Cassie gestern Abend in dem Hotelzimmer allein gelassen hatte, war sie mir die ganze verdammte Nacht durch mein Hirn gegeistert, und ich hatte eben beschlossen, dass ich es noch ein Mal versuchen wollte, sie umzustimmen. Ich musste es sogar tun. Das Leben war kurz. Zu kurz.

»Miss Gonzalez hat heute keine Termine mehr frei.«

Cassies Assistentin war hartnäckig, aber sie kannte mich schließlich nicht. Ich sah durch die Glasplatte ihres Schreibtisches, wie sie ungeduldig mit ihrem überschlagenen Bein wippte. Äußerlich wirkte sie ruhig, aber ich erkannte die Zerrissenheit in ihren Augen. Sie würde mächtig Ärger kriegen, wenn sie mich einfach durchließe.

Mir egal.

»Ich bin mir sicher, dass Miss Gonzalez ein paar Minuten für mich opfern kann.« Damit zwinkerte ich ihr zu und ging auf Cassies Bürotür zu. Ihre Assistentin kannte mich noch vom letzten Mal und wusste, ich würde nicht lockerlassen. Trotzdem sprang sie auf und hechtete mir hinterher.

Doch ich konnte nicht aufgeben. Ich musste einfach hier sein! Abstand zu ihr wäre schlauer gewesen. Aber ich war nicht dafür bekannt, in jeder Situation überlegt zu handeln.

Ich erreichte die Tür zuerst und zog sie auf. Cassie saß hinter ihrem Schreibtisch und hielt gerade den Telefonhörer an ihr Ohr. Sie sah mich kurz überrascht an und ich erkannte all die Emotionen, die in ihr wüteten, weil ich sie alleingelassen hatte, danach wirkte ihre Miene wieder so beherrscht wie eben.

»Ich werde es nicht noch mal wiederholen, Mister Yard. Das war mein letztes Angebot«, sagte Cassie in den Hörer. Irgendwie fuhr ich drauf ab, wenn sie in solch einem dominanten, geschäftsmäßigen Ton sprach. Sie leckte sich ganz kurz über die Oberlippe, aber wandte nicht den Blick von mir ab, während ich mich vor sie setzte und sie ansah. Sie trug ein enges, rotes Kostüm, durch das Glas des Tisches konnte ich erkennen, dass sich mörderisch hohe schwarze High Heels an ihren Füßen befanden. Sie war so unfassbar heiß, dass ich mich kaum zusammenreißen konnte. Das hier war nicht mehr das Mädchen von früher aber eine Frau, die genau wusste, was sie wollte und genug Mut hatte, es auszusprechen. »Das freut mich zu hören. Ich gebe es weiter, Sie erhalten die Verträge spätestens morgen Vormittag, und ich melde mich bei Ihnen. Bis bald.« Sie legte auf und faltete die Hände auf dem Tisch.

»Miss Gonzalez, es tut mir leid, er …«, stotterte ihre Assistentin an der Tür.

Cassie nickte, ohne den Blick von mir abzuwenden. »Ist okay, Kristy. Ich kümmere mich selbst um diese Angelegenheit.« Ich zog eine Augenbraue nach oben. So hatte mich auch noch niemand bezeichnet. »Das wäre alles«, sagte sie. Ich hörte das Klicken des Schlosses, als die Tür geschlossen wurde und wir alleine im Raum waren.

»Was willst du hier, Trip?«

»Dich.«

»Dafür hattest du deine Gelegenheit, die du abgelehnt hast und die nun verstrichen ist«, erwiderte sie und unterbrach den Blickkontakt. »Du weißt, wo der Ausgang ist, oder?« Sie begann, etwas auf ihre Tastatur zu tippen, als wäre ich nicht da. Es war mir klar, weshalb sie so reagierte. Ihr verletzter Stolz gab ihr überhaupt keine andere Möglichkeit. Ich stand auf und umrundete den Tisch. Hinter ihr kam ich zum Stehen und strich ihr dickes Haar aus dem Nacken. Dann beugte ich mich hinunter und hauchte einige Küsse auf ihre Haut.

»Muss ich abschließen, oder platzt deine Assistentin unangemeldet rein?«

»Mach dich nicht lächerlich«, sagte sie forsch und hörte auf, zu tippen. Ihr Körper spannte sich an.

»Ich mach mich gerne lächerlich, wenn es dabei um dich geht«, hauchte ich und küsste weiter ihren Hals hinauf.

»Wieso? Wieso lässt du mich gestern abblitzen und sagst jetzt solche Sachen?« Ihre Selbstbeherrschung bröckelte. Ich leckte ein wenig über ihre Haut, bevor ich sanft hineinbiss und sie erschauerte.

»Weil ich dachte, ich wäre stärker. Aber ich will dich. Immer. Ständig. Und ich möchte, dass du verstehst, dass du mir gehörst«, raunte ich, während meine Hände ihre Arme nach oben strichen.

»Ich gehöre niemandem.« Sie wandte sich aus meiner Berührung und stand auf, doch blitzschnell packte ich ihr

Handgelenk und zog sie an mich. Den Stuhl schob ich dabei mit meinem Fuß weit weg.

»Belüg dich nur selbst. Ich hatte dir angeboten zu reden, du hast abgelehnt. Aber ich kann auch nicht einfach von dir ablassen, dafür will ich dich viel zu sehr.« Ich strich ihr eine Strähne aus dem Gesicht. »Wann ist dein nächster Termin?«

»Fahr zur Hölle.«

Ich schmunzelte. »Okay, mir soll es recht sein. Nicht mein Problem, wenn einer deiner Geschäftspartner warten muss. Lehn dich über den Tisch.«

»Vergiss es! Du kommst hierher und …« Mehr konnte sie nicht sagen, denn ich presste meine Lippen auf ihre. Sie drehte sich in meiner Umklammerung, versuchte, sich zu befreien, bis sich Stück für Stück ihre Haltung entspannte und sie mich genauso leidenschaftlich, fast aggressiv, zurückküsste wie ich sie. Endlich konnte ich sie wieder schmecken. Meine Hände fuhren zu ihrem Po und drückten sie enger an mich, sodass sie die Erektion in meiner Hose spüren konnte, die dort seit gestern Abend fast durchgängig schmerzhaft pochte. Wir drehten uns verschlungen, bis ich sie gegen den Schreibtisch schob und mich von ihr löste.

»Lehn. Dich. Über. Den. Tisch.« Mein Atem ging schnell und abgehackt, meine Stimme war rau und hoffentlich unmissverständlich.

Sie sah mich erstaunt an, dann befolgte sie meinen Befehl. Ich fühlte mich fast geschmeichelt, dass sie tat, was ich ihr sagte.

Ihr perfekt runder Arsch streckte sich mir entgegen, und langsam schob ich den roten Bleistiftrock nach oben, bis er sich an ihren Hüften bauschte. Ein farblich passender String kam zum Vorschein, und ich strich diesen ihre Beine hinab. Danach drückte ich einen Kuss auf eine Pobacke und richtete mich wieder auf. Ich ging nach vorne zu ihren Händen, schob den Besucherstuhl an die Kante und verknotete den String mit einer Armlehne und ihren Handgelenken. »Falls du dich doch noch umentscheiden solltest.«

Sie rüttelte an dem Stoff, aber er schnitt nur tiefer in ihr Fleisch und der Stuhl knallte immer wieder gegen die Schreibtischplatte.

»Du solltest lieber ein wenig leiser sein, wenn du nicht willst, dass deine Assistentin dich so sieht«, spottete ich.

»Mach das los!«, zischte sie.

Ich schüttelte den Kopf. »Wieso sollte ich, damit du erneut abhaust, wenn ich noch gar nicht fertig mit dir bin?«

»Trip!«

Ich lehnte mich herunter und küsste sie. Sie küsste mich nicht zurück, und ich biss leicht in ihre Unterlippe.

»Du hast dich wirklich verändert, aber ich mag deine Stärke. Sie wird dir nur gerade nichts nützen«, sagte ich lachend und ging wieder hinter sie.

»Ich hasse dich«, keuchte sie. Grinsend zog ich mein Jackett aus und hing es über den Schreibtischstuhl, dann krempelte ich die Ärmel meines schwarzen Hemdes hoch und genoss einige Sekunden diesen fantastischen Ausblick. Meine Hände strichen ihre Oberschenkel von unten nach oben hinauf und glitten zwischen ihre Beine. Sie war nicht nur feucht, sie war unglaublich nass.

»Du hasst mich nicht, auch wenn du es gern würdest«, sagte ich und fuhr sachte durch ihre Spalte nach vorne, bis ich ihren Kitzler erreichte.

»Und wie ich dich hasse«, stöhnte sie leise.

»Aber du willst das hier trotzdem. Oder?«, fragte ich. Sie antwortete mir nicht, doch ich spürte an ihrem Körper, wie sehr sie sich danach verzehrte. »Ich hab dich etwas gefragt.« Ab jetzt spielten wir dieses Spiel nach meinen Regeln.

»Ja«, hauchte sie leise, und ich drang mit einem Finger in sie ein. Es war undurchdacht, was ich hier tat, aber vielleicht fand ich einen Zugang zu ihr nur über ihren Körper. An diese Möglichkeit hatte ich vorher noch gar nicht gedacht.

»Wie sehr?« Mein Finger schob sich tiefer in sie, und sie streckte den Rücken durch, um den Druck zu verstärken. Dabei stöhnte sie gedämpft. Für sie war es sicherlich peinlich, wenn ihre Mitarbeiter sie draußen hörten, mir wäre es ehrlich gesagt egal, was andere darüber denken würden. Ich wollte ihre Schreie, da spielte der Ort keine Rolle.

»Ich kann nur noch daran denken«, wisperte sie ehrlich. Meine andere Hand fuhr ihr Rückgrat hinauf und in ihr Haar. Sanft ließ ich zuerst die seidigen Spitzen durch meine Finger gleiten, bevor ich die Faust schloss und sie kraftvoll festhielt.

»An was?«, quälte ich sie ein bisschen und labte mich daran, immer noch ein Teil ihrer Gedanken zu sein.

»Daran, wie du mich fickst.«

»Da geht es dir genauso wie mir«, raunte ich, mein Zeigefinger bearbeitete weiter ihr Innerstes, bis ich ihn herauszog und damit leicht gegen ihren Anus drückte.

»Nicht«, flüsterte sie.

»Weil du es noch nicht gemacht hast, oder weil es dir nicht gefällt?«

Sie zögerte, und ich deutete es als Antwort A. Auf eine kranke Art freute es mich, dass ich ihr erster auch in diesem Bereich war. Langsam und vorsichtig überwand ich den engen Ring, während sich meine Hand aus ihrem Haar löste, um über ihren Kitzler zu streichen. Ihr Stöhnen wurde lauter, ich sah, wie sie die Finger verkrampfte und sich an die Tischkante krallte.

»Oh Gott«, stöhnte sie, und ich konnte mir ein Schmunzeln nicht verkneifen, während mein Finger vorsichtig tiefer stieß und der andere schnellere Kreise zog. Sie war nicht weit von ihrem Orgasmus entfernt.

»Wie ist es?«

»Gut«, keuchte sie.

Ich bewegte mich dringlicher, spürte bereits das rhythmische Pochen in ihrem Unterleib, dann entzog ich mich ihr, öffnete meine Hose, streifte ein Kondom über und drang mit einem Mal in sie ein.

Es brauchte nur drei kraftvolle Stöße, bis sie sich unter mir auflöste und ich ihr folgte, weil das heftige Zucken ihres Unterleibes mir gar keine andere Wahl ließ. Ihre Lust glänzte auf meinem Schaft und ich genoss für einen kleinen Moment den Anblick unserer Verbundenheit. Weil es immer das letzte Mal sein könnte.

Sanft drückte ich ihr einen Kuss auf den Nacken, bevor ich mich zurückzog. Das Kondom verknotete ich und verstaute es in meiner Tasche, nachdem ich meine Hose wieder angezogen hatte. Erst danach löste ich den Knoten an ihren Handgelenken und steckte ihr Höschen in meine andere Hosentasche. Wenigstens etwas würde ich, neben meinen Erinnerungen, von dem heutigen Erlebnis zurückbehalten.

Sie sah ein wenig beschämt aus, als würde sie bereuen, was wir getan hatten, und rieb sich die Handgelenke. Aber an all dem war nichts falsch. Es war falsch, dass sie überhaupt noch dagegen ankämpfte.

»Hast du ein Badezimmer?«, fragte ich, und sie deutete auf eine Tür neben der Eingangstür. Ich betrat den Raum und pfiff fast bewundernd durch die Zähne. An Luxus sparte Cassie definitiv nicht. Alles in ihrem Büro war weiß und glänzend, während hier im Badezimmer alles mit schwarzen, matten Fliesen bestückt war. Selbst das Waschbecken war aus dunklem Stein und auch die Armaturen glänzten in der gleichen Farbe. Ich entsorgte das Kondom, wusch mir die Hände und ging wieder zurück ins Büro. Cassie stand noch an genau der Stelle wie eben. Als könnte sie immer noch nicht fassen, was eben passiert war.

Ich stellte mich vor sie und umfasste ihr Gesicht mit beiden Händen. »Ich liebe dich. Ich hoffe, dass du das irgendwann auch wieder zu mir sagen kannst.« Dann ließ ich sie los und zog mein Jackett über, während sie immer noch keinen Ton von sich gab. Ich konnte nicht einfach gehen, ohne zu wissen, wie das hier zwischen uns weitergehen würde. Und ich wollte definitiv, dass es weiterging. »Ich bin bereit, es auf deine Art zu tun«, sagte ich. Sie wirkte überrascht.

»Welche Art?«

»Sex. Nicht mehr, nicht weniger. Aber nur unter einer Bedingung.«

Ich strich ihr eine Haarsträhne hinter das Ohr und verweilte noch ein kleines bisschen länger an der Stelle. Man konnte ihr ansehen, dass sie mich am liebsten wegschicken würde, aber es fiel ihr wohl schwerer, als sie wollte. Denn das, was uns verband, war zu stark. Der Drang, es wieder und wieder und wieder zu tun, war übermächtig. Auch für sie.

»Was für eine Bedingung?«, fragte sie mit erstickter Stimme.

»Wir treffen uns nicht in einem verdammten Hotelzimmer. Du kommst zu mir.«

»Nein.«

Ich zuckte mit den Schultern. »Ich akzeptiere kein Nein.«

»Wieso stellst du dann eine Bedingung und bestimmst nicht einfach?« Sie verschränkte die Arme vor der Brust, und fast konnte ich ein Schmunzeln auf ihren Lippen erkennen. Sie wirkte amüsiert, nicht trotzig. Gute Voraussetzungen, dass sie sich darauf einließ, und endlich überhaupt eine andere Reaktion als Hass.

Ich hob ihr Kinn an. Ganz sanft hauchte ich einen Kuss auf ihre Lippen. Sie erwiderte ihn nicht. »Weil ich dir wenigstens ein bisschen das Gefühl geben will, du hättest das hier unter Kontrolle.« Mit dem Zeigefinger strich ich federleicht von ihrer Stirn zu ihrer Wange. »Bis du endlich merkst, dass wir die Kontrolle beide vor langer Zeit abgegeben haben. Ich schick dir die Adresse, Star. Bis morgen Abend. Ich freu mich auf dich.«

Damit ließ ich sie los und ging. Ich hatte einiges in die Waagschale geworfen, und hoffte, dass Cassie darauf einging. Irgendwann musste sie einen Schritt auf mich zumachen. Denn wenn sie das nicht jetzt schon in Erwägung zöge, wäre sie bereits ganz vor mir davongelaufen. Und das gab mir Hoffnung. Hoffnung auf mehr.

28

Gegenwart - Cassandra

Zuerst wollte ich Trip zum Teufel jagen. Dann fiel mir diese Option immer schwerer. Egal, was er tat, er hatte weiterhin eine gewisse Macht über meinen Körper, der bei der Erinnerung an seine Berührungen erneut begann, zu zittern. Und auch wenn ich es mir nicht eingestehen wollte, er beherrschte noch viel stärker meine Gefühle und Gedanken.

Ich setzte mich auf meinen Schreibtischstuhl und versuchte, wieder zu Atem zu kommen. Er wollte es auf meine Art tun. Einfacher Sex. Aber ich wusste, das, was da auf uns zurollte, war nicht meine Art. Denn ich würde damit gegen jede einzelne meiner Regeln verstoßen. One Night Stands. Nicht mehr. Nicht weniger.

Mein Handy klingelte, und ich sah auf das Display.

Obwohl ich immer noch aufgewühlt war, ging ich dran. Oder vielleicht gerade deswegen?

»Hi Cassie, ich dachte, ich melde mich mal, weil du unser Training heute Morgen abgesagt hattest und ich fragen wollte, ob alles okay ist.«

»Hi Clary. Ja, alles gut.« Überhaupt nichts war gut. Ich nahm mir einen Stift und kaute auf der Rückseite herum.

»Was ist los?« Meine beste Freundin hatte gute Antennen, wenn es darum ging, wie ich mich fühlte. Es machte keinen Sinn, sie zu belügen, und vielleicht wollte ich mir den ganzen Mist auch endlich mal von der Seele reden. Fast wütend schmiss ich den Stift auf den Schreibtisch.

»Trip ist los.« Und damit berichtete ich ihr alles, was vorgefallen war, was mich bis in meine Träume verfolgte und nicht zur Ruhe kommen ließ. Aber vor allem, dass ich nicht wusste, ob ich auf seinen Vorschlag eingehen sollte.

»Wow.« War Clarys Kommentar nach meinem zwanzigminütigen Redefluss. »Und er will dich wirklich so richtig zurück?«

»Hm«, bestätigte ich.

»Und du wirst nicht darauf eingehen?«

»Vermutlich nicht. Ich kann mir nicht vorstellen, wieder eine Beziehung mit ihm anzufangen.« Verdammt, ich konnte mir generell gar nicht vorstellen, überhaupt irgendeine Art von fester Beziehung einzugehen. Zu groß war die Angst des Verlustes. Denn irgendwann gab es immer ein Ende. Irgendwann war alles einmal vorbei.

»Aber etwas anderes?« Clary kannte mich zu gut.

»Wenn ich es voneinander trennen kann.«

»Denkst du, das kannst du?«

»Ich weiß es nicht.«

Es herrschte kurze Stille in der Leitung, als müsste auch Clary nachdenken, was die beste Entscheidung war. »Er hat sich geändert, hat er gesagt. Inwiefern?«

»Ich hab keine Ahnung. Wir haben nicht besonders viel geredet.«

»Dann finde es heraus. Triff dich mit ihm, unvoreingenommen, und hör dir an, was er zu sagen hat. Wenigstens die Chance würde ich ihm geben. Du willst es wissen, das weiß ich.«

»Vielleicht.« Natürlich hatte sie recht. Auch wenn ich dachte, ich könnte einfach alles abschalten, interessierte mich immer noch, wie er sich fühlte. Was hatte er die letzten Jahre getan? Wie ging es ihm heute? Was machten seine Brüder? Hatte er das erreicht, worüber wir uns in unserer Jugend unterhalten hatten?

Als hätte Clary meine Fragen gehört, antwortete sie: »Sieben Jahre sind eine lange Zeit, Süße. Ruf ihn an. Und melde dich dann wieder bei mir.«

»Okay. Danke fürs Zuhören.«

»Immer gerne. Vielleicht findest du ja wieder ein bisschen von dir selbst bei ihm.« Oder ich verliere mich komplett.

Als wir uns verabschiedet und aufgelegt hatten, schrieb ich Trip eine Nachricht, dass ich auf seinen Vorschlag einginge. Prompt kam eine Antwort mit einer Adresse und einer Uhrzeit für morgen Abend zurück, und ich konnte nicht verhindern, dass ich mich darauf freute und verdammt neugierig war. Ich war neugierig, was hinter dem beherrschten Mann steckte, der er vorgab zu sein. Denn wenn er mich anschaute, erkannte ich immer noch den gebrochenen, verlorenen Jungen von damals. Verloren, genauso wie ich mich fühlte.

Nervös traf es wohl am besten. Wann hatte ich das Gefühl das letzte Mal gehabt? Eigentlich nur in Verbindung mit Trip. Ich konnte in einem Raum mit mindestens zehn Geschäftsmännern sitzen und einen Deal abschließen oder eine Rede vor Hunderten von Menschen halten. Aber bei dem Gedanken, einen einzigen bestimmten Mann wiederzusehen, war ich extrem nervös.

Doch ich hatte nur zwei Optionen. Entweder ich würde endlich aus meinem Auto aussteigen und in Trips Haus gehen mit der Gefahr, nicht mehr im Ganzen dort herauszukommen. Oder ich würde jetzt sofort den Wagen anlassen und wieder nach Hause fahren, mit dem Ziel, ihn und alles, was mit ihm zusammenhing, für immer zu vergessen.

Option zwei hatte sich in dem Moment erledigt, als sich plötzlich seine Haustür öffnete und Trip im Eingang erschien. Er lehnte sich an den Türrahmen und verschränkte die Arme. Auch heute trug er komplett schwarz. Ein leichtes Grinsen umspielte seine Mundwinkel, während er in das Innere meines Wagens sah. Ich konnte nicht verhindern, dass ich ebenfalls lächeln musste. Na gut. Auf in den Kampf. Für einen Rückzieher war es ohnehin zu spät.

Ich stieg aus dem Jaguar und strich mein Shirt glatt. Ich dachte mir, dass es sicherlich egal wäre, was ich trug, wenn ich die Klamotten nicht länger als nötig anbehielt, also hatte ich heute Jeans und ein locker fallendes T-Shirt gewählt. Meine Handtasche schob ich mir über die Schulter. Zuhause war ich kurz davor gewesen, tatsächlich meine Zahnbürste einzupacken, hatte mich aber dagegen entschieden. Denn wofür sollte ich sie brauchen, wenn ich gleich danach wieder abhauen würde? Denn das wäre das einzig Richtige.

»Hi«, sagte Trip, als ich bei ihm angekommen war.

»Hi«, erwiderte ich. Ohne Vorwarnung zog er mich an sich und wollte mich küssen. Ich drehte den Kopf zur Seite, und er traf meine Wange.

»Schön, dass du gekommen bist«, flüsterte er mir ins Ohr und ließ mich los. »Willkommen in meinem bescheidenen Heim.«

Wir betraten Trips Haus, und ich wunderte mich, wie wohl ich mich sofort darin fühlte, obwohl es bestimmt nur einen

Bruchteil der Größe meines Appartements hatte. Es war einstöckig, aber das, was ich vom Eingangsbereich aus sah, wirkte gemütlich. Es ähnelte der Einrichtung im Starlight, mit Leder und viel Holz. Von einem langen, schmalen Flur gingen einige Türen ab. Links erkannte ich ein kleines Wohnzimmer, und ein köstlicher Duft zog mir augenblicklich in die Nase, der meine Aufmerksamkeit auf sich lenkte. Trip deutete auf die erste Tür rechts, und wir betraten eine Wohnküche, in der der Geruch immer stärker wurde. Ich wunderte mich, dass auf der Insel in der Mitte der chrombeladenen Küche zwei Teller und mehrere Schüsseln standen.

»Du hast gekocht?«, fragte ich überrascht. Mein Plan wurde durcheinandergewirbelt. Genauso wie alle meine Gefühle. Dafür war ich nicht hierhergekommen.

»Everett. Er wollte unbedingt irgendein neues Rezept ausprobieren, das er im Starlight umsetzen will. Und bevor er unsere Gäste vergiftet, müssen wir Versuchskaninchen spielen.«

Ich hatte seinen Bruder in der Vergangenheit kennengelernt und mochte seine Art, auch wenn er damals erst fünfzehn gewesen war. Es interessierte mich, was aus ihm geworden war, anscheinend hatte er die Kurve ebenfalls bekommen.

»Everett also?«, fragte ich und konnte nicht verhindern, dass ich grinsen musste. Trip legte seine Hand auf meinen Rücken und drückte mich leicht zu einem Hocker, der sich vor der Kücheninsel befand.

»Man kann ihn nicht abwimmeln. Er ist eine große Nervensäge.«

Ich nahm Platz, und Trip öffnete eine Flasche Weißwein, die ebenfalls auf der Anrichte stand, und goss uns zwei Gläser ein.

Plötzlich bekam ich Zweifel. »Trip ... wir sollten nicht ...«

Er hielt mir das gefüllte Glas hin, und ich verstummte. »Was sollten wir nicht? Wer sagt denn, was wir tun sollen? Wir sind erwachsen, Cassie. Es ist nur ein Essen. Du musst doch essen?« Unsere Gläser gaben ein klirrendes Geräusch von sich, als wir anstießen. Ich nahm einen Schluck. Der Wein schmeckte köstlich. Trip stellte sein Glas ab, beugte sich zu mir und strich mir die Haare über die Schulter. Und wieder beherrschte mich diese furchtbare Nervosität. »Außerdem werde ich dich ficken, Star. Keine Sorge.« Ich erschauerte, aber bevor ich Trips heißen Atem auf meiner Haut genießen konnte, machte er einen Rückzieher und ging zum Ofen. Er nahm sich zwei dicke Topfhandschuhe und zog eine Ofenpfanne heraus, auf der ein ganzer Lachs, angerichtet auf Gemüse, lag.

Ich schüttelte den Kopf. »Ich kann mich an den Anblick nicht gewöhnen.«

»Welchen?« Trip stellte das Essen auf die Mitte der Kücheninsel und setzte sich zu mir.

»Du, hier, in der Küche, mit Ofenhandschuhen. Irgendwie passt das alles nicht zusammen.«

Trip lachte und schaufelte mir Essen auf den Teller. »Glaub mir, auch ich habe in der Vergangenheit nicht mit so einer

Zukunft gerechnet.« Er legte den Schöpflöffel zur Seite. »Ohne dich«, sagte er leise.

Die gesamte Situation überforderte mich. In den letzten Jahren hatte ich mir so gut wie alle Gefühle verboten. Ich kannte Hunger. Ich kannte Durst. Ich kannte Lust. Aber ich kannte nicht mehr die Masse an Empfindungen, die Trip in mir auslöste. Freude. Schmerz. Glück. Liebe. Und all die kleinen Facetten dazwischen.

Ich räusperte mich und begann zu essen. »Hm, es ist köstlich«, sagte ich und meinte es wirklich so. Ich hatte in vielen Vier-Sterne-Restaurants gegessen, aber dieser Lachs übertraf einige Gerichte davon.

»Everett hat irgendwas von einer Honig-Senf-Soße gesagt. Keine Ahnung, ich kann mit Kochen nichts anfangen. Ich bin froh, wenn mir meine Pizza im Ofen nicht verbrennt. Everett hat den sogar auf die richtige Temperatur eingestellt, und ich musste nur auf die Zeit achten und den Backofen ausmachen.« Ich musste lachen. Dank meiner Mom machte ich mich ganz gut in der Küche. Gedanken kamen zurück, die ich mir die letzten Jahre verwehrt hatte. Aber es tat nicht weh. Es waren schöne Erinnerungen. Ein Lächeln blieb auf meinen Lippen zurück.

»Richte ihm aus, dass es großartig ist! Eure Gäste können sich glücklich schätzen.«

»Das wird ihn sehr freuen.«

»Everett ist der Küchenchef?«

Trip trank einen Schluck Wein, stellte sein Glas ab und nickte. »Er macht das echt gut und ist nebenbei auch ein zuverlässiger Angestellter, der seinen Job ernst nimmt.«

»Dir gehört also die Bar?« Ich war beeindruckt, bisher dachte ich, er arbeitete da.

Er nickte, und ich sah ihm an, wie stolz es ihn machte, das zuzugeben. »Das heißt, die anderen beiden ebenfalls?«

»Philadelphia und Florida«, erwiderte er, und ich musste lächeln. Er hatte alles erreicht, was er sich ausgemalt hatte.

»Wow, Trip, ich bin sprachlos! Das ist toll! Wie kamst du dazu?«

Trip wirkte plötzlich ein wenig nervös. Er kaute erst einige Bissen, bis er mir antwortete. »Nachdem ich mit zweiundzwanzig aus dem Knast entlassen wurde, hab ich mir Nash und Everett geschnappt, und wir sind nach Philadelphia gezogen. Ich hab angefangen, in einer Bar zu jobben. Als der Besitzer zu alt war, hat er sie mir überlassen, und es kam eins zum anderen.«

»Du hast es also geschafft. Ich hab es schon früher gewusst«, sagte ich leise.

Ich spürte seine Blicke auf meinem Profil, als ich mich abwandte und weiteraß.

»Du warst die Einzige.«

Er hatte recht, damals hatte ich geglaubt, dass aus ihm etwas werden könnte. Ich hatte gesehen, wie schlau und zielstrebig er sein konnte. Noch nicht mal er selbst hatte gedacht, dass er seiner Vergangenheit entkommen könnte. Auf einmal freute ich mich wahnsinnig für ihn.

»Wie erging es Everett und Nash?«

Trip seufzte kurz. »Ich war viel beschäftigt, Ev war achtzehn und hat angefangen, illegale Straßenrennen zu fahren. Er wurde fast erwischt, aber Nash und ich konnten ihn aus der Szene rausholen.«

»Gott, du hast wirklich einiges mit deinen Brüdern mitgemacht.«

»Ich musste. Ich konnte die beiden Idioten doch nicht sich selbst überlassen.« Trip grinste schief, aber ich erkannte den Schmerz in seinen Augen. Es gab eben immer auch noch eine zweite Seite. Nicht nur ich war verletzt worden, auch Trips Leben bestand einzig und allein aus Kämpfen.

»Es tut mir leid«, sagte ich und bewunderte ihn für die Stärke, die er sein gesamtes Leben besessen hatte. Er hatte immer weitergemacht, als gäbe es gar keine andere Option. Im Vergleich dazu fühlte ich mich in diesem Moment doppelt so schwach.

»Muss es nicht, du hast immer zu mir gestanden«, erwiderte er leise. »Und du? Was hast du gemacht?«, fragte er.

»Nach dem Internat habe ich einen Platz in Princeton bekommen und dort Businessmanagement studiert. Vor einem Jahr bin ich dann in der Firma meines Dads eingestiegen. Das war schon immer der Plan gewesen.« Wieso hatten meine letzten Worte einen bitteren Klang?

»Und das war das, was du wolltest?«

»Na ja, so machte es Sinn. Irgendwann einmal werde ich die Firma übernehmen, wie mein Dad sie von meinem Großvater bekommen hat.«

»Das war nicht meine Frage«, sagte er.

»Ich will einiges, aber man muss im Leben akzeptieren, dass reines Wollen manchmal nicht ausreicht.«

Er zögerte einen Moment und legte sein Besteck zur Seite. »Als ich das mit deiner Mom gehört hatte, wollte ich Kontakt zu dir aufnehmen. Star, es tut mir so leid.«

Ich wandte mein Gesicht von ihm ab, damit er nicht sah, wie weh es immer noch tat, über damals nachzudenken. Wenn ich früher gewusst hätte, wie wenig Zeit meiner Mom tatsächlich noch blieb, hätte ich mich stärker gegen meinen Vater und das Internat gewehrt. Ich hatte so viel Energie damit vergeudet, auf Trip wütend zu sein, dass ich die Zeit mit meiner Mom nicht richtig genossen hatte. Sie fehlte mir unglaublich. Trips Stimme riss mich aus meinen Gedanken. »Du warst kurz nach dem Vorfall mit Jax im Internat, und ich dachte, du würdest dir dadurch ein neues Leben aufbauen. Mich vergessen.«

Trip legte seine Hand warm auf meinen Arm. Mein Besteck klirrte, als ich es mit einem Mal losließ. Mir fehlte die Kraft, es zu halten. »Ich hätte dich niemals vergessen können«, flüsterte ich, ohne ihn anzusehen. Plötzlich wurde es zu viel. Das Gefühl, die Kontrolle zu verlieren, übermächtig. »Ich sollte gehen.

Danke für das Essen.« Hektisch stand ich auf und rannte Richtung Flur.

»Cassie!« Trips Stimme hinter mir klang bestimmend und ließ mir keine Möglichkeit, als stehenzubleiben. Ich klebte förmlich an der Stelle am Boden fest, auf der ich stand. »Bleib.« Ich spürte seine Wärme in meinem Rücken, als er hinter mir stehen blieb. Seine Hände strichen meine Arme nach oben, und ich schloss die Augen. »Ich weiß, dass es wehtut«, wisperte er, und ich presste die Lider noch kräftiger aufeinander. Unter keinen Umständen wollte ich schon wieder weinen. Auch wenn ich rückblickend den Tod meiner Mom nie richtig betrauert hatte. Ich hatte es mir nicht erlaubt. Es hätte viel zu sehr geschmerzt. »Unterdrücke es nicht, lass es raus.« Ich schüttelte den Kopf. »Du kannst dich fallen lassen, Star. Lass dich fallen, ich fang dich auf.«

Ich hatte ihm schon einmal geglaubt. War schon einmal darauf hereingefallen. Hatte schon einmal den Sprung auf ihn zu gewagt. Stattdessen war ich in ein dunkles, tiefes Loch ohne Boden gesprungen und fiel immer noch. Ich fiel und fiel und fiel und sah einfach kein Ende. Es war düster hier und kalt. Mein Körper zitterte auf einmal. Ich spürte nur Trips warme Hände, die wieder und wieder über meine Haut rieben, als könnte er mich so aufladen. Mit Schwung drehte ich mich um und sah ihm in die Augen. Die tiefen, grünen Augen, die mich die letzten Jahre verfolgt hatten. Überallhin.

Vergessen. Verdrängen. Verarbeiten. Ich hatte keine Ahnung, wieso ich es tat, aber ich küsste ihn, als hinge mein Leben davon ab. Trip war kurz überrascht, dann schlang er seine Arme um mich und zog mich an sich. Hektisch zerrten wir an unseren Kleidern, befreiten uns gegenseitig davon. Wie im Rausch spürte ich nur noch ihn. Er hob mich hoch und drückte mich gegen die Wand. Ohne Vorwarnung drang er tief in mich ein und bewegte sich. Er stieß so heftig in mich, dass ich dachte, ich zerspränge in tausend Teile, aber es war genau andersherum. Ich heilte. Ich heilte bei jeder Berührung ein winziges bisschen mehr.

Ich war mir nur nicht sicher, ob es ausreichen würde, denn ich fühlte mich immer noch so unglaublich kaputt und verloren.

29

Gegenwart - Tanner

Ich hatte sie gebeten, danach zu bleiben, aber sie war wieder davongelaufen. Eigentlich hatte ich vorgehabt, sie die ganze Nacht zu halten und zu versuchen, wenigstens ein kleines Stück ihres Schmerzes zu heilen. Doch sie ließ mich immer noch nicht.

Wir trafen uns regelmäßig bei mir zu Hause, doch so wie beim ersten Mal war es nicht mehr. Nicht nur weil ich es mir nicht verzeihen konnte, in der Lust, die meinen ganzen Körper und vor allem mein Denken bestimmt hatte, kein Kondom benutzt zu haben. Wir unterhielten uns kaum, weil sie abblockte. Wir schliefen miteinander. Hart. Doch sie wehrte jeden Funken Gefühl, den ich ihr schenken wollte, ab.

Ihre Mauer war so hoch, so stark, und ich kletterte und kletterte, aber kam kein Stück voran. Auch wenn es meine Hoffnung gewesen war, über diesen Weg an sie heranzukommen. Doch das tat ich nicht. Ich vermisste sie, obwohl sie bei mir war. Deshalb reagierte ich nicht mehr auf ihre Nachrichten, in denen sie mir ein neues Treffen vorschlagen wollte. Es dauerte nur wenige Tage, da rief sie an. Ich nahm nicht ab. Ich wollte den Kontakt nicht beenden, auf gar keinen Fall. Aber es reichte mir nicht mehr, bloß ihren Körper zu besitzen. Ich hatte eine vage Idee, wie ich es schaffen könnte, sie hervorzulocken. Meine Star. Jetzt musste sie nur noch einen winzig kleinen Schritt auf mich zugehen, damit ich spürte, dass alles, was ich hier tat, Sinn machte.

Ich öffnete meine Tür, als es am Nachmittag klopfte. »Hi.« Ehrlicherweise war ich überrascht, dass sie nach so kurzer Zeit davorstand. Ich hatte es gehofft. Aber keine Sicherheit gehabt.

»Hi«, erwiderte sie. »Du hast nicht auf meine Nachrichten reagiert. Alles in Ordnung mit dir?« Sie atmete schwer, als hätte sie einen Marathon hinter sich. Machte sie sich Sorgen? Konnte das tatsächlich sein?

»Alles okay.«

»Willst …« Sie zögerte, als müsste sie erst ihre Worte sammeln. Ein weiteres Mal schenkte sie mir einen Blick hinter ihre kühle Maske. »Willst du es beenden?«, fragte sie leise.

Langsam schüttelte ich den Kopf, daraufhin wirkte ihre Miene wieder beherrschter, und sie kam mir entgegen. In den letzten drei Wochen hatten wir es oft überhaupt nicht ins Schlafzimmer geschafft, sondern höchstens ein Stück über den Flur. Diesmal wich ich ihrem Kuss aus und nahm ihre Hand.

»Was ist dann los?«

»Wir gehen heute aus«, sagte ich kurz entschlossen, und sie schüttelte schnell den Kopf. Mein neuer Plan reifte in mir heran.

»Auf gar keinen Fall.«

Ich nahm meine Schlüssel von der Kommode und zog sie nach draußen. »Auf jeden Fall.«

»Trip!« Sie versuchte, ihre Finger aus meinem Griff zu befreien, hatte aber keine Chance. Ich öffnete die Beifahrertür meines Silverado und deutete hinein.

»Einsteigen.« Ich musste grinsen, als ich sah, wie sich ihr Ausdruck verdüsterte. Langsam lehnte ich mich vor und küsste sie auf die Stirn, die sich daraufhin gleich ein wenig glättete. »Bitte.«

Sie schnaubte, tat mir jedoch den Gefallen. Ich warf die Tür zu und nahm auf dem Fahrersitz Platz. »Darf ich wenigstens wissen, wo es hingeht?«, fragte sie.

»Nein.«

»Trip, bitte, was soll das?«, flehte sie, und ich legte meine Hand auf ihren Oberschenkel, der sich augenblicklich anspannte. Wie aus Reflex tastete sie nach meinen Fingern. Auch sie lechzte nach jeder Berührung, die wir voneinander kriegen konnten.

»Find dich damit ab, dass du in Zukunft nicht alles unter Kontrolle haben kannst.«

»Das werden wir noch sehen.« Sie schmollte und sah nach draußen. Sollte mir recht sein, Hauptsache, sie war hier bei mir und berührte mich.

Es dauerte eine ganze Weile, bis wir uns am frühen Abend durch die Stadt gekämpft hatten. Endlich kam die riesige blau beleuchtete Kugel des *Hayden Planetariums* näher.

Cassie lehnte sich ein Stück in ihrem Sitz vor, damit sie besser aus der Frontscheibe sehen konnte. Meine Überraschung schien geglückt zu sein, denn in ihrem Gesicht wechselte Erstaunen mit Freude.

»Wir sind da.« Zum Glück konnte ich nur wenige Meter vom Eingang entfernt einen Parkplatz ergattern und parkte am Straßenrand ein.

»Das Planetarium?«, fragte sie überrascht.

»Warst du schon mal da?«

Sie schüttelte den Kopf. »Nein. Ich hatte keine Zeit.« Ich war mir sicher, es steckte noch mehr dahinter.

Als ich ausgestiegen war, umrundete ich den Wagen und half ihr beim Aussteigen. Ihre Hand ließ ich bis zum Eingang nicht los.

»Freust du dich?«, fragte ich und blieb mit ihr stehen. Ich hatte die Hoffnung gehabt, sie damit zu überraschen, und anscheinend schien mir das gelungen zu sein, denn sie nickte.

»Danke, Trip.«

»Und, ist es so schlimm, die Kontrolle abzugeben?« Ich überwand die restliche Entfernung zwischen uns und schlang meine Arme um sie. Sie kaute auf ihrer Unterlippe herum.

»Manchmal«, wisperte sie.

»Vertrau mir. Versuch es zumindest.« Ich senkte den Kopf und gab ihr einen Kuss. Endlich erwiderte sie ihn und küsste mich zurück. Fast vergaß ich, was ich vorhatte, und hätte sie wieder zu meinem Auto gezogen, damit wir ungestört wären. Doch das wäre falsch gewesen. So würde sich Cassie mir niemals öffnen. Ich musste sie erneut erobern mit allem, was ich ihr geben konnte.

Also löste ich mich von ihr und führte sie mit meiner Hand an ihrem Rücken zum Eingang, um den Eintritt für uns zu bezahlen. Als wir die Treppe zum Ausstellungsraum hinuntergingen, beobachtete ich heimlich Cassies Miene. Ihre Augen wurden größer, und langsam kam das Strahlen zurück, dass ich früher so sehr an ihr geliebt und so lange Zeit so unfassbar stark vermisst hatte. Die Erinnerung daran hatte mich durch verdammt viele beschissene Tage und Nächte getragen.

Ihr Schritt beschleunigte sich, als könnte sie es kaum erwarten, endlich alles anzusehen. In New York war es unmöglich, auch nur einen einzigen Stern zu entdecken. Viel zu groß war die Lichtverschmutzung durch die Häuser und bunten Reklametafeln.

»Hast du die Sterne nicht vermisst?«, fragte ich.

»Doch ziemlich«, gestand sie. »Irgendwann reise ich nach Kalifornien. Im Death Valley kann man die Sterne so klar sehen, dass sogar die Nebulas zwischen den hell erleuchteten Sonnen sichtbar werden.«

Ich musste lächeln, weil sie ebenfalls gemerkt zu haben schien, dass nach und nach die alte Cassie aus ihrer harten Schale brach. Es dauerte. Aber es hatte sich gelohnt, die Hoffnung zu behalten. Sie errötete. Wir blieben stehen, und ich strich ihr über die Wangen.

»Süß. Du bist aufgeregt.«

Sie konnte ihr Lächeln nicht verhindern und legte den Kopf schief. »Nicht wegen dir.«

»Das nehm ich dir nicht ab.«

»Hm, das ist dein Problem.«

»Ich fahr mit dir hin.«

»Wohin?«

»An diesen Ort, an dem man die Sterne so gut sehen kann.«

Und wieder ging sie einen kleinen Schritt auf mich zu und schlang von selbst die Arme um meinen Nacken. »Danke«, wisperte sie. »Für das alles hier.« Sie hauchte mir einen Kuss auf die Wange und ließ mich los, um weiter zu laufen.

Hier war alles ähnlich aufgebaut wie im Planetarium in unserem Heimatort. Verteilt im Raum standen Glaskästen mit Ausstellungsstücken von Raumanzügen, Teilen von Raumstationen oder Gesteinen von irgendwelchen Planeten. Als wären nicht sieben Jahre vergangen und wir wären wieder siebzehn, schlenderten wir durch die Ausstellung, Cassie begann hier und da etwas zu erzählen, und ich hörte ihr aufmerksam zu. Obwohl nicht ihre Worte es waren, die mich faszinierten, sondern ihre Gestik, ihre Mimik, ihr Lächeln und vor allem der verträumte Ausdruck in ihren schönen Augen.

Ich nahm ihre Hand, als wir am Ende des Raumes an einer Steinwand vorbeikamen, die die Struktur eines Mondes abbildete. Ohne groß drüber nachzudenken, zog ich sie dahinter und drückte sie gegen die Wand. Abgeschirmt vor den anderen Besuchern und dem Rest der Welt.

Schwer atmend standen wir voreinander. Ich legte die Hände links und rechts neben ihrem Oberkörper ab. Ich wollte sie. So stark, dass ich fast explodierte und an nichts anderes mehr denken konnte.

»Ich will dich küssen«, wisperte ich die Worte, die ich auch damals bei unserem ersten Kuss zu ihr gesagt hatte. »Cassie, was willst du gerade?«

Ihre Augen wanderten zu meinen Lippen und erwiderten wieder meinen Blick. Mein gesamter Körper stand so unter Anspannung, dass meine Muskeln schmerzten, weil ich mich zügeln musste, sie nicht einfach zu packen.

»Küss mich, Tanner. Ich wünsche mir einen Kuss.«

Ich sah überrascht auf. Sie hatte mich bei meinem richtigen Namen genannt. Nicht Trip. Tanner. Und diesen Namen aus ihrem Mund zu hören, war unbeschreiblich.

Ich senkte den Kopf, ohne sie aus den Augen zu lassen. Erst kurz bevor meine Lippen ihre berührten, schlossen wir fast gleichzeitig die Lider. Sie hob die Hände und klammerte sich an mir fest, während mein Körper sie weiter eng gegen die Wand presste. Sie öffnete den Mund, um mir Einlass zu gewähren, und ich konnte ein leises Seufzen nicht unterdrücken. So gut. So unbeschreiblich gut.

Wir hatten viele Küsse ausgetauscht, und jeder einzelne bedeutete mir etwas. Aber dieser hier sagte noch viel mehr aus als alle zusammen. Es fühlte sich fast an wie Verzeihen, wie Erleichterung und neue Liebe.

Ich hatte mich in ein Mädchen verliebt, das jeder für seine sanfte Art und Loyalität mochte.

Und ich hatte mich ein zweites Mal in eine Frau verliebt, die mich mit ihrer Kraft und Willensstärke umhaute.

Endlich leuchtete sie wieder. Heller denn je und nur für mich.

Man lernt erst, was es heißt zu lieben, wenn man sich vollständig im anderen auflöst. Wenn man nicht mehr weiß, wo der andere anfängt und man selbst aufhört.

Wenn der andere sich schneidet und du blutest.

30

Gegenwart - Cassandra

Nach unserem Besuch im Planetarium hatte Tanner nicht gefragt, ob ich mit zu ihm kam, wie ich es vermutet hatte. Er gab mir nur einen Stapel Briefe, und sagte, vielleicht würde ich ihn danach besser verstehen.

Also war ich nach Hause gefahren und hatte mir eine Flasche Rotwein aufgemacht. In Jogginghose und Schlabbershirt saß ich auf meiner Velourcouch und starrte den Stapel an, der vor mir auf dem Couchtisch lag. Eigentlich war ich mir nicht sicher, ob ich sie lesen wollte, denn das hieße, dass ich mich endlich mit all dem auseinandersetzen müsste, was zwischen uns stand. Ich konnte es nicht mehr verdrängen und vergessen. Die Gefühle ließen sich nicht abstellen, wie ich es gehofft hatte.

Nach einem großen Schluck Wein griff ich nach den Briefumschlägen, die mit einer grauen Kordel gebündelt waren.

Ich atmete einmal tief durch und löste den Knoten. Das Öffnen des ersten Briefes fiel mir am schwersten.

Star,

Auch wenn wir es gerne anders gehabt hätten und allen anderen den Mittelfinger gezeigt haben, unsere Welten haben uns am Schluss doch getrennt.

Verdammt, ich bin total schlecht in so was, aber irgendwie muss ich alles rauslassen, was ich dir gerne sagen würde. Vielleicht wirst du diese Briefe niemals zu Gesicht bekommen. Vielleicht doch. Vielleicht wirst du mich dann weniger hassen. Oder noch ein Stückchen mehr.

Am meisten tut es mir leid, dass ich dir nicht Lebewohl gesagt habe, als du im Krankenhaus lagst.

Mir tut leid, dass ich dich nicht noch einmal küssen konnte.

Dass ich nicht deine Hand halten konnte, während du dich erholt hast.

Dass ich schuld daran war, dass du überhaupt dorthin gekommen bist.

Es tut mir leid, dass ich nicht bei dir sein kann, wenn es deiner Mom schlecht geht.

Und dass ich nicht der Junge bin, den du verdient hast.

Aber eines tut mir nicht leid. Dass ich dich liebe und immer lieben werde.

Dein Tanner

Ich sah den dicken nassen Tropfen, der auf das Papier fiel, und ließ den Brief sinken. Ich hatte nicht gemerkt, dass ich weinte. Mal wieder. Sieben Jahre hatte ich keine einzige Träne vergossen. Das letzte Mal, als ich im Internat erfahren hatte, dass meine Mom gestorben war. Ich konnte nicht bei ihr sein, weil mein Vater mich nicht früher informiert hatte. Meine Mom. Plötzlich traten wie bei einer Diashow Bilder in meinen Kopf. Ich schaffte es nicht wie sonst, die Erinnerungen beiseitezuschieben, aber das wollte ich auch nicht mehr. Auf einmal wollte ich alles rauslassen, was ich die letzten Jahre verdrängt hatte. Zu meiner Überraschung stiegen hauptsächlich schöne Gedanken an die Oberfläche. Wie schwarz das Haar meiner Mom in der Sonne geglänzt hatte. Wie sie aussah, wenn sie lachte. Ihr Gesang, wenn sie in der Küche beim Zubereiten des Essens neben dem Radio mitsang.

Ich schloss die Augen und versuchte das Gefühl, das ich hatte, wenn ich mich an die guten Zeiten erinnerte, einzufangen. Bis ich wieder an Tanner dachte und die Briefe erneut in mein Bewusstsein drangen.

Ich öffnete den zweiten.

Star,

es gibt so viel, was ich dir jetzt gerne sagen würde. So viele Situationen, in denen ich dich vermisse. Schaust du jetzt auch gerade in den Himmel und zählst die Sterne? Jedes Mal, wenn ich das tue, denke ich an dich. Und jedes Mal stirbt ein kleiner Teil von mir.

Wir können nicht zusammen sein, aber das bedeutet nicht, dass ich es mir nicht vorstelle. Was wäre, wenn alles anders gelaufen wäre? Wenn ich in einer anderen Familie großgeworden wäre? Wenn meine Mom irgendwann mal eine andere Entscheidung getroffen hätte? Wenn ich wüsste, wie ich aus dem Ganzen hier rauskomme. Wenn.

Es tut weh, darüber nachzudenken, aber ich kann es trotzdem nicht sein lassen.

Dein Tanner

Star,

was würdest du sagen, wenn ich dir erzähle, dass ich versagt habe. Mal wieder. Das Gute, das du von mir gedacht hast, ist nicht wahr, und ich habe es mal wieder bewiesen.

Diesmal haben sie mich erwischt, und ich komme aus der Sache nicht mehr raus. Am meisten habe ich Angst, was aus Everett und Nash wird. Sie können kaum für sich selbst sorgen. Was werden sie tun, wenn ich fort bin?

Du hättest mir den Kopf gewaschen. Ich denke sogar, wenn du bei mir gewesen wärst, hätte ich diese Dummheiten nicht weiter begangen.

Aber irgendwann muss jeder einmal die Fehler seiner Vergangenheit büßen. Und mein Tag kommt morgen.

Ich schreibe dir, wenn ich kann.

Dein Tanner

Star,

ich denke an unsere Zeit. Ständig.
Ich denke an dein Lachen.
Deinen Humor.
Deine Stärke.
Den Geruch deines Haares.
Wie weich deine Haut ist.
Das kleine Muttermal an deiner Hüfte.
Oder dass du deine Stifte nach Farben sortierst.
Wie du deinen Burger isst.
Oder dich bei Horrorfilmen an mich klammerst.
Kleinigkeiten. Die mich jetzt gerade aufrecht halten.
Ich vermisse dich.

Tanner

Wieso kann ein Mensch nicht einfach sterben, wenn er es möchte?

Wieso lässt man ihn nicht wenigstens diese Entscheidung selbst treffen?

Star,

ich wurde entlassen. Mir geht es gut. Zumindest besser als noch vor einiger Zeit. Nur nicht, wenn ich darüber nachdenke, was du jetzt tust. Hast du einen anderen kennengelernt? Drei Jahre sind vergangen, natürlich hast du das.

Macht er dich glücklich? Ich hoffe es sehr. Wirklich.

Du hast es verdient!

Ich liebe dich.

Tanner

Star,

eintausendachthundert. Das sind viele Tage, eine lange Zeit, und ich habe einmal an den Spruch geglaubt, die Zeit heile alle Wunden.

Er ist Bullshit. Wenn die Wunden nicht richtig versorgt werden, bluten sie weiter. Sie eitern. Und sie tun immer mehr weh, bis man daran stirbt. Aber es geht nicht schnell genug. Ich kann sie nur mit dir schließen.

Wenn ich dich wiedertreffe und sehe, dass du glücklich bist, vielleicht sogar verheiratet, lasse ich dich in Ruhe.

Wenn ich sehe, dass du genauso noch an mich denkst, werde ich versuchen, dich zurückzugewinnen. Mit allen Mitteln.

Bis bald.

In Liebe,
Tanner

31

Gegenwart - Tanner

Die Lichtkegel meines Wagens warfen Schatten auf die Hauswand, als ich in der Einfahrt parkte. Nachdem ich Cassie die Briefe gegeben hatte, brauchte ich dringend eine Ablenkung und fuhr zum nahegelegenen Boxstudio, in dem ich regelmäßig mit Everett trainierte. Es war rund um die Uhr, vierundzwanzig Stunden die Woche, geöffnet.

Dort suchte ich mir einen Sparringpartner und powerte mich so aus, dass ich für einen kurzen Moment die tiefsitzende Angst vergessen konnte, die mich ergriff, sobald Cassie alles erfahren würde. Fast jeden einzelnen Tag hatte ich ihr geschrieben. Es gab okaye Tage, es gab beschissene Tage und solche dazwischen. Aber gute Tage? Die gab es nie, bis heute. Der Kuss im Planetarium, ihr Blick, als sie mich bei meinem richtigen Namen nannte.

Zum ersten Mal hatte ich das Gefühl, dass mein Leben wirklich in Ordnung kommen könnte. Ich hatte einen ziemlich guten Job, Everett als mein Bruder und bester Freund an meiner Seite und Cassie. Meine Star. Mein Licht. Mein Stern. Vielleicht würde sie bald wieder ganz zu mir gehören.

Ich schnappte mir die Sporttasche, die auf dem Beifahrersitz lag, stieg aus und lief auf die Eingangstür meines Hauses zu. Langsam hob ich den Kopf und hielt inne.

»Hey«, sagte ich mit rauer Stimme. »Alles okay?«

Cassie stand auf und strich ihren oversized Pulli glatt. »Ich habe deine Briefe gelesen«, wisperte sie. Ich nickte. »Tanner, es …«, begann sie mit erstickter Stimme, und ich sah die Tränen, die plötzlich über ihre Wangen liefen. Sofort eilte ich zu ihr, warf meine Tasche auf die Stufen und umfasste ihr Gesicht. »Ich hatte ja keine Ahnung …«

»Weine nicht, es hat schon genug Tränen gegeben«, erwiderte ich und drückte ihr einen Kuss auf die Stirn. »Ich wollte nur, dass du verstehst.«

»Ich hab Angst«, flüsterte sie und krallte sich in mein Shirt. Ich umschlang sie mit meinen Armen und drückte sie fest an mich. »Ich hab so verdammt Angst, erneut jemanden zu verlieren.«

»Ich auch«, gab ich zu. »Komm, lass uns reingehen.« Ich umfasste ihre Taille, schloss auf und hob meine Tasche vom Boden auf, die ich dann in den Flur warf. In der Küche angekommen, stellte ich den Wasserkocher an und nahm einen Teebeutel aus dem Schrank, den ich in eine Tasse legte. Cassie setzte sich auf einen der Barhocker und beobachtete meine Bewegungen.

»Ich wollte dich nicht unangekündigt überraschen«, sagte sie plötzlich, und ich drehte mich zu ihr um.

»Du kannst jederzeit unangekündigt vor meiner Haustür stehen. Tut mir leid, wenn du lange warten musstest.«

»Musste ich nicht«, erwiderte sie und knetete ihre Hände, die sie auf der Arbeitsplatte abgelegt hatte. Ich umrundete die Kücheninsel und setzte mich neben sie, drehte ihren Stuhl zu mir, sodass ihre Oberschenkel zwischen meinen waren. Langsam strich ich darüber und schaute sie eindringlich an.

»Ich bleibe, okay?«, sagte ich fest und sie nickte, aber ich wusste, ganz überzeugt hatte ich sie immer noch nicht. Der Wasserkocher war fertig, doch ich schenkte ihm keine Beachtung. Stattdessen lehnte ich mich noch ein Stück näher zu Cassie. »Ich werde nicht wieder gehen. Ich werde nie wieder so eine Scheiße wie früher bauen. Ich werde dich nie wieder im Stich lassen, eher würde ich mir die Finger abhaken.«

»Das ist ziemlich dramatisch, oder nicht?«, erwiderte sie, gleichzeitig lachend und schluchzend.

Ich schenkte ihr ein vorsichtiges Lächeln und strich über ihre Wange. »Belaste mich. Mit allem, was dich beschäftigt. Erzähl mir abends von deinem Tag, küsse mich am Morgen und schick mir schmutzige Nachrichten am Mittag.« Sie lächelte erneut und ich fuhr mit dem Daumen über ihre schönen Lippen. »Ich will mein Leben mit dir teilen, Star. Das wollte ich schon immer und jetzt können wir das.«

»Ich liebe dich, Tanner«, flüsterte sie plötzlich und mein Blick wechselte schnell von ihrem Mund zu ihren Augen.

»Sag das nochmal«, wisperte ich.

»Ich liebe dich.« Ich konnte nicht fassen, was sie da soeben gesagt hatte, und mir entwich ein ungläubiges Lachen. »Ich will das ebenfalls mit dir, alles.« Sie atmete tief durch. »Auch wenn ich nicht versprechen kann, nicht nochmal flüchten zu wollen.«

»Dann warte ich auf dich. Oder, was wahrscheinlicher ist, hole dich zurück«, erwiderte ich schulterzuckend und erneut lachte sie. Fuck, ihr Lachen war die Energie, die mich auflud.

»Ich liebe dich, Cassandra Gonzalez, und ich schwöre dir, irgendwann wirst du meinen Nachnamen tragen.« Ich lehnte mich zu ihr und hauchte ihr einen Kuss auf die Lippen. »Ich bin dein«, flüsterte ich.

»Und ich dein«, flüsterte sie zurück.

In dieser Nacht fickten wir nicht. Wir liebten uns.

Langsam und genüsslich erkundete ich jeden Zentimeter von Cassies nacktem Körper, während sie sich auf meinem Bett räkelte, bereit, endlich all das anzunehmen, was ich zu geben hatte. Bedächtig glitt ich in sie hinein und wieder heraus, unsere Blicke tief ineinander versunken. Sie wich mir nicht aus. Sie hielt all der Menge an Gefühlen, die ich für sie aufbringen konnte, stand. Gab sie mir zurück. Scharf atmete ich die Luft ein, als sie kam, ihr schönes Gesicht vor Lust verzogen. Doch auch dann konnte ich nicht aufhören, sie zu lieben. Wir schmolzen, bewegten uns in gemächlichem Tempo und mein Brustkorb explodierte förmlich vor Glück.

Glück. So also fühlte es sich an.

Müde schmiegten wir uns in die Laken und schliefen ein, ehe wir mitten in der Nacht aufwachten und uns erneut liebten. Ich würde niemals genug von ihr bekommen.

Am Morgen drang spärliches Licht durch die Jalousien und ich küsste Cassies nackte Schulter, die sich in meiner Umarmung umdrehte. »Musst du aufstehen?«, fragte ich sie und sie schüttelte den Kopf.

»Ich war nie krank, habe nur einmal im Jahr Urlaub gemacht ... ich werde heute den Teufel tun und irgendwoanders hingehen«, sagte sie und schob sich auf mich.

Ich umfasste ihren nackten Po und drückte sie fester gegen meine morgendliche Erregung. »Genau das wollte ich hören.« Blitzschnell drehte ich sie herum und presste sie in die Matratze. Das Sonnenlicht, das hereindrang, warf einen Schein auf ihr Gesicht. Die Luft vibrierte zwischen uns. Und ich schien endlich das Puzzleteil gefunden zu haben, das mir die ganze Zeit so schmerzhaft gefehlt hatte. Zum ersten Mal in meinem Leben fühlte ich mich vollständig.

32

Gegenwart – Cassandra

Die Neonröhre an der Decke gab ein summendes Geräusch von sich und machte mich langsam, aber sicher wahnsinnig. Der Plastikstuhl, auf dem ich seit geschlagenen zwei Stunden saß, wurde immer unbequemer. Ich schob meine Hände unter meine Oberschenkel, weil ich sie irgendwie ruhigstellen musste.

Mein Fuß wippte dafür doppelt so nervös.

Nachdem ich meinen halbjährlichen Besuch bei meinem Frauenarzt hinter mich gebracht hatte, hatte ich die Diagnose bekommen.

Die Diagnose, vor der ich mich seit meinem siebzehnten Lebensjahr fürchtete. Die Diagnose, die mir meine Mom weggenommen hatte. Und diesmal mein Leben bedrohte.

»Miss Gonzalez, Sie haben einen Knoten in der Brust. Das sagt noch nichts aus, aber Sie sollten für weitere Untersuchungen unmittelbar ins Krankenhaus fahren«, hatte mein Arzt

gesagt und mich aufgrund meiner Familiengeschichte direkt hierhergeschickt.

Scheiße. Tanner und ich hatten uns erst wieder angenähert. Uns unsere Liebe gestanden. Ich war nicht mehr vor Angst, ihn zu verlieren, davongelaufen.

Und jetzt? Was wäre jetzt? Was, wenn es schlecht ausginge? Wäre es fair von mir, ihn da mit hineinzuziehen?

Nein, wäre es nicht. Deshalb saß ich hier nun allein und wusste nicht, ob ich hysterisch lachen oder in Panik ausbrechen sollte. Irgendwie hätte es mir klar sein müssen. Das Schicksal spielte Russisch Roulette mit uns allen, und diesmal hatte mich die Kugel getroffen.

»Die Veranlagung zu Brustkrebs kann vererbt werden«, hatte mein Arzt damals gesagt und mich deshalb ganz besonders informiert. Trotzdem hatte es nichts genutzt. Ich sprang auf und lief zum Fenster. Ich vermisste Tanners Gegenwart. Seine Stärke, alles an ihm, das mir mein altes Gefühl von Sicherheit wiedergab. Dennoch sagte ich ihm nicht Bescheid, obwohl er mir bereits zum zweiten Mal heute eine Nachricht geschrieben und einmal angerufen hatte. Als wüsste er instinktiv, was ich gerade durchmachte.

Die Krankenschwester steckte den Kopf in die Tür des Wartezimmers. »Miss Gonzalez?« Langsam drehte ich mich um, als könnte ich das Darauffolgende damit verhindern. »Kommen Sie bitte?« Ich ging auf sie zu. Mein Körper fühlte sich tonnenschwer an, und meine Füße wollten eher in die entgegensetzte Richtung rennen, als ihr schleichend zu folgen. »Hier entlang bitte.« Sie deutete einen dunklen Flur hinunter. Wieso mussten Krankenhäuser dieses spezielle Aussehen haben? Diesen furchtbaren Geruch? Diese grellen Lampen? Diese kahlen Gänge?

Da es meiner Mom kurz nach ihrer Diagnose bereits schlechter gegangen war und sie fast jeden Tag an solch einen Ort hatte gehen müssen, verabscheute ich Krankenhäuser noch so viel mehr. Ich hatte regelrechte Panik davor. Mein Herz raste, und ich fühlte mich, als würde ich hier jede Minute kränker werden, während wir auf eine Tür zusteuerten, auf der Untersuchungsraum 2 stand.

Die Schwester deutete hinein. »Der Doktor kommt gleich. Nehmen Sie einfach schon mal vor dem Schreibtisch Platz.«

Ich nickte stumm und setzte mich, ohne aktiv einen Blick auf die Untersuchungsliege, die zahlreichen Flüssigkeiten und Wattestäbchen sowie die Kästchen mit Kanülen und Spritzen zu werfen. Ich fixierte den Fensterrahmen. Durch die Scheibe konnte man einen Innenhof des Krankenhauses sehen, gegenüber zahlreiche Fenster von Krankenzimmern. Menschen, die nicht nur hier waren, weil sie einen kleinen Schnupfen hatten. Ich wandte mich ab. An der Wand hing ein Plakat.

»Vorsorgetermin schon gemacht? Weltweit erkranken vierzehn Millionen Menschen pro Jahr neu an Krebs.«

Mir wurde übel, und ich schloss die Augen. Das konnte doch alles nicht wahr sein. Wieso jetzt? Wieso ich? Wieso überhaupt irgendjemand?

Das Risiko war mir bewusst gewesen, weshalb war ich in der letzten Zeit so nachlässig mit dem Abtasten meiner Brust gewesen? Aber es hätte das ganze Übel auch nicht verhindert. Nur vielleicht wäre es mir dann leichter gefallen, Abstand zu Tanner zu halten. Mein Handy vibrierte in der Tasche. Bestimmt war er es. Ich konnte ihn nicht mit hineinziehen und es ihm sagen. Es ging einfach nicht.

Die Tür öffnete sich, und ich zuckte zusammen.

»Guten Tag, Miss Gonzalez.« Ein Arzt setzte sich mir gegenüber hinter den Schreibtisch und schlug eine Akte auf, die er mitgebracht hatte. »Die Untersuchung ist reine Kontrolle und Routine. Wir nehmen eine kleine Gewebeprobe und lassen diese im Labor überprüfen. Das können wir alles in einer Kurznarkose durchführen. Haben Sie jemanden, den Sie anrufen möchten oder der Sie abholt?«

Ich suchte meine Stimme und räusperte mich. »Ja. Sie weiß Bescheid.« Die Nummer von Clary hatte ich bereits abgegeben. Dank meinem Frauenarzt war ich gut über das Kommende informiert und hatte alles mit Clary absprechen können. Doch gute Information nahm leider nicht die Angst, die meinen Körper lähmte und mich zum Verzweifeln brachte. Wieso? Immer wieder kreiste diese Frage, auf die niemand eine Antwort wusste, in meinem Kopf herum. Wieso?

»Sehr gut, dann werden wir Ihre Kontaktperson danach direkt informieren. Sind Sie bereit?«

Nein. Aber was blieb mir anderes übrig?

33

Gegenwart - Tanner

Ich sah immer wieder auf mein Handy. Seit zwei Tagen schon reagierte sie nicht auf meine Nachrichten oder Anrufe. Zuerst wollte ich naiverweise glauben, sie hätte zu viel auf ihrer Arbeit zu tun und konnte mir aus einem unerfindlichen Grund nicht Bescheid geben. Dann hatte ich Angst, sie machte schon wieder einen Rückzieher und dachte, es wäre ein für alle Mal vorbei. Doch es war irgendetwas anderes. Ich spürte es.

»Bro, können wir noch mal den Speiseplan für die Woche besprechen? Ich würde gerne mal die Süßkartoffelpommes ausprobieren. Passt bestimmt super als Snack zu den Cocktails. Hörst du mir zu?«, vernahm ich Everetts Stimme hinter mir.

Ich drehte mich zu ihm um, dabei glitt mir die Flasche aus den Fingern, die ich soeben noch gehalten hatte. Sie zersprang in tausend Teile auf dem Boden. Genauso fühlte ich mich.

»Oh Shit!«, fluchte ich. Ev legte eine Hand auf meine Schulter.

»Was ist los?«

»Cassie. Ich hab irgendwie ein ungutes Gefühl.«

»Macht sie einen Rückzieher?«

»Ich glaube, das ist es nicht. Sie ist nicht über ihr Handy zu erreichen, und zu Hause ist sie auch nicht. Ihre Assistentin im Büro sagte, sie hätte sich einige Tage freigenommen. Das passt alles irgendwie nicht.«

Ich holte den Besen am Ende der Bar, aber Ev nahm ihn mir aus der Hand. »Lass das, ich mach das schon. Fahr lieber zu deinem Mädchen.«

»Danke, Ev.« Ich schenkte ihm ein kleines Lächeln. »Ich versuch es mal bei ihrer Freundin, vielleicht weiß sie mehr.«

Clary ging nicht ans Telefon, so blieb mir nichts anderes übrig, als direkt bei ihr vorbeizufahren. Es war später Abend, also war sie hoffentlich zu Hause. Ich verabschiedete mich von allen, holte meinen Autoschlüssel aus dem Büro und fuhr zu Clarys Adresse. Ich suchte ewig nach einem Parkplatz, was in der Stadt um die späte Uhrzeit nicht ungewöhnlich war. Vom Portier wurde ich durchgelassen, obwohl er mich ansah, als wäre ich hier, um das gesamte Gebäude auszurauben. Auch wenn ich mittlerweile drüber stand, nervten mich Vorurteile immer noch.

Ich nahm den Lift nach oben und drückte vor Clarys Wohnung auf den Klingelknopf. Es dauerte eine Weile, bis sie die Tür aufzog und mich mit einem Mix aus schlechtem Gewissen und Erleichterung ansah.

»Tanner«, sagte sie, als hätte sie bereits mit mir gerechnet.

»Hi Clary, ist sie hier?«

Sie drehte kurz den Kopf in die Wohnung, dann trat sie direkt vor mich.

»Sie hat mir verboten, es dir zu erzählen, aber ja, sie ist hier«, sagte sie mit gedämpfter Stimme. Ich wollte schon an ihr vorbeigehen, da hielt mich Clary an der Schulter fest. »Warte.« Ich sah sie an. »Sie wird dich von sich stoßen wollen. Lass es nicht zu«, wisperte sie. »Ich weiß, dass du ihr gut tust, das hast du immer schon.« Sie wirkte besorgt und das beunruhigte mich umso mehr. Angst kroch in meine Glieder, lähmte mich, erschwerte meine Atmung.

»Clary, egal was sie hat, ich werde für sie da sein. Ich werde immer für sie da sein, ob sie sich weigert oder nicht.«

»Sie ist im Wohnzimmer.« Clary presste die Lippen aufeinander, als kämpfte sie um ihre Beherrschung, dann ließ sie mich los, und ich ging an ihr vorbei. Ich kannte die Wohnung noch vom letzten Mal und steuerte direkt das Wohnzimmer an. Cassie saß auf der Couch, die Beine angewinkelt, und sie sah unfassbar müde aus. Ihre sonst strahlenden blauen Augen wirkten grau, und darunter befanden sich dicke Ringe. Ihre Haare hatte sie zu einem wirren Dutt zusammengebunden, und sie starrte, ohne zu blinzeln, in die Leere, bis sie mich erfasste.

»Tanner, was willst du hier?«

Sie sprang auf, und ich steuerte direkt auf sie zu. Ohne ein Wort zog ich sie an mich, hielt sie einfach nur. Sie wollte mich zuerst von sich drücken, dann umschlang sie mich fest, und ihr Körper erbebte vor Schluchzern. Vorsichtig sank ich mit ihr zurück auf die Couch und wiegte sie hin und her. Nach einer kleinen Ewigkeit sah ich sie an und strich ihr die Tränen von der Wange.

»Was ist los?«, flüsterte ich, aber sie schüttelte nur den Kopf. Das alles jagte mir mächtig Angst ein. »Sag es mir.« Ich gab ihr einen zarten Kuss.

»Du musst gehen«, antwortete sie.

»Ich werde nirgendwohin gehen.«

»Aber ich kann das nicht. Das mit uns. Es ist falsch.« Ihre Worte waren das eine, ihr Körper sprach eine andere Sprache und blieb an Ort und Stelle. Er schmiegte sich sogar noch ein wenig mehr an meinen.

»Wenn etwas richtig auf dieser verdammten Welt ist, dann das mit uns. Ich bleibe, egal was ist.«

Sie seufzte und machte Anstalten, aufzustehen, aber ich hielt sie weiter fest. »Ich brauch nur einen Drink«, sagte sie, als würde mich das beruhigen, und ich ließ sie los.

Sie ging auf die gegenüberliegende Raumseite, holte zwei Gläser aus der Bar und schenkte uns einen Scotch ein. Dann kam sie zurück zu mir, überreichte mir einen Schwenker und kippte ihr Getränk mit einem Mal hinunter. Sie schüttelte sich, dann setzte sie sich zu mir. Ich stellte das Glas auf dem Tisch ab. Mir war nicht nach Trinken.

»Was ist los?«, fragte ich erneut. »Dein Verhalten macht mir Angst.«

Sie schloss die Lider, öffnete den Mund, aber holte nur Luft, ohne etwas zu sagen. Ich griff nach ihren Händen. »Ich hab Krebs«, flüsterte sie kaum hörbar. Erneut sammelten sich Tränen in ihren Augen. Ein Rauschen trat in meine Ohren.

»Was hast du gesagt?« Ich zog die Augenbrauen zusammen. Ich hatte ihre Worte vernommen, aber den Sinn dahinter nicht verstanden.

»Brustkrebs. Wie meine Mom«, ihre Stimme war nur ein Flüstern.

»Wie ... warum ...?«, stotterte ich. Der Schock lähmte meinen Körper. Daraufhin kam die Angst zurück, die mich fast zu Boden riss, und mir wurde schwarz vor Augen. Wurde der Raum kleiner? Kam uns die Decke entgegen? Ich war mir sicher, dass es so war. Verlor ich sie? Verdammt, jetzt, wo ich sie endlich wiederhatte?

»Ich war gestern Morgen im Krankenhaus, sie haben eine Biopsie von einem Knoten in meiner Brust gemacht.« Sie holte tief Luft. »Und er ist bösartig.« Die Tränen liefen unaufhaltsam ihre Wangen hinab.

»Das ist nicht wahr«, wisperte ich. Ich stand völlig neben mir. Krebs. Wie bei ihrer Mom? »Sag, dass das nicht wahr ist!« Verzweifelt ließ ich sie los und fuhr mir durch die Haare.

»Das geht nicht«, schluchzte sie. »Ich werde sterben.« Ich zog sie an mich und drückte sie fest an meine Brust.

Wahrscheinlich zu fest, aber so hatte ich das Gefühl, niemand könnte sie mir wegnehmen. Niemand!

Sie klammerte sich genauso sehr an mich. Es fühlte sich an, als würde die Welt um uns herum stillstehen.

»Du wirst nicht sterben!«, erwiderte ich rau. »Auf gar keinen Fall!«

»Ich habe Angst«, flüsterte sie, und ich drückte sie noch ein wenig fester. Auch ich hatte Angst, als würde es mein eigenes Leben bedrohen. Wenn ich könnte, würde ich ihr dieses Schicksal sofort abnehmen. Wieso sie? Wieso nicht ich? Wieso wieder einmal die Falsche?

»Das wird wieder. Alles wird wieder gut. Wir schaffen das«, sagte ich immer und immer wieder, so als müsste ich es mir selbst beweisen und nicht ihr. Ich drückte sie ein kleines Stückchen weg und legte meine Hände an ihre Wangen. Mit den Daumen wischte ich ihr die Tränen aus dem Gesicht. »Ich liebe dich, Star. Das wird sich nicht ändern. Niemals! Stoße mich nicht weg und lass mich endlich für dich da sein. Bitte.«

Sie nickte leicht. »Ich liebe dich, Tanner«, wisperte sie die Worte, die den schmerzenden Dorn noch tiefer in die blutende wunde trieben. Erneut kam in mir der alte Hass auf das Leben auf, den ich früher so dringend versucht hatte, unter Kontrolle zu bringen. Bis ich Cassie traf. Und jetzt? Musste ich für sie da sein! Stark sein! Ich drückte ihr einen Kuss auf den Mund und verharrte eine ganze Weile so. Als ich mich von ihr löste, lächelte sie mich sanft an. Meine wunderschöne Star.

»Wie geht es weiter?«, fragte ich mit einem dicken Knoten um mein Herz und zog sie wieder an mich. Sie drückte ihr Gesicht an meinen Hals. Ich spürte ihren warmen Atem an meiner Haut. Sie musste leben.

Ich fühlte die Bewegungen ihrer Lippen, als sie mir antwortete. »Ich habe direkt für übernächste Woche einen OP-Termin bekommen. Danach beginnt die Chemo. Tanner, ich will meine Haare nicht verlieren«, schluchzte sie wieder.

»Sch, Baby, scheiß darauf, es ist wichtig, dass du gesund wirst. Du wirst wieder gesund, okay?« Ich drückte sie ein Stück von mir weg und sah ihr fest in die Augen. »Du wirst gesund!« Sie schluckte. »Sag es!« Ich musste die Worte aus ihrem Mund hören. Sie musste sie genauso sehr glauben wie ich!

»Ich werde wieder gesund.«

»Du wirst wieder gesund.« Ich stand auf und hielt ihr die Hand hin. »Komm mit zu mir nach Hause. Lass mich für dich da sein.«

Cassie reichte mir, ohne zu zögern, die Hand, und ich zog sie hoch, damit ich sie mit zu mir nehmen konnte. Dort, wo sie hingehörte und von jetzt an auch blieb. Egal, wer oder was uns trennen wollte, diesmal würde ich es nicht mehr so leichtfertig über mich ergehen lassen. Ich würde kämpfen wie ein Löwe. Nie wieder würde ich sie verlieren.

Wir verabschiedeten uns von Clary, die mich dankend an sich drückte, danach fuhren wir stumm zu mir nach Hause.

Ich hob sie auf meine Arme und trug sie auf direktem Wege in mein Schlafzimmer. Dort angekommen zogen wir uns aus und legten uns unter meine Bettdecke. Cassie zitterte am ganzen Körper, und ich umschlang sie, damit sie den Halt fand, den sie gerade brauchte.

Ich würde sie nur noch loslassen, wenn es unbedingt nötig war. Also nie.

Irgendwann am frühen Morgen schlief sie endlich ein, während ich sie immer noch an mich gedrückt hielt und in die Leere starrte. Meine Gedanken gewährten mir keinen Schlaf, ich dachte nur darüber nach, was für eine Zeit uns bevorstand. Wie viel wir davon hatten.

Aber wir würden sie überstehen. Gemeinsam. Nie wieder getrennt.

34

Gegenwart - Cassandra

Ich wachte auf, weil mir unfassbar heiß war. Tanners breiter Körper umschlang meinen fast vollständig, während ich auf dem Rücken lag und mich ebenfalls an ihn schmiegte. Ich musste lächeln. Das Gefühl, mit jemandem morgens aufzuwachen, den man liebte, war schön. Wieder eine Premiere, die ich nur mit ihm erlebt hatte.

Ich drehte den Kopf und sah in sein Gesicht. Seine Züge wirkten entspannt, seine Atmung ging gleichmäßig, und ich unterdrückte den Drang, mit dem Finger eine zerzauste Haarsträhne aus seiner Stirn zu streichen. Mein Blick wanderte zu seiner Brust, auf der ich das Tattoo halb erkennen konnte. Meine Zeichnung.

With my Star
I fight the Darkness.

Die Erinnerung an gestern trat erneut in meinen Kopf. Obwohl ich mir geschworen hatte, Tanner nicht mit hineinzuziehen, damit er nicht auch noch ertragen musste, wie ein Mensch, der ihm etwas bedeutete, immer kränker wurde, hatte ich keine Kraft gehabt, mich gegen ihn zu wehren. Ich wollte nicht mehr dagegen ankämpfen, wonach ich mich so sehr sehnte.

Meine Mom war ganz allein gewesen, und ich konnte mir nicht mal ansatzweise ausmalen, wie es ihr dabei gegangen war. Wollte ich das für mich selbst? Ganz bestimmt nicht. Wieder kam der Schmerz zurück, und Tanner schlug die Augen auf, als hätte er meine Ruhelosigkeit gespürt.

»Guten Morgen«, sagte er rau und zog mich noch enger an sich, damit er mir einen Kuss auf die Lippen drücken konnte.

»Morgen.«

»Alles okay?«

Ich schüttelte den Kopf. Auch wenn ich es mir gewünscht hätte, es war leider immer noch alles genauso beängstigend wie gestern.

»Meine Mom war ganz allein, weil mein Vater viel zu beschäftigt und ich im Internat war. Damals«, sagte ich, und meine Stimme brach. Tanner gab mir einen Kuss auf die nackte Schulter.

»Du nicht. Du hast mich und Clary. Außerdem wirst du bald Everett wiedertreffen. Er freut sich schon.« Ich nickte lächelnd, und Tanner strich mit dem Daumen eine einzelne Träne von meiner Wange. Ich umschlang ihn fest und drückte mich an ihn. Unsere Lippen fanden sich, und mir wurde etwas bewusst.

Ich brauchte ihn, damit ich weiter atmen konnte.

Ich musste ihn fühlen, damit ich mich selbst wieder spürte.

Und ich würde ihn nie wieder gehen lassen, weil ich mich endlich wieder vollständig fühlte.

Auch wenn ich nicht wusste, wie, ich musste es meinem Vater sagen. Er hatte ein Recht darauf, es zu erfahren. Außerdem hatte er schon mehrfach bei meiner Assistentin angerufen und gefragt, wieso ich unseren wöchentlichen Termin bereits zweimal abgesagt hatte.

Weshalb er mich nicht direkt kontaktierte, sondern so tat, als würden wir uns kaum kennen, war mir schleierhaft. Wobei, eigentlich kannte ich meinen Vater tatsächlich kaum und rückblickend betrachtet hatte er auch nie etwas drauf gegeben, das zu ändern.

Also sagte ich ihm diese Woche zu, aber änderte den Ort unserer Verabredung. Gleich wäre er das zweite Mal bei mir zu Hause. Beim ersten Mal war ich frisch eingezogen, und er wollte sich versichern, dass das Appartement unserer Familie würdig war. Nicht mir. Nur unserem Ruf.

Tanner saß an meinem Esstisch vor der breiten Küchenzeile und beobachtete mich dabei, wie ich mich in der Küche verausgabte. Vielleicht richtete ich deshalb auch Kaffee, Kuchen und diversen anderen Kram an, damit ich mich davon ablenkte, wie ich es gleich sagen sollte. Vor allem, weil ich es selbst noch nicht wirklich verstanden hatte. Mit ihm schöpfte ich neuen Mut, dafür, dass es anders ausgehen würde als bei meiner Mom. Die Ärzte hatten es früh genug festgestellt, und der Krebs hatte noch nicht gestreut. Die Prognosen waren gut. Trotzdem blieb natürlich immer ein Restrisiko. Auch, dass er irgendwann wiederkam.

Meine Finger zitterten so stark, dass ich den Kaffee verschüttete, bevor er die Tasse traf. Tanner stand plötzlich hinter mir, hielt meine Hand fest und nahm mir die Kanne ab.

»Du brauchst nicht nervös zu sein, alles wird gut«, sagte er und strich über meine Arme. Ich lehnte mich gegen ihn. Mein Halt. Meine Stärke.

»Es ist nur, dass es sich jedes Mal, wenn ich es ausspreche, realer anfühlt. Beängstigender. Ich will das nicht.«

»Ich weiß«, sagte er leise und drehte mich sanft um. Mit dem Finger hob er mein Kinn an und küsste meine Stirn. »Es ist absolute Oberscheiße, aber auch das werden wir überstehen.«

Ich nickte. »Küss mich«, wisperte ich, und Tanner ließ sich nicht ein zweites Mal bitten. Sein Kuss gab mir meine benötigte

Energie zurück, lud mich auf und erdete mich. Ich fühlte mich ruhiger, wenn auch immer noch nicht wirklich ausgeglichen.

Es klingelte an der Tür, und wir lösten uns voneinander. Tanner blieb in der Küche, während ich zur Eingangstür ging und sie öffnete.

Mein Vater nickte mir kurz geschäftig zu. »Hallo Cassandra.«

»Komm rein, Vater.« Er trat in den Flur, und ich schloss die Tür. Heute hatte es den ganzen Tag geregnet, und mein Vater stellte einen nassen Regenschirm neben meine Garderobe.

»Der Verkehr in diesem Stadtteil ist eine Zumutung. Weshalb wir uns nicht wie üblich im Restaurant treffen, ist mir ein Rätsel. Das nächste Mal kann ich für die Fahrt keine Zeit verschwenden.« Ich nahm ihm seinen Mantel ab und hängte ihn auf.

Wir liefen in das angrenzende Esszimmer, und mein Vater blieb in der Schwelle dazu stehen.

»Cassandra, was macht er hier?«

Ich ging zu Tanner, der gleich einen Arm um mich schlang und mich seitlich an sich zog. »Er heißt Tanner, Vater. Du kennst ihn bereits. Wir sind wieder zusammen«, erwiderte ich.

»Was soll das heißen, Cassandra? Ich dachte, ich hätte dir anderes beigebracht!«

»Hast du, aber das heißt nicht, dass es gut war, was du mich gelehrt hast.«

Mein Vater schnappte nach Luft. »Was wird das hier? Ich dachte, das wäre ein Gespräch unter vier Augen. Ich werde keine Geschäftsgeheimnisse vor fremden Menschen ausplaudern.«

»Tanner ist nicht fremd, Vater. Und es geht nicht um das Geschäft.«

»Wenn das so ist, werde ich gehen.« Ohne eine Erwiderung abzuwarten, drehte er sich um und wollte meine Wohnung verlassen. Ich schloss die Augen. Nur einmal noch aussprechen.

»Ich habe Krebs.« Da waren sie wieder. Die grauenvollen drei Worte, die ich die letzten Tage gemieden hatte. Wenn ich sie nicht laut sagte, war es weniger furchtbar, und ich schaffte es sogar, ein Stück weit zu verdrängen.

Mein Dad erstarrte, drehte sich aber nicht um, als ich die Augen wieder geöffnet hatte. Tanner zog mich noch enger an sich. Er sagte nichts, doch allein, dass er bei mir war, gab mir meine Kraft zurück.

»Hast du gehört, was ich gesagt habe?«, fragte ich. Kurz ließ mein Vater den Kopf sinken, dann wandte er sich zu uns um. Seine Miene war versteinert und unlesbar wie immer.

»Habe ich.«

»Und du willst nichts dazu sagen?«

»Bei welchem Arzt bist du in Behandlung?«

»Dr. Stone. Ich werde Ende dieser Woche operiert.«

Mein Vater nickte. »Ich habe gehört, dass er gut sein soll.«

Stille. Ich wusste nichts darauf zu antworten. Mein Vater sprach darüber, als ginge es um das Wetter. Ich spürte Tanners Anspannung.

»Das ist alles, was Sie Ihrer Tochter sagen wollen?« Tanners Stimme zitterte vor unterdrückter Wut. Ich hielt seinen Oberarm fest, als er einen Schritt auf meinen Vater zuging. »Es ist das Gleiche, was Ihre Frau hatte. Sind Sie wirklich so herzlos? Und Sie behaupten, ich wäre Abschaum, dabei sind Sie es!«

Im Blick meines Vaters lag Schmerz, aber auch noch etwas anderes. Hass. Auf sich selbst? Oder die Welt? Ich hatte ihn noch nie verstanden, was war passiert, dass er so geworden war?

»Was erlaubst du dir!«

»Tanner, nicht«, wisperte ich, aber mir fehlte die Kraft, ihn davon abzuhalten, meinem Vater die Meinung zu sagen. Denn es war richtig, auch wenn es besser gewesen wäre, ich würde es selbst tun.

»Sie haben Cassies ganzes Leben bestimmt, sie geformt und sich gewünscht, dass sie so wird wie Sie. Kalt und herzlos. Aber Cassie ist fünfmal so viel wert wie Sie. Sie sind der Abschaum, und Cassie hat einen besseren Vater verdient, als Sie es jemals sein könnten!«

»Das muss ich mir nicht bieten lassen«, sagte mein Vater und drehte sich erneut um, um zu gehen.

»Aber von mir«, fand ich meine Stimme, und mein Vater blieb stehen. »Du kannst gerne bleiben, wenn du für mich da sein und mich bei meinen Entscheidungen unterstützen willst, aber wenn nicht, möchte ich, dass du mein Leben jetzt und für immer verlässt. Du erhältst morgen meine Kündigung.«

Die Zeit verlangsamte sich, genauso wie mein Herzschlag. Quälende Sekunden verstrichen, in denen niemand von uns reagierte, etwas tat oder auch nur atmete.

Dann rührte sich mein Vater, aber in die entgegengesetzte Richtung. Er ging. Und verließ mich damit für immer.

Tanner fing mich auf, als die Tür ins Schloss fiel, aber auch wenn es wehtat, es war besser so.

Ich fühlte mich freier. Als würden die Ketten, in denen ich hing, endlich gelöst.

Zumindest ein paar.

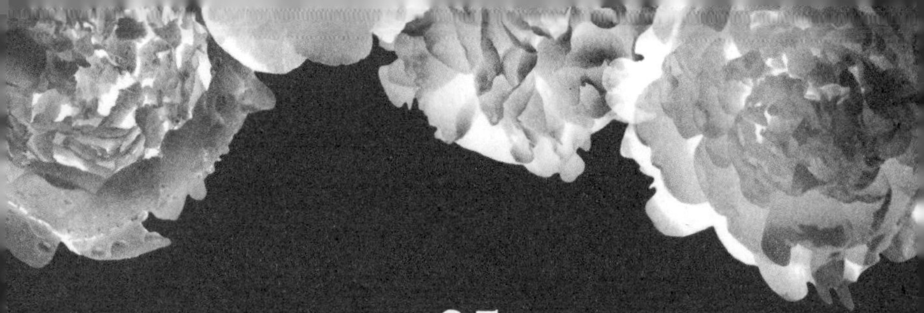

35

Gegenwart – Tanner

Ich hielt sie, bevor sie operiert wurde.

Ich hielt sie, als sie wieder aufwachte.

Ich hielt sie, als ihre erste Chemo anfing.

Ich hielt sie, wenn sie sich übergeben musste.

Ich hielt sie, wenn sie fror.

Ich hielt sie, wenn sie nicht schlafen konnte.

Ich hielt sie, als ihre Haare immer dünner wurden.

Ich hielt sie, wenn sie gehalten werden wollte.

Ich hielt sie, wenn sie das Leben hasste.

Und ich liebte sie in jedem Moment ein bisschen mehr.

36

Gegenwart - Tanner

Das Leben war beschissen.

37

Gegenwart - Tanner

Das Leben war schön.

Epilog

Gegenwart - Cassie

Ein Jahr später

Zwölf Monate waren vergangen.

In den ersten sechs verbrachte ich mehr Zeit im Krankenhaus als irgendwo sonst und es hatte sich oft so angefühlt, als wäre es einfacher, zu sterben.

Dann ging es mir immer besser, obwohl ich durch die Chemotherapie viele Kilos abgenommen hatte und meine dicken Haare schmerzlich vermisste. Mittlerweile waren sie wenigstens wieder so lang, dass ich sie durch einen Besuch beim Friseur in einen vernünftigen Kurzhaarschnitt verwandeln konnte.

Und an jedem einzelnen Tag war Tanner an meiner Seite, passte auf mich auf, versorgte mich, ertrug meine Launen, hielt mich und war für mich da.

Es ging bergauf. Langsam, aber immerhin.

Laut klopfte es an der Tür zum Badezimmer. Ich steckte die Zahnbürste zurück in ihre Halterung. »Babe, brauchst du noch lange?«

»Nein, bin gleich fertig«, rief ich Tanner entgegen. Am Anfang der Chemotherapie war ich zu ihm gezogen. Weil ich bei ihm sein wollte und weil ich mich in seinem kleinen Häuschen am Stadtrand wohler fühlte als das ganze Jahr zuvor in meinem riesigen Appartement. Es war wie zu Hause ankommen.

»Dann treffen wir uns gleich im Schlafzimmer.«

Ich musste grinsen, als ich Tanners Schritte vernahm, die sich auf dem Flur entfernten. Ich wickelte meinen Körper aus dem Handtuch und schlüpfte in Shorts und Shirt, bevor ich ihm folgte. Als ich die Tür zum Schlafzimmer öffnete, musste ich einige Male blinzeln, denn es war stockdunkel, obwohl draußen immer noch die Sonne schien.

»Was machst du, wieso hast du die Rollläden runtergelassen?«

»Komm her«, hörte ich seine Stimme und tastete mich in der Dunkelheit nach vorne, bis Tanner mich zu sich auf das Bett zog und ich mich lachend fallen ließ. Seine Lippen fanden meine, und ich gab mich kurz dem leidenschaftlichen Kuss hin, den er mir schenkte. Immer noch hatte er die gleiche Wirkung auf mich und würde es auch in Zukunft haben, da war ich mir sicher.

»Was soll das?«, fragte ich atemlos, weil mir seine Nähe den Atem raubte.

»Leg dich auf den Rücken und genieße«, antwortete er anzüglich, und ich musste erneut lachen, bevor ich mich hinlegte.

»Tanner!«, nörgelte ich.

Im gleichen Moment, in dem ich spürte, dass er sich zur Seite drehte, ertönte ein leises Klicken, und der gesamte Raum erstrahlte in Hunderten Lichtpunkten. Sternen. Ich war überwältigt und suchte die Decke nach den Sternbildern ab, die ich kannte.

»Es ist wunderschön«, flüsterte ich ehrfürchtig, bevor sich Tanner zu mir lehnte.

»Eigentlich wollte ich mit dir nach Kalifornien fahren, du weißt schon, dort, wo man die Sterne so gut sehen kann. Aber da Verreisen noch etwas schwierig war, habe ich das hier besorgt.«

Ich drehte den Kopf, und unsere Gesichter befanden sich knapp voreinander. »Danke«, wisperte ich gerührt. »Das ist tausendmal besser.«

Er legte eine Hand auf meine Wange und küsste mich innig, bis er sich wieder löste und unter das Kissen tastete.

Mein Atem blieb stehen, als er sich aufsetzte und der Stein eines Ringes in den Lichtern des Projektors glitzerte.

»Scheiße, ich bin aufgeregt«, murmelte er und lachte nervös. Ich fixierte nur den glänzenden Ring vor mir. »Cassandra

Maria Gonzalez.« Ich setzte mich ebenfalls auf und leckte mir über die Lippen. Mein Mund war so trocken, dass es mir schwerfiel, den Kloß, der sich in meinem Hals befand, herunterzuschlucken. »Du bist meine beste Freundin, meine Liebe und mein Stern, und ich kann mir ein Leben ohne dich nicht mehr vorstellen.« Heiße Tränen brannten förmlich eine Spur in meine Wangen. Aber es waren Tränen der unfassbaren Freude. »Außerdem habe ich dir geschworen, dass du irgendwann meinen Nachnamen tragen wirst und ein Schwur darf nicht gebrochen werden.« Ich musste lachen, mit Tränen in den Augen. »Willst du dein Leben mit mir teilen und mich heiraten?«

Ich schnappte nach Luft, als Tanner mir einen wunderschönen Silberring hinhielt. Er hatte in der Fassung einen runden blauen Saphir, und ich hielt den Atem an, weil er einfach perfekt war.

»Der hatte mich damals an deine Augen erinnert.«

»Damals?«, fragte ich atemlos.

»Ich trage ihn seit sieben Jahren mit mir herum«, antwortete er, und ich konnte kaum noch atmen vor Glück. Langsam hob ich die Hand, damit Tanner ihn auf meinen Ringfinger stecken konnte. Er suchte meinen Blick, und endlich fing ich mich.

»Ja! Ja! Natürlich will ich dich heiraten!«, schrie ich, und Tanner zog mich an sich.

»Gott, hast du es spannend gemacht«, raunte er, drückte mich nach unten und küsste mich, wie er mich noch nie geküsst hatte. Aber mit Tanner war auch jeder Kuss anders. Genauso wie jeder Tag. Jeder auf seine Art wunderschön. Wie er. Und ich fühlte mich geehrt, dass er mich hinter seine harte Schale hatte schauen lassen und um mich gekämpft hatte, denn es hätte mir sonst immer etwas gefehlt.

Danksagung

Diese Geschichte hat mich viele Dinge gelehrt.

Dass es sich immer lohnt, zu träumen.

Dass es sich immer lohnt, zu kämpfen.

Und vor allem hat sie mir damals gezeigt, was ich wirklich wollte: Schreiben. Ich wollte Geschichten erzählen, die Herzen brechen, die berühren, die meine LeserInnen lachen und weinen lassen. Und ich dachte, das hätte ich geschafft, doch erst als ich diese Geschichte nach fünf Jahren wieder in Händen hielt und überarbeitete, fand ich zurück zu dem Gefühl, das ich beim Schreiben empfunden hatte. Pures! Glück!

Ich habe erneut geweint, ich habe erneut gelacht und ich habe erneut gewusst, was ich bis zum Rest meines Lebens tun möchte: Schreiben!

Ich liebe meinen Job und ich liebe euch! Jeder einzelne von euch, der meinen Büchern eine Chance gibt und mir so die Möglichkeit schenkt, das zu tun, was ich liebe.

Ihr könnt euch gar nicht vorstellen, wie dankbar ich euch dafür bin.

Natürlich sind an jedem Buch auch haufenweise andere großartige Leute beteiligt, wie meine wunderbare Lektorin Natalie, meine erste und einzig wahre Testleserin Juliane, und und und .... ABER!

Dieser erste Band soll nur euch gewidmet sein:

Meinen LeserInnen!

Liebt! Lebt! Weint, wenn es sein muss! Lacht, so oft es geht! Und hört niemals auf, in unseren Büchern und Geschichten zu versinken, das zu fühlen, was wir beim Schreiben gefühlt haben!

I LOVE MY JOB!!
Und jeden Einzelnen von euch da draußen!!

Außerdem danke ich Moritz. Ganz besonders Moritz!

Aussicht Band 2

Dancing Scars

Wie viele Chancen hast du verdient?
Wie viele Chancen gibst du dir selbst?
Und können dich diese Chancen vor dem Abgrund retten?

Nash ist bei demselben Pflegevater wie Tanner aufgewachsen, doch er verbirgt ein großes Geheimnis.

Um seine Vergangenheit zu vergessen, greift er immer häufiger zu Drogen, bis er sich selbst dabei verliert. Mithilfe seiner Brüder zieht er die Reißleine und begibt sich in ein Programm, das ihn darin unterstützen soll, clean zu werden. Es führt ihn auf eine Ranch in Texas, wo er auf die verschlossene Elli trifft. Auch Elli scheint etwas hinter sich zu haben, das sie gebrandmarkt hat.

Ist das der Grund, weshalb sie Nash von Anfang an aus dem Weg geht? Und weshalb kommt sie ihm so unglaublich bekannt vor?

Je mehr Zeit die beiden miteinander verbringen, umso näher kommen sie sich. Doch Nashs Vergangenheit wird ihn niemals gehen lassen. Außerdem ist er sich nicht sicher, ob es ihm hilft, einem Menschen zu vertrauen, der genauso verwundet ist wie er selbst, oder es ihn zurück in den tiefen Strudel zieht. Dorthin, wo er niemals mehr sein wollte.

Können zwei zerbrochene Teile noch ein Ganzes ergeben? Oder würden sich die scharfen Kanten zweier geschundener Seelen nur aneinander reiben und gegenseitig zerstören?

Aussicht Band 3

Whispering Wounds

Ich habe versucht, mich einzugliedern. Ein wertvolles Mitglied dieser Gesellschaft zu werden. Aber mit meiner Vergangenheit funktionierte es nur bedingt.

Und ich fühle mich verloren. Wie bereits mein ganzes Leben.

Bis ich dich traf. Wild. Ungestüm. Und genauso wenig fähig, dich anzupassen wie ich.

Everett ist der jüngste der drei Brüder, seine Vergangenheit genauso geprägt von Ablehnung, Einsamkeit und Enttäuschung. Doch er hat es überwunden. Oder?

Auch wenn er sein Ziel direkt vor Augen hat und ihm jeder sagt, er werde es schaffen, fühlt es sich nicht so an. Wieso? Er ist der Witzige, Lockere der drei, der mit seiner Vergangenheit abgeschlossen hat. Das zumindest denken alle, weil Everett es wie kein anderer beherrscht, seine Gefühle unter der Oberfläche zu verbergen.

Bis sie vor ihm steht. Lori hat eine große Klappe, ist frei und lässt sich von niemandem etwas sagen. Schon gar nicht von Everett. Trotzdem ist er absolut fasziniert von ihr und will sie kennenlernen.

Doch sie weckt in ihm alte Emotionen, von denen er gedacht hatte, sie für immer vergessen zu können. Um sie zu retten, muss er wieder in sein altes Leben zurück. Oder ist es am Ende sie, die ihn befreit?

Leseprobe Band 2

Vergangenheit - Elinor

Immer drängender bewegte ich meine Hüften vor und zurück, während sich das Gesicht von Paul vor Lust verzog. Ich sah es durch den Schleier, den drei Flaschen Wein über meinen Geist gelegt hatten. Pauls Hände umfassten meine Taille und dirigierten mich. Ich schloss die Augen und stöhnte, aber ich fühlte nichts. Taub. Leer. Doch. Da war etwas. Reue. Hass auf mich selbst. Es war falscher als falsch, was ich hier tat. Trotzdem konnte ich nicht damit aufhören, mich selbst und alle anderen in meiner Umgebung zu zerstören.

»Elli«, wisperte Paul, und ich fühlte mich bei seinen Worten nur noch schmutziger. Seine Bewegungen stoppten plötzlich, und ich öffnete die Lider. Er sah an mir vorbei und riss überrascht die Augen auf. »Shit!«, rief er und drückte mich von sich herunter. Während er aufsprang und Richtung Tür lief, landete ich unsanft mit dem Rücken auf dem zerwühlten Doppelbett.

Mein Herz gefror, als ich sah, wer da stand, obwohl ich eigentlich genau damit gerechnet hatte. »Mara, Schatz, es tut mir leid! Es hat nichts bedeutet! Ich liebe dich!«, flehte Paul, während mich meine Schwester aus stumpfen Augen einfach nur ansah. Als könnte sie nicht fassen, was für eine erbärmliche kleine Schwester sie hatte. Was für ein Mensch ich geworden war. Galle stieg in meinem Hals hoch, und ich hatte Mühe, mich nicht zu übergeben. Ich versuchte, nur ihren Blick zu erwidern, und entschuldigte mich nicht. Ich wimmerte nicht so wie Paul oder warf mich vor ihre Füße. Weil ich wusste, es würde nichts bringen. Endlich hatte ich es geschafft. Endlich hatte ich den letzten Menschen verletzt, der mir auf dieser Welt noch etwas bedeutete und der trotz all meinen Fehlern immer zu mir gestanden hatte.

Und endlich konnte ich in Ruhe gehen, ohne dass mich irgendjemand vermissen würde.

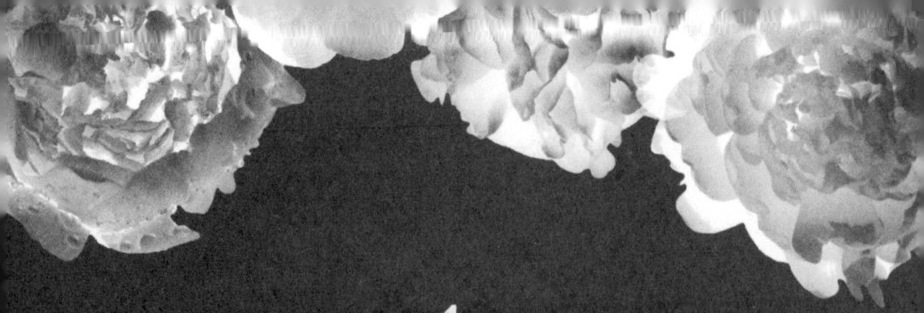

1

Gegenwart - Nash

Der Holzboden unter mir war hart. Kühle Nachtluft wehte über meinen eiskalten Körper. Wie lange lag ich hier schon? Minuten? Tage? Stunden? Ich hatte keine Ahnung. Leer starrte ich von unten aus dem geöffneten Fenster und erkannte den dunklen Nachthimmel. Ein paar Sterne. Sie bewegten sich. Drehten sich im Kreis. Oder tat ich das?

In meinem Mund lag ein schaler Geschmack. Meine Arme und Beine waren ausgestreckt und mein Rücken taub. Wie mein Geist. Bis eben. Bis er ein wenig zurückkam und den Schmerz mitbrachte. Er stach wie eine heiße Nadel in meinen Schädel. Verbrannte jede einzelne Synapse. Drang tiefer vor, bis er mein Gehirn komplett durchbohrte. Wanderte weiter durch meinen Körper und übernahm jeden winzigen Muskel, bis meine Glieder schmerzend anfingen zu zittern. So begann es immer. Wenn sich der Schleier lichtete und Schmerz an seine Stelle trat. Wenn ich wusste, ich brauchte den nächsten

Kick, um den Tag zu überstehen. Oder zumindest die nächsten Minuten. Stunden. Sekunden. Zeit war nicht mehr wichtig. Es war nur wichtig, endlich diesen verfickten Schmerz abzustellen.

Ich stöhnte, als ich versuchte, mich aufzuraffen, um in meiner schäbigen Einzimmerwohnung etwas zu suchen, das mir Erleichterung verschaffte. Ich schaute zu der alten Ausziehcouch und wollte die Augen im selben Moment wieder schließen. Vielleicht war sie ja verschwunden, wenn ich die Lider ein weiteres Mal öffnete. Nein. Ich versuchte es noch einmal. Erin lag dort immer noch auf dem Bauch. Ihre hellblonden Haare hingen ihr ins Gesicht. Sie war nackt. Schlief tief und fest. Oder war sie noch so sehr drauf, dass sie nur nichts mitbekam und sich nicht bewegen konnte?

Langsam sah ich an mir herunter. Auch ich war nackt, aber wie ich auf den Fußboden gekommen war, war mir schleierhaft. Irgendeinen Grund wird es schon gegeben haben, und wenn ich nur vor Erin davonrennen wollte und es nicht geschafft hatte. Wieso immer wieder? Wieso machte ich immer wieder diesen gleichen Fehler und rief meine Ex-Freundin an? Normalerweise hätte sie gar nicht hier sein sollen. Ihr größtes Problem waren wohl die Verlustängste, die sie plagten, weil ihre Eltern genau solche Verlierer wie meine gewesen waren und ihr nicht gezeigt hatten, was es hieß, eine Familie zu sein. Im Gegenteil, sie hatten ihr gezeigt, was es hieß, überflüssig zu sein. Und abgefuckt. Und einsam. Und verloren.

Vielleicht zog es mich deshalb immer wieder zu ihr. Weil wir uns ähnlicher waren, als ich mir wünschte. Trotzdem musste ich diese ungesunde Beziehung endlich beenden. Erin musste lernen, auf eigenen Beinen zu stehen, denn meine trugen nicht mal mich allein. Oder hatte sie wieder mit neuem Stoff vor meiner Tür gestanden? Dann, wenn ich mir vornahm, mit dem Scheiß endgültig aufzuhören. Dem Gras. Dem Koks. Dem Crack. Und was sonst noch alles.

Doch eigentlich wusste ich, es lag nicht an Erin. Ich war schwach. Denn jedes Mal, wenn ich versuchte, mich zusammenzureißen, kam der Schmerz zurück. Wie jetzt. Er übernahm meinen Körper, und ich fühlte mich, als wäre ich nur noch ein Passagier darin. Mein Körper lief auf Autopilot, alles, was ich machen musste, war, mich zurückzulegen und es über mich ergehen zu lassen. Immer und immer und immer und immer wieder. Das Teufelsrad drehte sich, und ich saß mitten darauf. Abspringen bei voller Fahrt unmöglich.

Der Schmerz wurde stärker, genauso wie der Drang, etwas dagegen zu unternehmen. Aus dem Grund stand ich auf und torkelte durch meine Wohnung. Erin drehte sich vom Bauch auf den Rücken und stöhnte. Ein Glück, also lebte sie wenigstens noch. Ich ging zu meiner Lederjacke, die über dem einzigen Sessel in meinem schäbigen Zuhause hing, und kramte in der Innentasche. Meine Finger wurden feucht, als ich merkte, dass sich nichts mehr darin befand. Shit. Meine Haut begann zu jucken. Ich warf die Jacke zurück und ging weiter zu der kleinen

Kochnische. Außer dieser, der alten Schlafcouch, dem Sessel und einem Kleiderschrank befand sich neben dem winzigen Bad nicht sehr viel in der Wohnung. Noch nicht mal die Ratten hatten es verdient, hier zu leben. Aber ich hätte mir auch nicht mehr als diese abgeranzte Bude, die sich im Stadtteil North Philadelphia befand, leisten können. Eigentlich kein Ort, an dem Menschen lebten, die noch alle Sinne beisammenhatten. Ein Glück, dass ich meine schon lange verloren hatte.

In der Küche zog ich eine Schublade nach der anderen auf, aber mir war klar, dass ich bis auf ein paar Zigaretten nichts mehr im Haus hatte. Ich griff nach einer und zündete sie mir an. Shit. Das Jucken wurde stärker. Der Drang größer. Der Schmerz zuckte durch meinen Körper. Heftig. Erinnerungen schoben sich in meinen Kopf, die ich dort nicht haben wollte. Sie mussten raus. Am liebsten hätte ich sie mir eigenhändig herausgerissen, doch das funktionierte nicht. Es funktionierte nie auf Dauer.

Ich steckte mir die Kippe in den Mundwinkel und ging zu Erins Sachen, die auf dem Boden vor dem Bett lagen. Auch ihre Taschen waren leer. Ich wollte nur einen kleinen Joint! Ein Zug. Ein einziger. Verdammt! Verdammt!

Ich konnte nicht zu Connor gehen und mir was besorgen. Nicht nach dem letzten Mal, denn ich schuldete ihm noch zu viel. Der Job in dem Lager in Brewerytown hatte mich zwar über Wasser gehalten, aber war nicht genug, um endlich meine Schulden bei Connor zu begleichen. Er war nicht unbedingt der geduldigste Mensch, und ich war mir sicher, er richtete mich noch schlimmer zu, als ich sowieso schon aussah. Schon damals war er ein geldgieriges Arschloch, aber die einige Adresse, die ich hatte, um an Stoff zu kommen. Ein Deal mit dem Teufel sozusagen.

Ich schnappte mir Boxershorts aus meinem Schrank, zog sie über und ging in mein Bad. Dort spritzte ich mir kaltes Wasser ins Gesicht und sah in den Spiegel. Ich hatte den Tiefpunkt meines Lebens erreicht, da war ich mir sicher. Meine blauen Augen blickten mir müde entgegen, meine schwarzen Haare hätten mal wieder einen Schnitt vertragen können. Oder zumindest eine Wäsche. Scheiße. Ich fühlte mich schäbig. Fertig. Müde. Krank. Ekelte mich vor mir selbst. Wie oft hatte es Momente wie diesen gegeben, in denen ich nicht mehr so leben wollte? Wie oft hatte ich trotzdem nicht geschafft, dagegen anzukämpfen? Zu oft, und auch jetzt würde ich verlieren. Ich zog die Schublade unter dem Waschtisch auf und hätte weinen können vor Glück. Ein kleines Päckchen mit weißem Inhalt kam zum Vorschein, und ich nahm es in die Hand, als wäre es mein kostbarster Schatz. Ich hatte ganz vergessen, dass ich es als Notration hier verstaut hatte. In diesem Moment war ich der glücklichste Mensch auf dieser abgefuckten Welt!

Es klopfte laut an der Tür. Shit. Hoffentlich war das nicht Connor.

»Baby?«, vernahm ich Erins verschlafene Stimme aus dem Nebenraum. Konnte sie nicht einfach den Mund halten? Es klopfte erneut. Ich schloss instinktiv die Finger und drückte das Päckchen fest dazwischen zusammen. Das würde mir niemand wegnehmen. Ich würde mit dem Leben dafür kämpfen und allein das sollte mir Angst machen.

»Wir wissen, dass du da bist, Nash.«

Ich stöhnte, als ich die mir bekannte Stimme durch die Tür hörte. Tanner. Und er sprach im Plural. Everett war bei ihm. Die beiden konnte ich jetzt als Letztes gebrauchen! Und woher wussten sie überhaupt, dass ich wieder hier in Philly war?

Mein Bruder Tanner war zwar früher der Impulsivste von uns dreien gewesen, aber seit er vor einem Jahr wieder mit Cassie zusammengekommen war, war er ruhiger geworden. Bei meinem kleineren Bruder Ev brauchte ich nicht auf allzu viel Mitleid zu hoffen. Er dachte, er könne mich nur ändern, indem er mir den Arsch aufriss. Was nicht funktionierte, denn ich wusste ja selbst nicht, wie ich aus dem Albtraum, der sich mein Leben nannte, entkommen konnte.

Obwohl wir keine Brüder im eigentlichen Sinne waren, also nicht blutsverwandt, verband uns doch so viel mehr. Bei demselben Wichser von Pflegevater aufgewachsen, dieselbe miese Scheiße in unserer Kindheit durchgemacht, dieselbe Ablehnung anderer Menschen erfahren, weil wir überflüssig waren. Ungewollte Kinder. Von ihren leiblichen Eltern im Stich gelassen.

Deshalb konnte ich sie nicht einfach ignorieren und schleppte mich zur Tür. Wahrscheinlich würden sie diese ohnehin auftreten, wenn ich sie nicht öffnete.

Erin saß aufrecht in meinem Bett und hatte sich die Decke bis zum Hals gezogen. In ihren Augen erkannte ich Angst und den gleichen leeren Ausdruck wie in meinen eben. »Zieh dich an und geh nach Hause«, brummte ich. Wenn meine Brüder sie sahen, würden sowieso wieder die gleichen Fragen aufkommen.

Wieso ich sie weiterhin traf. Wieso ich immer noch auf dem Zeug hängen geblieben war. Wieso ich nicht anrief, damit sie mir helfen konnten. Wieso ich so abgefuckt war.

Ich könnte ihnen diese Frage beantworten, aber ich wollte nicht. Weil es reichte, wenn mich meine Träume an all die Gründe erinnerten.

»Es tut mir leid«, flüsterte Erin mit belegter Stimme.

»Was?«

»Nash, mach verdammt noch mal auf!« Everett polterte gegen die Tür.

»Was tut dir leid?«, wiederholte ich meine Frage ungehaltener.

»Tanner hat mich angerufen und mir Geld angeboten, wenn ich ihm sage, wo du bist.« Ich stöhnte. Von ihr wussten sie also, wo ich war.

»Geh, Erin.« Mit Zeigefinger und Daumen rieb ich mir die Nasenwurzel. Der pochende Schmerz wurde stärker. Ich fühlte das Päckchen in meiner Hand immer bewusster.

»Es tut mir so leid«, wimmerte Erin, und Tränen rollten ihre Wangen hinunter. Sie reagierte oft über, das nervte mich ebenso an ihr, genauso wie sie mir dabei leidtat. Weil sie nichts dafür konnte, das Einzige, nach dem sie suchte, war jemand, der sie liebte. Doch wir wussten beide, dass ich nicht dieser jemand sein würde.

Es donnerte wieder gegen das Türblatt. »Wenn du jetzt nicht gleich aufmachst, trete ich die beschissene Tür ein!«

»Gleich, Everett!«, rief ich zurück. »Erin, zieh dich jetzt verdammt noch mal an.«

Sie schniefte, strich sich die Tränen mit dem Handrücken aus dem Gesicht, aber stand glücklicherweise auf und sammelte ihre Sachen vom Boden. Ich erschrak jedes Mal vor dem Anblick ihres ausgemergelten Körpers, wenn ich nicht high war. Als sie die Klamotten übergezogen hatte, ging ich zur Tür und öffnete sie.

»Verdammt, siehst du scheiße aus!« Everett kam näher und stürmte einfach an mir vorbei in die Wohnung.

»Danke, Ev, auch schön, dich zu sehen.«

Ich trat zur Seite, damit Tanner ebenfalls folgen konnte.

»Hallo Erin«, sagte Tanner, und an seiner Stimmlage erkannte ich, dass er nicht begeistert darüber war, sie hier zu sehen. Everett schenkte ihr nur einen abschätzigen Blick.

»Hallo Tanner.« Sie zögerte und blieb mitten im Raum stehen. Ich hielt immer noch die Tür offen und nickte mit dem Kopf hinaus.

»Tschüss, Erin.«

»Tanner, du sagtest …«

»Geh!«, donnerte ich. Sie würde meinen Bruder jetzt nicht nach dem verschissenen Geld fragen! Es reichte, wenn ich ihn damit in der Vergangenheit belästigt hatte. Ich kam mir so schäbig vor.

Erin nickte nur und biss sich auf die Unterlippe, dann stürmte sie an mir vorbei, und ich schloss die Tür. Während meine Brüder mich anstarrten, atmete ich einmal durch.

»Wie geht es dir?«, fragte Tanner und betrachtete mit seinen besorgten grünen Augen mein ausgezehrtes Gesicht. Seine dunkelbraunen Haare waren wie immer akkurat gestylt, oben etwas länger, an den Seiten ein wenig kürzer. Darauf hatte er schon immer großen Wert gelegt. Die unzähligen Tätowierungen, bei denen ich wusste, dass sie sich über seinen kompletten Körper erstreckten, schauten teilweise aus dem Kragen seines schwarzen Shirts hervor und zogen sich über seine Arme.

»Wunderbar«, log ich und ging an ihm vorbei. Es hatte einen Grund gegeben, warum ich mich, nachdem ich bei Tanner abgehauen war, ein Jahr lang durch die Gegend getrieben hatte und erst seit zwei Wochen wieder hier in Philly war. Und jetzt waren sie trotzdem hier und würden mich bald mit ihren Vorwürfen bombardieren.

Ev stand mit verschränkten Armen vor mir. Er sah aus wie immer. Blondes zerzaustes Haar, braune vorwurfsvolle Augen. Vielleicht war er noch ein wenig breiter geworden, seitdem ich ihn das letzte Mal gesehen hatte. Aber das war auch fast ein Jahr her. Eine verdammt lange Zeit, wenn man clean war, und eine noch längere, wenn man ein Junkie war und jeden Tag darüber nachdachte, wie man an das nächste Zeug kam.

»Schon lange her, Bruderherz«, sagte Everett. Ich ignorierte ihn.

Als Tanners Freundin Cassie ihre Brustkrebs-Diagnose bekommen hatte und zu ihm nach Queens in sein kleines Häuschen ziehen wollte, hatte Tanner mir geschrieben. Ich wollte wenigstens einmal für ihn da sein und beim Umzug helfen. Einmal. Ich hatte schon auf meinem Motorrad gesessen, aber es ging nicht. Ich konnte nicht einfach bei ihnen vorbeischneien und so tun, als wären die letzten verdammten Jahre nicht gewesen.

Tanner hatte mir danach trotzdem regelmäßig Nachrichten geschrieben, und mich auf dem Laufenden gehalten, wie es ihnen ging, aber ich hatte ihm nie geantwortet. Denn wie oft hatte ich meine Brüder schon enttäuscht und ihre Hilfe nicht angenommen? Unzählige Male. Ich schämte mich abgrundtief für mein Verhalten und konnte dennoch nicht aus meiner Haut.

Trotzdem freute ich mich für Tanner, dass er mit Cassie endlich dort angekommen war, wo er schon immer hingewollt hatte, und dass sie den Krebs besiegt hatte. Davor war er genauso ruhelos wie ich gewesen. Ständig unterwegs, oft in unterschiedlichen Städten, ohne zu finden, was wir suchten.

Vielleicht weil wir selbst nicht wussten, was das genau war. Jetzt war ich allein mit diesem Gefühl.

Ev war schon immer besser gewesen als wir beide zusammen. Aber das hatte ich ihm nie sagen können.

»Ich würde euch ja was zu trinken anbieten, aber ich hab es leider nicht geschafft, einzukaufen«, sagte ich.

»Hör auf mit den miesen Scherzen, Bro. Wir sind nicht hier, um uns weiter deine Scheiße anzuhören!«

»Ev!«, ermahnte ihn Tanner, aber Everett zuckte nur mit den Schultern.

»Ist doch so! Wir haben lange genug angesehen, wie du dich zugrunde richtest. Du bist jetzt wahrscheinlich auch wieder high! Wie viel hast du diesmal genommen?«

»Das geht dich nichts an«, brummte ich und wollte an ihm vorbeilaufen, doch er packte meinen Oberarm. Er war ein Stück kleiner als ich, aber sein Griff war erstaunlich fest.

»Deine Augen sind blutunterlaufen und du schwitzt. Denkst du, wir sind bescheuert? Wir wissen, wie ein Junkie aussieht.«

»Überleg dir noch mal gut, ob du weiter durchziehen möchtest, was du da gerade anfängst«, knurrte ich und fixierte seinen starren Blick. Wenn er nur wüsste, dass ich in diesem Moment nicht drauf war, sondern voll auf Entzug und unberechenbar. Ich hatte schon manchen Typen krankenhausreif geprügelt, nur weil sie mich schief angesehen hatten.

»Du ebenso. Ich bin gespannt, ob was hinter deinen hohlen Worten steckt. Los. Zeig es mir, Bruder.« Er betonte das Wort Bruder, als wäre es ein Schimpfwort. Es sollte mich verletzen, und das tat es, auch wenn ich es mir nicht anmerken ließ.

»Jungs!« Tanner trat an unsere Seite und legte seine Hände auf jeweils eine unserer Schultern. »Hört auf mit dem Scheiß.« Er hatte als der Älteste von uns schon immer das Gefühl gehabt, er müsse auf uns aufpassen. Aber wir waren keine Kinder mehr.

Trotzdem ließ mich Ev los, und ich atmete innerlich auf. Eigentlich wollte ich ihm keine verpassen, doch ich würde mich auch nicht von ihm schlagen lassen, ohne mich zu wehren.

»Nash, setz sich.« Tanner drückte mich zur Schlafcouch, und er und Ev blieben vor mir stehen.

»Was soll das werden?«, murmelte ich und sah zu ihnen hoch.

»Wir haben für dich einen Platz reserviert. In einem Krankenhaus, zum Entzug. Und danach nimmst du an einem Resozialisierungsprogramm in Texas teil.«

»Haha, guter Scherz«, sagte ich und lehnte mich zurück. »Ich brauch keinen verdammten Entzug und schon gar kein Programm für Junkies.«

»Ach nein?« Ev stürzte auf mich zu und schaffte es trotz meiner Abwehr, meine Finger auseinanderzuziehen, die ich die ganze Zeit über fest verschlossen gehalten hatte. Als wäre das kleine Päckchen schon mit meinem Körper eins, hatte ich vergessen, dass ich es hielt wie das Kostbarste, was ich besaß.

Vielleicht war es das sogar. Ev schmiss es vor meine Füße. »Was ist dann das? Süßigkeiten?«

Ich kaute auf meiner Unterlippe herum. »Ihr könnt mich nicht zwingen.«

»Und wie wir das können«, antwortete Everett.

»Bitte, Nash, wir können nicht mehr mit ansehen, wie du im Drogensumpf untergehst. Du brauchst Hilfe, Mann«, sagte Tanner versöhnlicher.

»Ja, Hilfe, euch aus meiner Wohnung zu schaffen.« Ich lehnte mich nach vorne und schnappte mir mein Zeug.

»Weißt du, dass Cassie und ich so lange mit der Hochzeit warten, bis wir wissen, dass du daran teilnimmst, weil es dir besser geht?« Tanner setzte sich neben mich. Ich schluckte.

»Ich komme, egal was ist.«

»Ja, aber wie? Dir kann es besser gehen, als in diesem Drecksloch zu hausen und zu versuchen, zu überleben. Glaub mir.« Wenn er wüsste, dass ich nicht mal versuchte zu überleben, ich versuchte, einfach nur zu atmen.

»Komm, Tan, ich hab gesagt, dass es Zeitverschwendung ist! Er wird sich nicht ändern, auch nicht für Cassie oder dich.« Everett wandte sich zum Gehen, aber Tanner blieb stehen.

»Du weißt, dass jeder mindestens eine zweite Chance verdient hat, um neu anzufangen?«, sagte er leise.

»Oder eine dritte oder fünfzehnte wohl eher«, sagte Ev und öffnete die Tür.

»Überleg es dir in Ruhe, okay? Aber versprich mir, dass du wirklich drüber nachdenkst!« Ich nickte. »Sag es!«, wurde Tanner noch mal eindringlicher, so wie er es immer tat.

»Ich überleg es mir.«

Tanner lächelte ein winzig kleines bisschen, bevor er zu Everett ging.

»Bis dann, Bro.«

Ev zeigte mir nur den Mittelfinger, und ich konnte ihn sogar verstehen. Er hatte genug, wahrscheinlich hätte ich von mir selbst ebenfalls den Hals voll, wenn ich er wäre.

Als die Tür ins Schloss fiel, starrte ich einfach nur an die rissige Wand. Konnte ich mir tatsächlich selbst mein Schicksal aussuchen oder wurde es bereits für mich bereitgelegt? Bisher hatte ich immer Zweiteres angenommen. Ich war dazu verdammt, so zu leben, bis ich endlich den Mut fand und zu viel von dem verfluchten Zeug nahm, damit es ein für alle Mal ein Ende hatte. Aber ich war ein Feigling.

Ich drehte das Päckchen in meiner Hand. Konnte ich wirklich ohne den Stoff oder machte es mein Leben nur noch beschissener, wenn ich clean wäre? Weil ich dann tatsächlich mitbekäme, wie scheiße es war. Lag noch etwas anderes für mich da draußen bereit und ich hatte nur Angst, es mir zu holen?

Ich war schwach. Es ging nicht. Nur damit konnte ich die Erinnerungen abstellen. Die, die mich sonst langsam, aber sicher in den Wahnsinn trieben und jede Nacht ein Stückchen näher an den Abgrund schoben.

Ich zerriss das Cellophan. Ich brauchte keinen Scheißspiegel, ich schniefte das weiße Pulver direkt aus dem Päckchen. Eigentlich sollte meine Nasenschleimhaut davon taub werden, aber die Wirkung war lange nicht mehr so wie am Anfang. Wahrscheinlich hatte das Zeug mir alles weggeätzt, inklusive meinem freien Willen. Denn mir blieb keine andere Wahl, als jeden Tag ein wenig mehr von mir selbst an diese Kacke zu verlieren. Ich schniefte mehr. Und fühlte mich wieder ein bisschen freier. Und ein bisschen besser.

Nur ein klitzekleines bisschen glücklicher.

Dieses Gefühl war alles, was ich hatte.

Bereits erschienen

Ich freue mich auf deinen Besuch!

Dort erfährst du alle heißen News rund um meine Bücher, Neuveröffentlichungen und mehr!

www.rose-bloom.de

www.instagram.com/bloom_booksandlove

www.tiktok.com/@bloom_booksandlove

Verpasse keine Neuigkeiten, Sonderaktionen und Vorbestellungen:

www.rose-bloom.de/wichtige-links

Die Second-Chance-Reihe in folgender Reihenfolge

Beautiful Broken

Dancing Scars

Whispering Wounds

Hast du Bock auf Cozy & ein wenig Spicy?

New Hope – das Gold der Sterne

New Hope – der Glanz der Hoffnung

New Hope – das Schimmern des Glücks

New Hope – das Funkeln der Sehnsucht

New Hope – das Leuchten der Träume

Etwas darker?

Bane – gefährliche Liebe

Lost in Fire

Spicy und humorvoll?

Olivia Swan – My fake Lover: A Bad CEO Story

Olivia Swan – My arrogant Millionaire: A Bad Neighbour Story

Olivia Swan - My forbidden Boss: A Bad Billionaire Story

Olivia Swan – One Winter Night

Olivia Swan - One Spring Kiss